語りの背景

加藤典洋

晶文社

デザイン　平野甲賀

語りの背景　目次

I

耳を澄ませば

II

21世紀的な考え方

III　新刊本を読む

IV

意中の人びと

V

日々の愉しみ

I

耳を澄ませば

二つの戦後
――ヘミングウェイ『日はまた昇る』再読

1

最近、大学のゼミでヘミングウェイの『日はまた昇る』を学生と一緒に読み、それが彼らにまったく何の異和感もなく現代小説として受け入れられるのを見て、何か理由のわからない、既視感のようなものを受けとった。その理由がわかった、というよりはその理由として、あることを思いついたと思ったのは、それから一週間くらいしてからのことである。

よく知られているように、『日はまた昇る』は、一九二六年にパリ在住のヘミングウェイが書き、発表した。ヘミングウェイにとっては最初の長編であり、「失われた世代」という呼称を世に知らしめた出世作、当時の話題作でもある。けれども、いまからこの小説を評するなら、最初の第一次世界大戦の戦後小説、最初の現代小説というのが、適切な評価ということになるだろう。

わたしが何より、いまの学生とこの小説を読んでみたいと思ったのは、これが、性的不能者を主人公に据えた、近代では最初の小説と見えたからだ。性的不能とは、関係の不能のもっとも端的に現われる事例といってよいが、そこまで言わなくとも、非常に端正で魅力的な男主人公と、奔放で感じやすい女主人公の間に、戦争での負傷が原因の性的不能という事実が横たわっているという設定は、わたしには十分に現代的なものと感じられた。なぜ七十五年も前に、こんな設定を必要とする小説が書かれたのか、そういうことを、いまの二十歳前後の学生に一読、不審に思ってもらいたかったのである。

けれども、学生の反応は、そういうわたしの期待とは微妙にすれ違うようだった。学生はこの小説をきわめて自然に、あたかもついこの間書かれたもののように受けとった。彼らは、この作品を、なかなか面白い、とか、非常に惹かれた、とか、余り自分は好きではない、といった直接的な反応で遇した。全体の反応は予期したより、はるかにヴィヴィッドなものだった。しかし反面、彼らは、自分とこの作品の間を隔てる七十五年という時間の幅、その歴史的懸隔に、余り意識を向けるようではなかった。いや待ってくれ、これは戦後に書かれたといっても、第一次世界大戦の戦後なんだぜ、日本で言ったら昭和元年なんだ、そんなわたしの言葉の方が、何か間の抜けたものに聞こえるふうだったのである。

一週間くらいして、やってきたのは、こんな感想である。

たしかにこの小説は新しい。同じ頃書かれたヨーロッパの小説に、たとえばレイモン・ラディゲの『肉体の悪魔』（一九二三年）、トーマス・マンの『魔の山』、フォースターの『インドへの道』（ともに一九二四年）、モーリヤックの『テレーズ・デスケルー』（一九二七年）、そしてD・H・ロレンスの『チャタレイ夫人の恋人』（一九二八年）があることを思うと、この小説のいわば現代小説としての新しさが、よくわかる、というところがある。

第一次世界大戦は、それまで、世界の大いなる田舎であったアメリカの青年を、世界の最先端の現実に連れ出した。ヘミングウェイもこの時参戦を決めた母国の軍隊に兵役志願している。彼の場合は左目の負傷がもとでこの時は不合格、翌年、赤十字要員募集に応募してイタリア戦線に赴き、そこで、重傷を負うことになる。第一次世界大戦は、ヨーロッパの生活空間を戦場にして行なわれた世界で最初の現代戦争だった。戦車、毒ガス、化学兵器を動員した大量死をもたらす全体戦争がその時はじめて世界に出現した。その未曾有の経験に震撼され、再び母国に戻った多くの青年が、もはやカッタるくてこの「大いなる田舎」の国に順応できなくなったのは、当然のことだったろう。彼らに母国社会が与えた呼称「失われた世代」は、こういう奴らは「使えない」、ということ、つまり母国から見ての財産目録上の「失われた」人材集団ということだったはずだが、これを逆から見れば、復員してたどり着いた彼らの目にも、その故国は、「使えない」場所、ユルくてもう「やってられない」場所を意味していたのである。

その両者の落差を考える上で、アメリカが一八六〇年代の南北戦争以来、一度も近代の戦争の戦場となっていないことを思い出すことは、無駄ではないだろう。その特質がそれからほぼ八十年間、さらにもう一回の世界戦争と五指に余る地域戦争を世界がかいくぐる中で、損なわれずにきたことも、ついでに思い合わせてみると、そこから得られる全体像は、よりはっきりとする。第二次世界大戦には『裸者と死者』、『鹿の園』のノーマン・メイラー、『ライ麦畑でつかまえて』、『ナイン・ストーリーズ』のJ・D・サリンジャーなど、ベトナム戦争時には、『カチアートを追いかけて』、

『本当の戦争の話をしよう』、『ニュークリア・エイジ』のティム・オブライエンなど、というように、アメリカの戦争経験者は、多くの戦争体験者＝復員者の孤立、そして彼の同国人に理解されにくい戦争体験の内実を描く作品を残している。そこにはこの戦争経験者の見たものと故国の風土の間の大きな懸隔が断層線のように一貫している。ほぼ一世紀半以上戦禍を経験していない故国というものは、戦争経験者にとっては苛酷である。ヘミングウェイ（一八九九年生まれ）のこの作品は、スコット・フィッツジェラルド（一八九六年生まれ）、ウィリアム・フォークナー（一八九七年生まれ）らの諸作品とともに――フィッツジェラルドもフォークナーも第一次世界大戦への参戦に対し、兵役を志願し、兵士となっている。ただしそれぞれ内地勤務、カナダ勤務である――、アメリカ文学の中にあって、戦争経験世代の戦後の母国社会への違和感を描く、最初期の作品となっているのである。

しかし、それだけではない。この最初の世界戦争が開いた当時のヨーロッパのまったく新しい戦後社会の雰囲気、不安と死を抱えた都市の新しい現実は、当初からそこにいた人々以上に、彼らアメリカからヨーロッパに渡り、いわば新しい場としてのヨーロッパにふれた若い新参者達に、より根底的な衝撃と発見として、受けとめられた、というところがある。最初の世界戦争がヨーロッパという社会を近代から現代に向け、どう変えたか。そこで近代的であることと現代的であることとはどういう違いとして現われたか。そういうことは、たぶんヨーロッパに生きてきた叡知をもつ人々の目に映る以上に、むしろ新しく旅人としてやってきた軽薄な、歴史をもたない新参者達、無国籍者達の目に、より生き生きと映った。そして彼らの手で、写しとられることになった、というようにすら見える。

いまの目から見ての、トーマス・マンの『魔の山』とヘミングウェイの『日はまた昇る』の現代性に関する違いは、そこから来ている。例をあげれば、世界戦争以後、新たに現われたものの一つは非国家的な空間としての都市の新しい空気といったものである。そこには歴史と社会と戦争と死が色濃く影を落としている。それと同時に、社会から切り離された個人の喜び、苦しみというものも、開かれた世界の中に浮遊している。たとえば、『日はまた昇る』には、主人公達の生きるパリのカフェ、彼らの飲む酒の銘柄、街の様子が、実名で出てくるが、それらは、そのまま、あたかもなにかの象徴ででもあるかのように「電気を帯びて」わたし達の目に入る。ブーブ・キリコ、ペルノー、アブサント、マーティニといった酒が、セレクト、カフェ・ド・ラ・ペといった場所のカウンターで、ちょっとした会話とともに振る舞われる。すると、小説をさっと風が吹きすぎていく。そういうところが『日はまた昇る』にあり、『魔の山』にない、目新しい要素、いわば新参者に見られた新しい世界の感じだった。そこにヘミングウェイは、強烈な故国との落差の感覚と同時に、この世界への違和感、つまり、「なじめなさ」、関係の切断に苦しむ戦争体験者の孤立を投げ込む。主人公ジェイクの性的不能は、そうした目新しさ、そして新しい断絶感の鮮烈な客観的相関物を意味していたのである。

2

ところで、その違いが、二〇〇一年の日本の若い読者に、第二次世界大戦を飛び越え、この第一次世界大戦後のアメリカ人作家の小説を、自分達と「地続き」の作物であると感じさせている。彼らは、この小説の主人公達が、戦後一人勝ちしたアメリカのドル高のお蔭を被り、フランス語も満足に喋れないまま、自分達英語を話す者だけ固まり、パリの中をほぼ無国籍者である軽薄な「パリのアメリカ人」としてうろつく小説を、いわば近代の魂の深さにではなく、この都市風俗に立脚した小説として読み、その「深さのなさ」を通じ、これは現代的な小説だという判断を手にしている。

しかし、そうだとすると、次のようなことにはならないだろうか。

まず、ヘミングウェイのこの小説が、日本の小説としては、わたし達に、大岡昇平の『武蔵野夫人』を思い出させる事実に注意しよう。『武蔵野夫人』の主人公、第二次世界大戦のビルマからの復員者である勉は、『日はまた昇る』の主人公、戦場での負傷がもとで性的不能となった主人公ジェイクと同様、戦場から平和な故国である敗戦国日本に復員し、そこに生活するうち、自分がもうそこでは「人混り出来ない体」をもつ、不適応者であることに気づく。この小説は、道子が死に、登場人物の一人がそれを知れば復員者勉が「一種の怪物」になってしまうだろうと心ひそかに恐れる、印象深い場面で終わっている。また、それだけではなく、この小説は、戦後の文学思潮に微妙な違和感をもった復員者大岡昇平の直観により、反時代的なきわめて理知的な構えをもつ「心理小説」として構想され、その題辞に、「ドルジェル伯爵夫人のような心の動きは時代遅れであろうか」というラディゲの作品の一節を、引いてもいる。

ここでわたし達は、ここに引かれるラディゲが、日本の第二次世界大戦のもとで、この大岡の他に、もう一人の作家、三島由紀夫にとってもミューズとして現われていた事実を思い浮べてみるのがよいかも知れない。そのうえで、このラディゲが、先に見たようにフランスに第一次世界大戦の戦後、彗星のように現われ、先に引いた『肉体の悪魔』に続いてこの『ドルジェル伯爵の舞踏会』（一九二四年）を書いた後、腸チフスで死んでいることを考えてみよう。そうするなら、この『武蔵野夫人』の中で、ヨーロッパの第一次世界大戦の戦後と、日本の第二次世界大戦の戦後とが、ひそかな邂逅をとげていることがわかるはずである。

三島の場合も、大岡の場合も、同時代の――三島においては軍国主義一色の野卑な文学に対する、大岡においては政治的かつ社会的色彩の濃い戦後民主主義的なメッセージに富む戦後文学に対する――ともに戦時下、戦後のメジャーな文学風潮に抗う、殺菌剤ないし防波堤のようなものとして、フランスの「心理小説」が求められた。しかし、そのフランスの「心理小説」は、それが隆盛をきわめた近代の時期のものではなく、それ自体が反時代的な意欲に立って構想された、第一次世界大戦を経過した戦後の擬心理小説だったのである（よく知られた事実だが、ラディゲの庇護者はシュルレアリスムの周辺にあった才人詩人のジャン・コクトーである）。

日本の戦後の文学を一九五〇年代の初期から現在まで、ざっと一瞥すると、わたしなどから見ての一つの屈折点的な画期として、一九六〇年代初期前後という時期が浮かび上がってくる。

まず一九五〇年代の末に大江健三郎が現われ（「奇妙な仕事」一九五七年）、それに開高健が続き（「裸の王様」一九五七年）、一九六〇年代に入ると、倉橋由美子が現われ（「パルタイ」一九六〇年）、島尾敏雄が『死の棘』（一九六〇年）を、川端康成が『眠れる美女』（一九六〇年）を、安部公房が『砂の女』（一九六二年）を、三島由紀夫が『午後の曳航』（一九六三年）を、吉行淳之介が『砂の上の植物群』（一九六三年）を、そしてまた大江健三郎が『個人的な体験』（一九六四年）を書く。これまでの戦後文学とは一味違う、いわば西欧的なテイストをもつ作品が続々と発表されるようになる。批評の世界でも、江藤淳の「作家は行動する」（一九五九年）の文体論、吉本隆明の『言語にとって美とはなにか』（一九六五年）の言語論など、明らかにこれまでと違う、欧米の批評に通じる新しい質をもつ作品が企てられるようになる。

ここに起こっていることをどう理解すればよいか。

その解釈の試みの一つとして、わたしは、この時はじめて、日本文学の地平に、それまでの「第二次世界大戦の戦後つまり日本の戦後」に加え、いわば戦前のモデニズムとは違う形――生活と思想が一緒になった形――で、「第一次世界大戦の戦後つまり世界の戦後」の波が、到来しようとしているのではないか、と考えてみたい。

わたしが、十代半ばで、はじめて同時代の日本文学の素敵さ、魅力にめざめたのが、この一九六〇年代の半ばのことである。この時の新しい文学の意味を明らかにしようとした文芸評論家に、奥野健男、篠田一士らがいる。わたしについて言えば、一九六五年の頃、当時住んでいた山形市で県立図書館から奥野の『文学的制覇』という分厚い評論集を借りだし、それを手引きに、ここにあげたような作品を片端から読んだものだった。

そして、こう述べてくるなら、次のように言ってみることは、――右のような個人的な経験に裏打ちされてのことであるけれども――一つの、それほど無理のない推論と言えるのではないかと、わたしは考える。

一九八〇年をすぎると、だいたいわたしなどの年代の書き手が数年の沈黙の後、小説を書くようになる。その代表的な例は、外国の作家としてはフォークナーを自分の主要な先達者と目し、日本の作家としては大江健三郎に学んだ中上健次（一九四六年生まれ）であり、また、同じく、フィッツジェラルドを好み、大江を一人の先達者とみなした村上春樹（一九四九年生まれ）である。

さて、彼らにおいて、戦後は、日本の戦後と世界の戦後と、二重になっている。それが、彼らの小説が、戦後の小説と、そしてまた一九六〇年代の小説とも違うことの根底としてある事実であろうとわたしは思う。わたしの考えでは、世界の戦後は、第一次世界大戦によってこの世界にくる。その悲惨、不安、死から、それはもたらされている。これに対し、日本は、それから四半世紀遅れ、一九四五年になって、はじめてその戦後を身をもって体験し、戦後文学というものを作りだす。むろんその二回目の世界戦争は最初のそれになかった新しい事態――ユダヤ人の絶滅収容所と原爆――を生みだしている。しかし、人類は最初の世界戦争で、その新しい地平へと踏みだしている。それは、人間の生活の基盤ごと変える一つの世界の大きくて深い改変のできごとだった。そのため、日本の戦後が、いわば都市空間の成熟をともない、そのような世界の改変を身にまとうまでに、さらにおよそ十五年という年月が必要とされることとなるのである。

笠井潔は、あるところで、それまで自動車としか書かれなかったものが小説内に、ジャガーであるとかトヨタ・セリカであるとかいわばブランド名で表現されるようになるのは、日本の小説では、『砂の上の植物群』などの吉行淳之介、『性的人間』、『個人的な体験』前後の大江健三郎あたりからだろうと述べている。つまり、世界の文学において、第一次世界大戦の戦後文学であるヘミングウェイの『日はまた昇る』あたりではじめて起こったことが、日本文学では、一九六〇年代初頭に起こっている。それからさらに二〇年して、都市文化の隆盛の中、新しい文学を担うように登場した小説家のうち何人かが、ともにアメリカの第一次世界大戦後の作家達を、自分の小説家としての原点とみなすようになるというのは、日本における「戦争と文学」に関し、一つの指標をなすものと言える。彼らはその都市風俗の類いまれな描き手となり、読者を育てる。そしてその読者たちが、今度は、その第一次世界大戦の戦後文学を読む。そしてそこに自分達と「地続き」のものを感じるのだとしたら、そういうことを、わたし達は、単なる偶然だとは考えるわけにはいかない。

はじめて世界戦争が起こった時、人は何を経験したのだろうか。

それをいまわたし達が知っているとは言えない。当時のヨーロッパの人間が知っていたかどうかもわからない。しかし、その経験の波は、ゆっくり人間の内部の海を渡り、時間をかけ、一つの世界からもう一つの世界に辿りつく。その時間が二〇年ということもあれば、五〇年ということもあるだろう。しかし、それは、時間をかけ、確実に人から人へ、たどりつく。そこがキューバであろうと、アイスランドであろうと、コンゴであろうと。わたし達の戦後の文学の中にも、いまなら、そういう二つの戦争の記憶がしまいこまれている。耳を澄ませば、その二つの声が違うものとして聴き取られる。世界の戦後と、その国の戦後と。そういう微細な戦争に向けての感受性が、もう必要な時点に、わたし達はきているはずである。

降りてくる光
——大岡昇平の三つの自伝

1

この巻（『大岡昇平全集』第十一巻）は、『幼年』（連載時「わが生涯を紀行する」）、『少年』、『萌野』という、一九七一年から一九七五年にかけて書かれた三編の自伝的作品を中心に、それに関連する六編の小品、文章を加え、構成されている。

このうち、『幼年』は作者ゼロ歳から八歳まで、『少年』は、作者九歳から十六歳までを描く。二つで自伝二部作をなすが、これに対し、『萌野』は、一九七二年四月、作者六十三歳の時になされたニューヨーク在住の長男に会いに行く約三週間の訪問を記録している。

萌野とはその時生まれようとしている長男のはじめての子の名前。作者にとって初孫となる子の名を冠したこの異国の息子との交歓記は、『幼年』と『少年』が父と母の間に育つ子どもとしての作者を対象としているのに対し、息子夫婦と生まれてこようとする孫を前に、父、祖父として現われる老人としての作者自身を描く。この作品は、一九七二年から七三年にかけ、『幼年』と『少年』

の間に書かれた。この時期、つまり一九七一年から一九七五年にかけ、作者は、青年期と壮年期の「文学」をサンドウィッチするように、自分の生涯の「へり」をなす、幼年期、少年期と、老年期の自己を、一風変わった自伝の形で、描こうとするのである。

さて、これらの「自伝の試み」(『少年』の副題は「ある自伝の試み」である)において、著者大岡昇平は、何をしようとしているのだろうか。

はじめにわたしの端的な読後感を述べれば、わたしは、『幼年』のある個所、次に述べるようなくだりにさしかかり、いわくいいがたい、ある感情をおぼえた。

作者は、幼い時分の自分の悪癖について語る。作者七歳の時、弟が生まれることになり、母が入院した。家に残された作者は、その時「小銭をくすねることを憶え」る。その悪癖は、留守に家政を見にきた女性に見つかり、へんな顔をされることで、一時は治まるのだが、二年後、家計が豊かになると、また復活し、やがて少年の「良心の重荷」となる。

なぜこれが止められないのか、と私は悩んだ。しかし家の中に人がいず、目の前にたしかに金の入っている場所があると、私の手は自然に伸びて、その抽出しをあけて、いくらかの金を引き出してしまうのである。

ここは、書かれていることがささいなことであるだけに、奇妙にリアルな感触の伝わる個所だが、『幼年』は、これにさらに、このようなくだりを用意している。

盗癖は、私の生涯の汚点であり、成長しても私の心に重くのしかかった。従って例えば島崎藤村が幼時の盗癖について、簡単な告白をするのを読んで、慰められたのであるが、私がはじめて告白したのはフィリピンの山の中で、相手は戦友の真藤俊竜である。まもなく敵が来る、死が近いと予想される場合、兵隊は互いに女房にもいわないようなことを話し合うものだが（戦友が帰還してからも不思議な紐帯で結ばれているのはこのためである）、みながする告白の一つとして、私は真藤にこの話をした。

このくだりのどこが、どんなふうにわたしの心に食い込んだか、を言うのは、難しい。簡潔に言うならわたしは、死の直前に作者が戦友に語る「女房にもいわないようなこと」が、幼時の盗癖だったことに、胸を衝かれるのである。

さて、ここでのわたしの解説は、このわたしの読後感に基づく。これらの一連の自伝的作品で、作者は何をしようとしているのか。

2

大岡自身は『幼年』、『少年』の二部作の執筆の意図を、『幼年』の冒頭にこう記している。

大正年間に東京郊外で育った一人の少年が何を感じ、何を思ったかを書いて行けば、その間の渋谷の変遷が現れて来るはずである。「私は」「私の」と自己を主張するのは、元来私の趣味にない。渋谷という環境に埋没させせつつ、自己を語るのが目的である。

作者は何をしようとしているか、とは、ここで、とりもなおさず、作者はいったい何をしようと、「渋谷という環境に埋没させつつ、自己を語る」という書き方を、採用しているのか、ということである。

大岡はこの作品で、幼少時の自分を育んだ渋谷の地形、三田用水、渋谷川、宇田川を中心とする水系などについて詳述する。また都市化の進行する現在の渋谷駅付近の町の変遷、当時の子どもの遊び、自分の学んだ大正年間の小学校の教育、青山学院の沿革などについて克明に語る。作者の自己は、そこで自身は詰め物をされながら、また一個の自我として、環境というそれを包む異質な地層の中にすっぽりと「埋没」する。読者は、何か、作者のめざしていることが、「自分」の化石化といったものではないのか、そんな印象を受けとることになる。

ところで、彼は「自己を語る」べくなぜこのような迂遠な方法をここで採用しているのだろうか。わたしは、この一連の「試み」が、『レイテ戦記』及び『ミンドロ島ふたたび』執筆の後を襲う形で、一九七一年一月にはじまっているところに、このことを考える一つの手がかりは、顔を見せている、と思う。

先に述べたように、この三つの自伝的作品は、一九七一年から七五年にかけ、踵を接する形で次から次へと書きつがれる。

『幼年』は一九七一年一月、季刊誌『別冊潮』（二回目からは後続誌『季刊日本の将来』）に連載され、約二年間、一九七二年十一月まで続く。その連載終了に先立ち、一九七二年四月、作者は長男夫妻の住むニューヨークに向けて約三週間の旅行を行なうが、その訪問記『萌野』が三カ月後、一九七二年七月から連載され、翌七三年三月に完結すると（『群像』）、今度は翌四月、『少年』の連載がはじまり、それは翌々年の一九七五年七月まで続く（『文芸展望』）。

ところで大岡は、これに先立ち、一九六七年一月から一九六九年七月まで、『レイテ戦記』を連載している。連載終了後、一気に『ミンドロ島ふたたび』が書かれ、それは翌月、一九六九年八月に発表されている。『レイテ戦記』は連載終了後、一九七〇年五月までその後の調査で明らかになった事実をもとにテクストに加筆訂正を加えられ、さらにその後も考証調査が続けられて、結局、連載終了のおよそ二年後、一九七一年九月に単行本として刊行される。つまり、『幼年』、『萌野』、『少年』という一九七一年から四年半続く自伝的作品群は、『レイテ戦記』、『ミンドロ島ふたたび』という「戦争物」の執筆が終わると、これを引き継ぐ形で、彼の関心の対象となっているのである。

ところでここに一つの興味深い事実がある。この「戦争物」から自伝的連作への移行は、大岡の場合、この時がはじめてではない。それは、十数年前に一度あったことの、ほぼ同型的な反復なのだ。

よく知られているように、大岡はフィリピンで俘虜の生活を送った後、一九四五年十二月、復員すると、その後、一九四八年から一九五一年にかけ、『俘虜記』、『野火』と連続して従軍体験に取材した「戦争物」の作品を書く。いま手元の筑摩版現代日本文学大系第五九巻『大岡昇平集』を開くと、二作の制作年月の記載は、「昭和二十三年二月—二十六年一月」（『俘虜記』）と「昭和二十六年一月―八月」（『野火』）であり、その執筆時期は一九四八年二月から一九五一年八月まで、三年半を間断なく覆っている（単行本の上梓は『野火』が一九五二年二月、合本『俘虜記』が同十二月。また一九五〇年には復員者の物語『武蔵野夫人』が書かれている）。

ところが、この時も、これら「戦争物」の執筆が終わると、なぜか大岡の関心は家族を主対象とした自伝的な素材に向かっている。

『野火』の原形は、一九四八年と四九年、二回に分けて発表されている。一九五〇年九月、『俘虜記』が断章「新しき俘虜と古き俘虜」、「俘虜演芸大会」、「帰還」の執筆を終えて一応の決着を見、『武蔵野夫人』の連載も終了して大岡のこの間の「戦争と人間の探求」の仕事に一区切りがつくと、翌月、「妻」というこれまでにない自伝的小品が発表されるが、それには不思議にも、「私小説」と傍題が振られ、このいわば「私小説の試み」は、以後、「姉」（十一月）、「家」（五一年三月）、「母」（六月）、「父」（八月）、「帰郷」（九月）と合計六編を数える一連の家族連作の発端となるのである。

ここに顔を出しているのは、大岡の文学におけるどのような事情といえばよいだろうか。

はじめに言っておけば、ここで一九五〇年代の「母」、「父」、「姉」その他の連作と一九七〇年代の『幼年』、『少年』、『萌野』の関係は、一九四〇年代後半の「戦争物」と一九六〇年代後半の「戦争物」の関係と、ほぼ相似なのではないか、というのが、わたしの見通しである。

年譜によれば、大岡が『レイテ戦記』を執筆するきっかけは、直接的に一九六六年五月一日、彼が「レイテ同生会」に参加することからもたらされる。この日、彼は「愛知県蒲郡で開かれたレイテ島俘虜収容所の仲間の結成する」その会に出るが、そこであるものを見せられ、あることを聞かせられる。

ここのところ、年譜はこう記している。


……「レイテ同生会」に参加。「第一師団レイテ戦記」及び、公刊戦史に基づいた第二十六師団のレイテ戦記『いずみ』の出版を知る。米軍上陸時にレイテ島東海岸を守備した第十六師団は将校のすべてを失ったため師団の行動記録を持たず、依頼を受けて戦記執筆の約束をする。


ところで、もしここで、この年譜の記述をヒントに、大岡の『レイテ戦記』執筆の直接のきっかけが、将校全滅と行動記録の消滅による戦記執筆の不可能、という事実だったと考えてみると、どういうことになるだろう。

すると、あの「渋谷の環境に埋没させつつ、自己を語る」方法は、わたし達に、これまでとは違ったふうに見えてくるのではないだろうか。

わたしに『レイテ戦記』は、『俘虜記』と『野火』の深められた姿と見える。『俘虜記』と『野火』は、もちろんそれだけでも十分にそれまでの戦争文学の枠組みを踏み破る実質をもつ傑作だが、しかし、それはいわば戦争からの生還者による彼の戦争の記述にほかならなかった。しかし、戦争からいつも人は生きて還ってくるだけではない。ここにこういう問いが生まれる。もしここに、兵士が全滅して生還者の一人もいない戦争があるとしたら、そういう戦争は、誰によって、またどのような方法で、記述されうるか。

『俘虜記』、『野火』はいわば戦場から還ってきた生還者による戦争の記述なのだが、そういうなら、『レイテ戦記』は、全滅して生存者のいない戦争の、死者に「依頼を受けて」書かれる、書き手の「私」の、もう死んでいない戦記なのである。大岡は、この課題に、「私」を「レイテ島という環境に埋没させせつつ、兵士一人一人を語る」方法を手に、立ち向かう。彼は書き手の「私」をここでいったん殺す。『幼年』、『少年』が採用しているのは、この『レイテ戦記』で彼の発見した方法なのである。

3

一九五一年二月、大岡が「妻」に振った「私小説」という傍題に対して、時の代表的私小説家尾崎一雄からこんな「公開質問」が寄せられている。

大岡昇平氏に――あなたは「妻」といふ小説に限つて傍題に『私小説』とつけて居られましたが、如何なる理由によるものでせうか。尚、私小説に就いてのあなたのお考へをお聞かせ下されば幸ひです。

（神奈川県・尾崎一雄・作家）

大岡は、これに、

お咎めを受けて恐縮致しました。拙作「妻」を「私小説」と傍題したのは、別に深い仔細はなく、至極曖昧な気持でありましたが、御質問を機に少し反省してみました。

とはじまる回答を寄せるが（「尾崎一雄氏に答ふ」）、そこに語られているのは、ほぼ、こういうことである。

自分はこれまで書いてきた『俘虜記』も、私小説の端くれくらいに思っており、決して「私小説撲滅論者」ではない。むしろこの伝統を恩義に感じている。

ただ、『俘虜記』では、この私小説的な手法が、孤独な時期を描くうちはよかったが、俘虜になると、うまくいかなくなった。それ以前は「小生の個人的経験を反省するだけで足り」たが、「収容所に入ると周囲に俘虜といふ集団が現れて来」た。自分もその集団の一員である以上、自分を描こうとするとその集団を描かなくてはならないが、集団を描くために自分の位置は「例へば観察者としても、限定されねばならず」、面倒なことになったからである。

もし才能があれば、或いはその間に「対象と自己の渾然たる一致」という理想を実現する道もあったかも知れない。しかし、自分が選んだのは「対象を主とし、自己を縮小する」道だった。

つまり「語り手」たる小生を「小市民」に限定しました。これはほゞ小生自身から文学青年を引いたものにほかなりませんが、この手段によつて、小生は多少自由に、ある意味で、無責任に、自分を棚に上げて、俘虜の惨めさとヒステリーを描くことだけは出来ました。

いったいに、そもそも「かういふ自己の仮設」を私小説作家は行なっているのだろうか。このジャンルの大家であるあなたに訊きたい。自分は戦場の挿話も書いたがそこでも先の「小市民の立場」は守られた。それを書き尽くし、やがて復員後の経験を書いたが、それは異常さのない誰もよく知る日常の情況なので、そこでは、自分の「小説的虚構或いは自己隠匿の範囲」はひどく限定され、自分は「不本意ながら――といふのは、小生には小生の私生活を暴露したいといふ欲望は全然ありませんので――」大変自分自身にならざるを得なかった。作品に「私小説」と断ったのは、「ありやうは、ちよつとてれた」のである。しかし、それが自分の生活そのままの記録でないのは、「俘虜戦争の記録」と「同じ」である――。

ところで、『幼年』、『少年』に加え、遡るようにこの時期の連作「妻」、「姉」、「家」、「母」、「父」、「帰郷」を読むと、一つ気づくことがある。大岡の家族環境は、一昔前の私小説家であれば一生書いていくのに不足しないほど、世に言う、「私小説的題材」に富んでいるというのが、それである。

まず、彼の母は芸妓の出身だった。父は大地主の三男の相場師で、二人は周囲に反対されながら結婚し、その後東京に出てきた。その生活は貧乏から富裕へと大きく揺れ動く。姉は父母の故郷和歌山で置屋兼料亭を経営する大叔母の養女となり、後に家に戻り、不幸な結婚と離婚を経て後年、いくぶん精神に失調をきたす。その離婚に際し、彼は義兄とほとんど殴り合わんばかりに衝突した。母は彼二十一歳の時に死に、その翌年には株の大暴落で父が全財産を失う。父はその六年後、彼二十八歳の時に死ぬが、その時彼には、父の妾の子である四人の異母弟妹がいる――。

そしてわたしは、これだけの私的事実の明細を、単行本一冊にも足りないここにあげた六つの短編から得ている。ここで注意するに足ることは、次の二つの事実だろう。一つ、たとえばいまここにあげた私的事実のうち大岡にとってもっとも重大なものである母の元の職業について、彼は、『少年』でそれを知った時のことに触れてこう書いている。

以後、このことはうちでは話されなかったし、わたしはどんな親しい友人にも、必要のない限りいったことはない。

また一つ、これ以前に大岡は、その書くものでこれらの事実に触れてはいなかった。この二つの事実から推して、わたし達が知るのは、つまりこの時の彼の家族連作の意味とでもいったものである。つまりこの一九五〇年十月からの一年に書かれる六編の短い作品で、彼は、彼にとっての、私小説的蕩尽を、試みているのである。

彼は彼の内面にとって重大きわまりない事柄、私小説家なら後生大事に抱え、それで感動的な名編をものせずにはいないはずの素材を、自分の中から選り出しては、ほとんど二束三文の値段で叩き売る。これらの家族連作はその「大売り出し」のため書かれている。それは、「私小説の扼殺」としての「私小説」であり、その試みの起点に彼が「私小説」と傍題を振るのは、けっして気まぐれではないのである。

しかし、「私小説」の扼殺とは、これ自体、ロマンティックな、私小説的行為にほかならない。

「私」からの「文学青年」の抜き取り、堅固な「自己の仮設」はそれで可能だろうが、「私」からの「文学」それ自体の抜き取り、小市民としての「自己」ならぬ、小市民と死を前にした兵士とをともに通底する「自己」の仮設は、それでは不可能なのである。

では、それはどのように可能か。

わたしは、『幼年』、『少年』は、そのような新しい「自己」の仮設に成功していると思う。

そのような「自己」とはどういう存在か。

それは小市民としての「自己」の仮設と、どのように違っているか。

自分の母が芸妓の出身であることを語る一九五一年作の「母」で、作者は、ある日友達に「芸妓の子」と罵られる。その個所は、そこに、こう書かれている。

しかし文学少年であった私は、その頃母の結婚前の職業を見抜いていて、別に打撃も受けなかった。

「芸妓の子」

とその子はさらに罵ったのであるが、私はむしろそれを誇る心を作り上げていたのである。

また、それに先立ち彼は、こうも書いている。

これ等母の「お友達」から、読者は母の結婚前の身分について、或る暗示を得られるであろう。

私は無論「母は和歌山市の芸妓であった」と書き出してもよかったのであるが、幾多巧妙なる小説家の手法を真似て、そしらぬ顔に、不確かな記憶を語り続けたのは、幼い私の感じた「もどかしい」思いの幾分かを、読者とわかちたかったからに外ならない。

彼はここで、いわば私小説的な「私」を扼殺している。つまり、精一杯ここで反私小説的にこの私小説的素材を処遇するのだが、どんなに私小説的感懐を扼殺しようと、それは、偽悪的な表情にしかならない。この一九五一年の作品で、反私小説的な自己の仮設は、その私小説的事実の扼殺でこそあれ、その私的な事実からの、人間的な事実の取りだしには、なっていないのである。

では、反文学的な自己、小市民的な自己ならぬ、小市民であると同時に死を前にした兵士でもある、そういう自己の仮設とは、どういうことか。この母の出自を十歳の作者が知る個所は、『少年』に、こう書かれる。彼はある日、母の知り合いの月島の家に祖母、姉と遊びに行き、たまたま居合わせたその家の「旦那」と祖母達のやりとりから、母の昔の職業を知り、その家を出る。

門を出ると涙が溢れて来た。私はよそ行きの行灯袴を穿いていたが、迸った涙はその末広がりの裾にさわらずに、じかに前方の地面に届いた。(私は涙もろい性質であるが、こういう泣き方をしたのは、この時と十年後弟保が死んだ時だけである)

ちょっと立ちどまろう。ここで、十歳の自分を、以下のように想起するのは、死を間近に感じる、六十四歳の作者なのである。

私はそのような卑しい母から生まれたことを情けなく思った。暮れかかる月島の町工場の並ぶ埃っぽい通りを、涙をぽたぽた流しながら歩いている、小学生の帽子をかぶった自分の姿は、いま思い出しても悲しくなる。

私はいまでも芸妓の子であることを売り物にする歌謡歌手などを見るといやな気がする。その歌手が、この時の私のように、どうしても乗り越えなければならなかったもののことを考えると、「はじめてお母さんが芸妓だと知った時は」とか「お母さんの職業をどう思います」とか質問する司会者を張り倒してやりたくなる。あれは噛まずに呑み込むほかはないものなので、冗談事ではないのである。

4

『幼年』、『少年』、『萌野』をつうじ、作者が語りかけてくるものは何だろう。

わたしは、作者の言明を信じないわけではないが、これらを読んだ読後感に照らし、これらに書かれている事柄と、これらに書いたと作者の述べている事柄との間には、あるズレがあるのを感じる。わたしは『幼年』を、その扉に「幼年　亡き母に捧ぐ」とある、母たる人への想いを地誌的記述に「埋没」させつつ語る、ユニークな試みとして読んだし、また『少年』は、回想する自分と回想される自分の「つながらなさ」に追いつめられていく、不思議な反自伝の試みとして受け取った。

しかし、そのむこうからやってくるのは、もう少し違う、ある垂直性の感覚である。垂直性の感覚とは、どういうものか。「母」の最後に大岡は、こう書いている。

今でも私は感情的窮境に立つ時、そっと、

「お母さん、助けて下さい」

と呟くことがある。呟いてみても、何の役にも立たないのはわかっているが、しばらくでも心が静まるぐらいの効目はある。

しかし戦場では、幾多「きけわだつみのこえ」の証言にも拘らず、一度も母の名は呼ぶ気にならなかったことを附け加えておく。事態は動物的ですらなかった。


一九五一年、ここで、作者の中の母あるいは幼年、少年の自分と、兵士の自分は、分裂している。彼はこの私小説的蕩尽の試みの最後に、そのことを確認しているのである。しかし、『幼年』、『少年』が実現しているのは、この分裂の克服である。

ここで大岡は何をしているのか。

語られていることの柱は大きく言って三つある。一つは芸妓だった母の出自にまつわるものであり、もう一つは、冒頭で触れた、盗癖に端的な現われを見る彼の錯綜した悪の意識である。最後の一つはなぜ自分がキリスト教の神を求めるようになったか、ということだが、ところで、この三つは、次のような個所で、三位一体とでもいうかのような、「つながり」の場面をもつ。
盗癖に溺れ、日毎に母の財布から小銭をくすねていたある日、九歳の彼は盗んだ金の使い残しを入れておいた曳出しから、金が消えているのに気づく。母の箪笥の曳出しに手をかけると、鍵がかかっている。彼は発見されたと思い、母の厳しい叱責を覚悟する。しかし、母は彼を叱らない。

なぜ叱られないのか、私はわからなかった。（中略）
母がそれをしなかったのは、長男の悪癖を知って、ただあわててしまい、どうしていいかわからなかったからだと思う。後になって、わたしの理解した母の立場を考え合せると事態は深刻である。

考えてみれば、芸妓の出である母は父の家が裕福になった後も父の親戚の間で肩身を狭くして生きた。「自分が生んだ子の盗癖の発見は、母にとっては天地がひっくり返るような打撃」だったのである。
この盗癖について彼は「自分が悪いことをしているのだという意識はあった」、「人の目をかすめて何かをすることには、根本的に醜さがある」と記している。盗癖は少年の彼に「自分の悪い本性の認識」と「悪いことと知りつつやめられない弱さの自覚」に導く。「この根拠から」、彼は「キリスト教の神を呼ぶに到」るが、「後に母の元の職業を知り、キリスト教の信仰を得た時、一度このことを母に詫び、かばってくれたことに礼をいいたいと思った。もう悪いことはしないから安心してくれ、といわなければならないと思った」。

その頃は家は松濤の大きな家に越していた。私は夕食後、日課の聖書朗読とお祈りをすませてから、居間に出ていった。父の帰りのおそい日で、母は十畳の居間の火鉢の前で、編物をしていた。私は母の前に正座し、

「お母さん」と呼んだ。

「はい、なんですか」

とすぐ返事が返って来たが、母はそのまま編物を続けた。この時、母が顔を上げて、私の眼を見てくれたら、私は涙と共に告白していたろう。しかし母は下を向いたまま、編物の手を休めなかった。それは「お前がなにをいいたいのかわかっていますよ」といっているように見えた。「いわなくともいいのですよ」と。

ここには六十四歳の作者と、十二歳の作者と、この時三十七歳であるはずの母が、父でも子でも母でもない、何か対等の存在、人間として、佇んでいる。そうであることで、作者の何かが、深く癒されていると、このくだりはわたしに感じさせる。

ここまで来て、思うが、ここで癒されているもの、それを示そうと、わたしは、この解説の冒頭近く、『幼年』におけるフィリピンでの「告白」の個所を引いたのではなかっただろうか。「まもなく敵が来る、死が近いと予想される場合、兵隊は互いに女房にもいわないようなことを話し合う」、

そしてこのことが「戦友が帰還してからも不思議な紐帯で結ばれている」理由だ、と作者は書いている。そしてそうだとしたら、そこには神がいる。という意味は、どのような神かは知らず、そこには日常の場面と戦場の場面、生の場所と死の場所、書く老年と書かれる幼年をひとしなみの存在にし、隣り合わせに佇ませる、ある垂直的な契機がある、とわたしは思う。

ここには降りてくる光があるのだ。

それはまた主題の深さの感覚でもある。幼年、少年の経験をここまで深く潜ることで、作者はある水中の洞窟をくぐっている。その洞窟をくぐり、彼は、戦場の経験の場にぽっかりと抜け出ている。ここでは、あの一九五一年に分裂を自覚された彼の中の母の主題、自己の主題と、戦争の主題が、「つながっている」。この連作の読後に残る二つの忘れられない「告白」の場面が、十二歳の渋谷松濤での母との場面、三十五歳のフィリピン・ミンドロ島での戦友との場面であることのうちにわたし達に見て取られるのは、彼の二つの経験が、ここで「通底」されている、ということなのである。

一つの提灯が薄闇の中に浮かぶ。そして一つの提灯が畳まれ、灯が一つから一つに移される。最後に「イカナルオトギ話モ述ベナイ」とハイデッガー『存在と時間』に引かれるプラトンの言葉が現われ、わたし達を驚かせる『萌野』を含め、わたしは、この「自伝の試み」に、きわめて個人的な「約束」が果たされているのを感じる。二度まで「戦争物」の執筆が彼に自伝に接近させる引き金になっているのは偶然ではない。『レイテ戦記』は、死んだ戦友への約束の遂行だが、これらの自伝連作も、彼の中の誰とも知れぬもう一人の死者との、約束の遂行である。

近代日本のリベラリズム
――夏目漱石の個人主義

1

いま、夏目漱石を一つの思想の溶鉱炉として思い浮かべるなら、わたしにやってくるのは、近代日本におけるリベラルな個人主義の出現地点というイメージである。おいおいその理由を語っていくが、それは、それ以後のリベラルな主義とは違い、ヨーロッパの近代から移入されたという性格をもたない。近代日本が、自分の過去を切り捨て、自分の風俗習慣から切断され、まったく異質の世界に投げ出された、その「根無し草」性のただなかでつかまれたものという固有の性格をもっている。

それは、骨がらみになったリベラリズム、宿痾《しゅくあ》のような個人主義である。わたしの場合、そういう夏目漱石への入口は、文章だった。

本当の意味で堅固で、論理的な文といま、わたしが思う近代の日本語が、漱石の書き残しているエッセイと講演での言葉である。本書（中公文庫『私の個人主義ほか』）は、そのうち主要なものをほぼおさめている。読者には、実際の文にあたってもらえばよいが、その触感は水羊羹《みずようかん》に似ている。つまり表面と中身の間に堅さの差がない。論理と感情が分離していない。

たとえば音楽の用語にアップビート、ダウンビートというのがある。指揮者が一気に指揮棒を下にふりおろす、その強拍の気配をダウンビートと言うが、逆に彼が指揮棒をふっと上にあげる、その上拍、弱拍の気配をアップビートと言う。たとえると、彼が講演をする時、どんな講演でも、その話は、アップビートなはじまり方をする。つまりほんとうは話すべきこと、話したいことなんて何もないんだけれども……、とでも言いたげな、ふっとした空白の気配を、それはいつも出だしにもつ。本題に入る前にいつも彼のしてみせる、このイヤイヤのような逡《しゅん》巡《じゅん》のしぐさを、読者は、どう見るだろうか。

「はなはだお暑いことで、こう暑くては多人数お寄り合いになって演説などお聴きになるのはさだめしお苦しいだろうと思います」

こうはじまる講演「現代日本の開化」は、講話嫌いの漱石が珍しく集中的に四カ所で立て続けに異なる題目の講演を行なった明治四十四（一九一一）年夏の近畿での一連の講演の一つである。この時、彼は、二日前の明石公会堂での講演（「道楽と職業」）に続き、和歌山県会議事堂で午後一時からの講演会に臨んでいる。この時の演者は、後醍院蘆山、牧放浪、夏目漱石の三人。漱石は最後の登壇で、こう続ける。

いま、夏目の話は紆余《うよ》曲折の妙があると先の話し手牧君から紹介がありましたが、実はぶっちやけた話、どうもそんなに話す材料があるとも思えず、先のあなたの話をすこし伸ばしてもらえますかと会のはじまる前牧君に相談したのである。牧君は快諾してくれましたがその結果、夏目の話には紆余曲折の妙があると言われた。そう紹介されると、今度はその通りにやらなくてはならないような気がして、また非常にやりにくい。まあ元来がそういう情けない実情なので、今日は曲折どころでない、まっすぐ行く短い話となるはずである。

彼の話はいつも通り、こんな寄席の噺家《はなしか》めいた口調ではじまる。この時で言えば、先に話しているる後醍院蘆山のものは「海に行け」、牧放浪のものは「列国の対支政策」と、いずれも題目に見るかぎり威勢のよいダウンビートな内容の講演であるところから、その日の和歌山県議会の聴衆は、ここにきてにわかに話が「低い調子」、弱拍なものに変わるのを感じたはずである。明治四十四年八月、台風一過の和歌山、「はなはだお暑いことで」とはじまる漱石の談話には、先ずなにより時の「語り口」とは異質なもの、それに水をさすような、別の気分をもちこむ、そういってよければリベラリズム以前のリベラルな性格が、つきまとっているのである。

それは世の硬派的な言説に対する柔軟な違和感といったものである以前に、自分というものが自分であるためにまとわなければならない堅さへの、優柔な気分である。なぜ彼はいつもなにごとかを発語する前にイヤイヤをするのか。彼は、彼の前で、彼というものに対して、抗《あらが》っている。

この時の話も、ここまでがいわば牧放浪評して夏目の話の紆余曲折のとりつき口、話のはじまる「門口」前の逡巡にあたる部分で、ここまできてようやく、彼は話の「門」をくぐり、「玄関」に達し、今日の題目は「現代日本の開化」というのだと言う。ではそれは何か。「『現代』という字があって『日本』という字があって『開化』という字があって、その間へ『の』の字がはいって居ると思えばそれだけの話です。何の造作もなくただ現今の日本の開化という、こういう簡単なものです」。しかし諸君はこのことの意味を「よくお分かりになっておるまいと思う」。失礼なことを言うようだが、実は自分にもそれほどはわかっていないのである。けれども諸君よりもこのことについて余計に頭を使う余裕のある境遇にいるので、自分の思った所だけをあなた方に聞いてもらいたいと思う。

「開化」とは何か、その「定義」から考えてみよう。

話はようやく「開化」一般の定義に辿《たど》り着く。しかし、そもそも「定義」とは何か、余り窮屈なものはよい定義ではない、だいたいでよいのだ、と再び定義論に転じ、紆余曲折し、そして、たぶん講演としては十五分ほどものらりくらりした後、ようやく、というか突然、漱石の講演は本題に入る。「開化は人間活力の発現の経路である。と私はこういいたい」。ところで人間活力には二つある。できるだけ活力を節約したいという「便利志向」と、できるだけ活力を発揮消耗したい「快楽志向」の二つ、すなわち、「しなくてはならない」方向と、「したい」方向との、二力である――。

彼の講演は、いつもこうだが、この本題前の逡巡、イヤイヤの身ぶりに、漱石のものごとの考え方の真髄が、よく現われている。簡単に言えば、彼は、平常心でものごとを考えようとする。日常的な生活の場所から離れずに、日本のことも、文明のことも、人間一般の問題も、近代が新しく日本社会と明治の日本人に強いることになった苛酷《かこく》な内面の問題も、「お暑いことです」とはじまる世間の言葉で語ろうとする。もうそれまでの当たり前が通用しなくなった、新しい、根こそぎにされた時代に、当たり前のことをごく当たり前に言おうとした、そしてそうすることが大事であることを知っていた、最初の一人が、漱石なのではないか。わたしにはそう思われるのである。

別に言うなら、わたしはその文章に、漱石の思想的な一番の達成が見られると言おうとしているのかもしれない。その自然さ、正直さ、自由さ。しかし、それらがいったいどこから得られるか。そう問いをたてると、わたしの話も本題に近づく。

私事に亘《わた》るが、わたしが夏目漱石を集中的に読むようになったのは、一九九三年春のことである。この年の春、身の回りに望ましくない事態が起こり、意気消沈して、二十何年ぶりかに活字というものが余り読めなくなった。その時、『坊っちゃん』を読んで、気持ちがなだめられるのを感じたのである。

元気をなくすと、なぜ言葉が読めなくなるか。私見を言えば、言葉は意味をもっている。それは言葉の原罪である。そのため、言葉はこれを読む人にそこに盛られていることを理解せよという促しとして働く。元気のある人にその力はほとんど意に介するに値しないものとして受けとられるが、元気のない人の場合、それが言葉の原圧力として肌に痛く感じられるのである。

漱石の文章にはその原圧力というものが少ない。『坊っちゃん』の文章には、ここにいう言葉の原圧力がほとんど感じられなかった。わたしはこの小説を読んで、ここに淋《さび》しい小説があると思った。淋しい、そこが心地よいと。この小説を書いた人は、よほど言葉の原圧力に苦しんだのに違いない。この漱石の初期の小説の淋しさが、小説としてのどういう性格を現わしているかは、別の問題に属するが、漱石の講演の文章、エッセイの文章にも、同じ言葉のその微弱さが、固有の性格としてつきまとっている。漱石の思想をリベラルの一語で言おうとする時、その達成、というよりその根源に、この言葉の原圧力の微弱さがある。それはどこからくるのか。そこに、言葉にされるべきことがらがひそんでいるとわたしは感じている。

2

日本の社会は、近代以後、一八五三年の黒船来航から六七年の大政奉還までの幕末の対内戦争の十五年間、そして一九三一年の満州事変から一九四五年のポツダム宣言受諾までの対外戦争の十五年間と、二度、十五年間の激変期を経験している。一つの社会が信奉する価値を根本的に覆すという事態を革命と呼ぶなら、明治維新と敗戦での、二度の社会の変化、体制の交代、人々の考え方の変容は、ともに一つの社会的、政治的、文化的改革の名に恥じない中身をもっている。

しかしそれは、その意味こそ違え、十分に内発的ではないことをその本質としている点でも共通している。敗戦と占領による戦後改革についてはいうまでもないが、明治維新もまた、政治革命としてはやや内発的な性格をもっているとはいえ、社会革命、文化革命としては、十分に当時の列強によって開国を迫られた結果起こった、外発的な社会変化ということを本質としている。

ところで、そのような社会の激変期、人は、どのような経験を強いられるのか。こうした経験をもっとも端的に語ったものに、福沢諭吉の「恰《あたか》も一身にして二生を経るが如く、一人にして両身あるが如し」（『文明論之概略』）の言葉があることは、よく知られている。

福沢は、天保五（一八三五）年に生まれ、明治維新を三十二歳で迎えた。後に徳富蘇峰に「天保の老人」たちと呼ばれる彼の同世代人には、四歳年上の吉田松陰から一歳年下の坂本竜馬まで、明治を迎える前に死んだ幕末の志士が多い。同じく昭和の激変期を通過した戦中派の橋川文三も、この福沢の言葉を引き、「前半の生に対する疑いもない体験と、後半の生に対する同様に明白な実感との間に生じるダイナミックス――それが本来の歴史形成の動因になる」（『戦争体験』論の意味」）と述べ、この特質を戦争体験の本質にあげているが、このような激変期の経験に対し、戦後に生まれたわたしなどに気になるのは、では、そういう激変期の後、そこに「根無し草」の存在として生み落とされる人間は、どういう経験をするのか、そこでの経験の原質とは、どのようなものになるのか、ということである。

ある意味で、こうした社会の激変が、本当のところ何を意味しているか、またそれが結局人をどのような場所まで連れていくか、ということは、この先の時代の問題に属している。そしてそれを負託として引き受けるのは、激変の時期の通過者たちというより、その次の世代の者である。そこで彼らが経験するはずの生は、先の激変期の当事者たちのそれが「一身にして二生を経る」、ないし「一人にして両身ある」ものであるのに比べ、見方によっては、もっと苛酷なものであると言える。「一身にして二生を経る」、「一人にして両身ある」ならまだそこには「一身」があり、また「一人」たる自己がある。しかし、彼らの生は、「一身にしてその前世を奪われた」、ないし「一人にして胴体から先の下半身の過去を切断された」、基盤に欠損を抱えたものとなる。そういう状態のまま、一刀両断された社会に「根無し草」の存在として生まれ落ち、生きる人間は、そこから、どのような問題を受けとることになるのだろうか。
わたしの目に、夏目漱石は、そのような問いに正面からぶつかり、これに答えた最初の一人と映る。

漱石は福沢から三十二年遅れ、慶応三（一八六七）年――つまり明治維新（一八六八年）の前年――、江戸市中の外れ、牛込馬場下に名主の子として生まれる。彼が生まれ落ちた近代という時代は、その原理が生みだされた西欧以外の諸地域を、いわばその原理の移入をへて、すべて根無し草の社会としている。そのためこの根無し草の社会に生きる経験は、現在に続く世界的な普遍性をもつともいえるのだが、わたしに、彼のへた経験は、そうした「移入された近代」に固有な、根無し草の社会に自分自身根無し草として生まれ落ちる人間の、原型的な経験と見えるのである。

はじめにわたしの考えを言っておこう。彼の平明で低徊《ていかい》するあのリベラルな個人主義ともいうべき考え方と態度は、どこからくるのか。わたしはそれは、この苛烈《かれつ》な「根無し草」の経験を産土として、生まれている、と考える。

3

漱石の思想経験の核心は、明治三十三（一九〇〇）年秋から同三十五（一九〇二）年末に及ぶ、ロンドン滞在経験にある。彼は、そのロンドンでの体験をへて、一人の風変わりな英文学研究者から文学者、作家、思想家に生まれ変わる。もしこの通説的な解釈に付け加えるべきことがあるとしたら、この経験の意味が、漱石自身に明らかになるのに、いくつかの段階が踏まれている、ということだろう。まず、このロンドン体験の輪郭を、手短かに粗描してみる。

漱石は、大学予備門が学制改革で改称され、第一高等中学校となる明治二十一（一八八八）年、二十一歳の時、同校本科に入学している。同級に正岡子規がおり、その影響下に自作の紀行漢詩文集ではじめて「漱石」の雅号を名乗る。「夏目漱石小伝」を書く江藤淳によれば、彼が英文学専攻を決意するのは、その入学に際してのことである。翌二十三（一八九〇）年、帝国大学文科大学英文科に入学、二十六（一八九三）年に卒業すると、優等の特待生として在学中から講師となっていた東京専門学校に加え、正式に東京高等師範学校英語教師に就任し、二十八（一八九五）年、これらをともに辞して四国の松山中学に赴任、さらに二十九（一八九六）年、熊本の第五高等学校に移り、同年結婚、同校の教授となった後、三十三（一九〇〇）年、この年から導入された高等学校教授への留学の門戸開放策の第一期生として、「英語研究ノ為メ」、英国留学を命じられている。

しかし、彼はこの政府の決定に、抵抗する。後年、「『文学論』序」と「私の個人主義」と二度の機会に、その時のことを述懐しているが、そこで彼は、ほぼこういう意味のことを述べている。

思えば自分が日本で英文学を学ぼうと思ったのは、少年時に好んで漢籍を学ぶ機会があり、「文学はかくのごときものなりとの定義」を冥々裡《めいめいり》にそこから得、ひそかに英文学もし「かくのごときものならば」、一生涯をかけて学んでも悔いはない、と思ったからである。しかし、その後、大学に進み、勉強を重ねたが、一向に肝腎の文学の書を読むというところまではいかない。そしてそのままに卒業となり、自分には「何となく英文学に欺かれたるがごとき不安の念」、「寂寞《せきばく》の感」が残った。その後、松山に行き、熊本に移り、英文学の勉強を続けてきたが、その不安は消えなかった。

彼は、出発に際し、あることをたしかめに文部省に赴いている。

余の命令せられたる研究の題目は英語にして英文学にあらず。余はこの点についてその範囲および細目を知るの必要ありしをもって時の専門学務局長上田万年《かずとし》氏を文部省に訪《と》うて委細《いさい》を質《ただ》したり。上田氏の答えには、べつだん窮屈なる束縛を置くの必要を認めず、ただ帰朝後高等学校もしくは大学にて教授すべき課目を専修せられたき希望なりとありたり。ここにおいて命令せられたる題目に英語とあるは、多少自家の意見にて変更しうるの余地あることを認め得たり。(『文学論』序」)

「英語」か、「英文学」か。不安はまず、実なるものと虚なるもの、という対位で彼に届いていたことがわかる。漱石は、英語研究と英文学研究をまったく異質なものと認めた上で、自分の研究対象は、英語ではなく英文学でもよいのか、とたしかめ、それでよしと確信できてはじめて、最終的に留学を諾《うべな》っている。しかしそれは単なる個人的な迷いではない。その逡巡の背後に、たぶん次のような、当時の留学をめぐる国家的な背景がひかえている。

明治政府は、維新後、大規模な西洋文明の導入をめざし、ただちに大々的な御雇外国人の招聘《しょうへい》、雇用と、以後選良となる人材の留学派遣に踏みきっている。明治十年代半ばをすぎる頃からは、これを制度化し、しだいに対象者を当時の法学、医学、工学のエリート校、陸海軍の学校等の修了者に絞り、順次帰国次第、御雇外国人に代え、その分野における近代化の指導的人材にあてるようになる。漱石が留学の命令を受けとるのは、その留学制度が施行後二十年余りを経てようやく第二期を迎えようという時期である。彼の懸念は、そのような時期に近代日本がぶつからざるをえない、ある必然的な試練にふれているのである。

それは、一言で言えば、留学目的が、近代先進諸国に赴き、富国強兵のため、実学中心の学問技術を修得し、国家に資するという実なるもの中心の第一期をすぎ、文化、学芸、哲学といったいわば虚なるものの領域に広がる時、当然、起こらざるをえない問題と言える。実なるもの（英語研究）と、虚なるもの（英文学研究）と。その一点に躓《つまず》き、それを文部省に確かめにいった漱石の懸念は、留学先で修学するのは、虚なるもの、英文学研究でなんら差支えないという上田万年の言葉で一先ず、氷解している。しかし、問題が消えているのではない。では、その虚なるものの研究は、これを彼に命じる実なるもの、明治国家に、どのような意味で資することになるのか。虚なるものは、どのようなものとして実なるものの世界に場所と位置と意味を見出すのか。

漱石は、こうして、英文学とは何かということを、国家のために研究するという、それ自体のうちに矛盾といってもよい激しい断層を含む、新たな課題を背負い、外国に赴く最初期の留学生の一人となる。それは、一つの過去から切断された社会がまず実利を求め、独立を確保し、その後、一国の態をなし、自分の文化、伝統、社会の基礎に目を向ける過程で遭遇しなければならない、一個の難問を意味している。「根無し草」の社会に、「前世の記憶を奪われた」半身として産み落とされた人間が、自前の自己を確立するとはどのようなことか。彼は、そういう明治という新社会のもつ一大課題に答えることをも同時に負託され、イギリスに向かうのである。

4

ロンドンで、漱石は思う。

ロンドンは語学練習の地としてはもっとも便宜なりといえり。（中略）されど、余は単に語学に上達するの目的をもって英国に来たれるにあらず。官命は官命なり、余の意志は余の意志なり。上田局長の言に背かざる範囲内において、余は余の意志を満足せしむるの自由を有す。語学を熟達せしむるのかたわら余が文学の研究に従事したるは、単に余の好奇心に出でたりといわんよりは、半ばは上田局長の言を服膺《ふくよう》せるの結果なるを信ず。（『文学論』序）

彼は、英語ではなく、英文学を研究しようとする。しかし、どのような方法で、どのような分野から着手すればよいのか。「文学を研究せばいかなる方法をもって、いかなる部門を修得すべきかは次に起こる問題なり。（中略）余が取れる方針はついに機械的ならざるを得ず。余はまず走って大学に赴き、現代文学史の講義を聞きたり。また個人として、私《わたくし》に教師を探り得て随意に不審を質すの便を開けり」（同前）。しかし大学の聴講は「三、四ヶ月にしてやめ」、私宅教師も「約一年」通った後やめる。一年余の暗中模索の末、彼は、次のような結論、一つの覚醒《かくせい》に達する。というか、それから何年もした後――つまりこの一九〇一年の経験から五年後（『文学論』序）、そして十三年後(「私の個人主義」)と二つの時期をとらえ――、その時の経験、そしてそこで達した結論を、一つの覚醒として、こう語るようになる。

大学卒業以来の「不安」を抱えたまま、自分は、はるばるロンドンまで来て、大学の講義を聴講し、個人教授を雇い、寸時を惜しみ、英文学の書を繙《ひもと》いたが、事情は何一つ変わらなかった。「不安」は消えず、いつまでたっても「英文学」は了知できない。

これはいったいどういうことか。

ここまできて自分には、わかったのである。文学とは、このようなものではないかと最初の文学観を受けとった少年時、自分は、漢籍がそうわかっていたわけではない。それなのに漢文で書かれた文学のなんたるかは冥々裡に自分にすみやかに了知された。一方、現在の自分の英文学の教養、語学の教養が、当時の自分の漢学の教養に比べ劣っているとは思われない。それなのに自分には相変わらず英文学はわからずじまいのままである。つまり、この二つは同じものではない。自分は先のものを手がかりに後のものを了知できると考えた。しかし、二つのものには、何の関係もない。そう考え、後のものに臨むべきだったのである。

学力は同程度として好悪《こうお》のかくまでにわかるるは両者の性質のそれほどに異なるがためならずんばあらず、換言すれば漢学にいわゆる文学と英語にいわゆる文学とはとうてい同定義の下に一括し得べからざる異種類のものたらざるべからず。(同前)

つまり、自分の前に学ばれるべきものとしてある「文学」は、あの漢籍のうちにいう「文学」とは違う。だとすれば、まず学ばれるべきは「英文学」というよりも、その手前にある、西洋における「文学」という概念である。そう思えば、不安は消える。彼はたしかにここで、一つのカギにふれているのである。

大学を卒業して数年ののち、遠きロンドンの孤灯の下に、余が思想ははじめてこの局所に出会せり。人は余を目して幼稚なりというやも計りがたし。（中略）されど事実は事実なり。（中略）余はここにおいて根本的に文学とはいかなるものぞといえる問題を解釈せんと決心したり。同時に余る一年を挙げてこの問題の研究の第一期に利用せんとの念を生じたり。（同前）

彼は、英語にいう「文学」というものが何であるのか、それを明らかにすることが、自分にとって「不安」を脱却する道であると同時に、虚なるものを実なる世界に持ち込むこと、国の負託に応える道でもあるという考えに、はじめて達するのである。

5

さて、以上が漱石自身の言明によってわたし達に知られているロンドン体験の概略だが、こう粗描したからといって、すぐに漱石の経験の意味がわかるわけではない。ここには、一つの厄介な問題、もう少し踏み込んでいえば、断絶があるからである。

ここまでの概略説明は、主に明治三十九（一九〇六）年に書かれた「『文学論』序」によって行なった。しかし大正三（一九一四）年の講演「私の個人主義」では、その同じ経験が、こう語られている。

まず当初の不安。

自分は学生時分、大学で「とにかく三年勉強して、ついに文学は解らずじまいだった」。自分の煩悶は「第一ここに根ざしていた」のである。卒業し、語学の教師になっても自分の「腹の中はつねに空虚」であった。「何だか不愉快な煮えきらない漠然たるものが、至る所に潜んでいるようでたまらな」かった。

私はこの世に生まれた以上何かしなければならん、といって何をして好《よ》いか少しも見当がつかない。私はちょうど霧の中に閉じこめられた孤独の人間のように立ち竦《すく》んでしまったのです。そうしてどこからか一筋の日光が射してこないかしらんという希望よりも、此方《こっち》から探照灯を用いてたった一条《ひとすじ》で好いから先まで明らかに見たいという気がしました。ところが不幸にして何方《どっち》の方角を眺めてもぼんやりしているのです。ぼうっとしているのです。あたかも嚢《ふくろ》の中に詰められて出ることのできない人のような気持がするのです。私は私の手にただ一本の錐《きり》さえあればどこか一ヶ所突き破ってみせるのだがと、あせりぬいたのですが、あいにくその錐は人から与えられることもなく、また自分で発見するわけにも行かず、ただ腹の底ではこの先自分はどうなるだろうと思って、人知れず陰鬱《いんうつ》な日を送ったのであります。（「私の個人主義」）

先に「英文学」の理解に確信がもてないことの不安として語られたものが、ここでは、「自分」の基礎に確信がもてないことの不安として語られている。先の「英文学」の問題が、ここに「自分」の問題となって現われているのである。

漱石はここでは、「こうした不安」つまり自分にまつわる不安を抱いて「大学を卒業し」、「また同様の不安を胸の底に畳んでついに外国まで渡」る。しかし、どんなに「努力し」「どんなに本を読んでも」依然として「嚢の中」から出ることができなかった。彼は神経衰弱になり、下宿の一室にこもる。「私は下宿の一間の中で考えました。つまらないと思いました。いくら書物を読んでも腹の足しにはならないのだと諦めました。同時に何のために書物を読むのか自分でもその意味が解らなくなってきました」。

それから覚醒がくる。

この時私ははじめて文学とはどんなものであるか、その概念を根本的に自力で作り上げるよりほかに、私を救う途はないのだと悟ったのです。(中略)私はそれから文芸に対する自己の立脚地を堅めるため、堅めるというより新しく建設するために、文芸とはまったく縁のない書物を読み始めました。一口でいうと、自己本位という四字をようやく考えて、その自己本位を立証するために、科学的な研究やら哲学的の思索に耽《ふけ》りだしたのであります。(中略)私はこの自己本位という言葉を自分の手に握ってからたいへん強くなりました。彼ら何者ぞやと気概が出ました。

今まで茫然《ぼうぜん》と自失していた私に、ここに立って、この道からこう行かなければならないと指図をしてくれたものはじつにこの自我本位の四字なのであります。（同前）

断絶とは、先の明治三十九年の回顧（「『文学論』序」）における「文学とは何か」という問いへの遭遇という核心点と、大正三年の回顧（「私の個人主義」）における「自己本位」の「四字からの出立」という核心点とが、後者においてはつながるものとして語られており、一見すると、そう思われないでもないのだが、いったん自分に即し、よく考えてみると、断絶している、ということである。

断絶は、「文学とは何か」という一九〇一年の問いと、『文学論』という一九〇七年刊の著作と、「自己本位」という一九一四年の考え方の間に、横たわっている。簡単に言えば、そこで「根本的」にめざされているのは、文学の解明か、それともそれを徹頭徹尾自力で行なおうとすることなのか。『文学論』に付すためになされた一九〇六年の回顧（「『文学論』序」）で、彼の覚醒後の模索はこう書かれている。

余は下宿に立て籠《こ》もりたり。一切の文学書を行李《こうり》の底に収めたり。文学書を読んで文学のいかなるものなるかを知らんとするは血をもって血を洗うがごとき手段たるを信じたればなり。余は心理的に文学はいかなる必要あって、この世に生まれ、発達し、頽廃《たいはい》するかを極めんと誓えり。余は社会的に文学はいかなる必要あって、存在し、隆興し、衰滅するかを究めんと誓えり。（同

前）

しかし、その後、下宿の一室に立てこもっての漱石の文学研究がどのような作業から成ったかは、帰国後、その成果の一端として未完のまま公刊された『文学論』に明瞭であり、その内容は、第一編「文学的内容の分類」、第二編「文学的内容の数量的変化」、第三編「文学的内容の特質」、第四編「文学的内容の相互関係」、第五編「集合的F」というきわめて外在的な構えをもつ上、文章も甚だしく読みづらく、また難解である。先に述べた表現を用いれば、そこでの言葉の原圧力は、破裂寸前なまでに高い。巻頭、第一編「文学的内容の分類」第一章「文学的内容の形式」の冒頭部分を例にひけば、そのくだりは、こうである。

凡《およ》そ文学的内容の形式は（F＋f）なることを要す。Fは焦点的印象又は観念を意味し、fはこれに附着する情緒を意味す。されば上述の公式は印象又は観念の二方面即ち認識的要素（F）と情緒的要素（f）との結合を示したるものと云《い》い得べし。（『文学論』）

そしてまた、この『文学論』について、大正三年の「私の個人主義」は、こう言う。

かく私が啓発された時は、もう留学してから、一年以上経過していたのです。それでとても外国では私の事業を仕上げるわけに行かない、とにかくできるだけ材料を纏めて、本国へ立ち帰った後、立派に始末をつけようという気になりました。（中略）〔しかし帰国後――加藤〕いろいろの事情で、私は私の企てた事業を半途で中止してしまいました。私の著わした『文学論』はその記念というよりもむしろ失敗の亡骸《なきがら》です。しかも畸形《きけい》児の亡骸です。（中略）しかしながら自己本位というその時得た私の考は依然としてつづいています。（中略）著作的事業としては、失敗に終わりましたけれども、その時確かに握った自己が主で、他が賓であるという信念は、今日の私に非常の自信と安心を与えてくれました。（「私の個人主義」）

漱石によれば、『文学論』は失敗作である。とはいえ、彼は、その意図は否定していない。

これを受けて、わたし達には、次の三つの問いが不可避である。

なぜ、先の二つの文学は別だという発見が、そもそも、「文学」とは何かを研究すべしという方針を導いているのか。

なぜ、その「文学」とは何かという問いが、「心理的に文学はいかなる必要あって、この世に生まれ、発達し、頽廃するかを極めん」、「社会的に文学はいかなる必要あって、存在し、隆興し、衰滅するかを究めん」といった、徹頭徹尾外在的な文学研究を導いているのか。

なぜ、その徹頭徹尾外在的な構えと、「自己本位」、「自己が主で、他が賓であるという信念」が、意図として、漱石の中で対立することなく、共存しているのか。

この三つの断絶、矛盾に目をつむろうとすれば、たとえばこれを「悪夢」の産物と呼ぶ吉田健一（『東西文学論』）や「とんでもない妄想」と切って捨てる江藤淳（『夏目漱石』）のように、『文学論』

の企て自体をほぼロンドンでの漱石の神経症的気迷い言で片付ける挙に出る以外、方法がなくなる。そしてこの『文学論』の落ちつきの悪さについては、たとえば、『文学論』の記述がこんなに「無味乾燥で、もってまわった表現」なのは、漱石が二つの文学の違いに目覚め、「イギリス留学中、生活の面でも研究の面でも追いつめられた果てにつかんだ『自己本位』の立場から、『根本的に文学とは如何《いか》なるものぞと云へる問題を解釈せん』と決意し」、そこにとられた方法が、「当時、心理学や社会学で成果をあげてきていた科学的な分析法であった」からだというような、ほとんど表面をなぞっただけとしか言いようのない、平板な説明で口を濁すしか、方途がなくなる（亀井俊介「『文学論』の講義と内容の展開」）。

しかし、それでは、漱石のロンドン体験の核心は隠されたままである。ここでの答えられるべき問いは、なぜ漱石が「自力で」文学概念の解明に向かおうとした時、それが「根本的」な解明でなければならないものとして彼に現われ、しかも徹頭徹尾外在的な文学探究の形をとったのか、ということである。一つの微細な異同から、この問題に入ってみよう。

6

この点に関し、漱石の言い方に、明治三十九年と大正三年とで、無視することのできない異同がある。

彼は、前者「『文学論』序」では、先の評家の引用の通り、自分は「根本的に文学とは如何なるものぞと云へる問題を解釈せん」（傍点加藤）としたと書く。しかし、その表現は後者「私の個人主義」になると、自分は「文学とはどんなものであるか、その概念を根本的に自力で作り上げるよりほかに、私を救う途《みち》はないのだと悟った」（傍点加藤）となる。断絶は、『文学論』序」の段階にまだ露呈されておらず、「私の個人主義」の「自己本位」の観点の提示によって露わになっている。つまり、問題はなぜ「自力で」の解明が「根本的に」の解明すなわち「外在的に」の解明とならなくてはならなかったか、という一点にある。断絶はこの「根本的に」と「自力で」の間に横たわっているのである。

　このあたりまでつきあってもらえば、次にわたしが言うこともわかってもらえるだろう。問題は、なぜロンドン体験にあって、漱石が「自力で」文学とは何かを考えようとした時、その答えがすぐに「自己本位」の態度が文学の本質だという形とならず、「根本的に」文学を考えることがそれに答える方法だ、という形になったのか、ということ、そのことなのである。

「科学的な分析法」（亀井俊介）も「社会科学者」によるかのごとき外在的探究（江藤淳）も、漱石の気の迷いや錯誤、妄想から生まれているのではない。そもそも、なぜ先の「二つの文学は断じて違う」という認識が、天啓となり、彼に一つの覚醒をもたらすのか。漱石が、英文学を学んで以来、つねに「不安」にさいなまれずにはいられなかったのは、自分で英語の文学を読み、その当否を判断しても、本国人の判断を前にすると、その自分の判断がぐらつかざるを得なかったからである。それは、自分の読み、感覚、判断に自信がもてない、という不安、英文学の中でだと、どうしても自分の「実感」に立脚できない、ということを中身とする、不安だった。「私の個人主義」でも「自力で」とは何かということを説明しようとして、「私のここに他人本位というのは、自分の酒を人に飲んでもらって、後からその品評を聴いて、それを理が非でもそうだとしてしまういわゆる人真似をさすのです」と述べている。しかし、実をいえば、自分の英文学をめぐる不安がこのような形をしていること、そのことに、漱石は、あの二つの文学はまったく異質だという認識によって、気づいているのである。

自分が英文学の世界ではつねに「人真似」でしか判断できない、いわば「自分の感覚」への自明の信頼を奪われた存在であること、そのため、「不安」から逃れようがないのだ、という認識が、二つの文学の「異種類のものたらざるべからず」という発見から、やってきているのである。

この講演の翌日にあたる、大正三（一九一四）年十一月二十六日、弟子たちとの面会日の会合である「木曜会」で、漱石は、「僕は文芸の批評の上に、ある時代迄《まで》は一つの煩悶《はんもん》があった。自分がある外国の作品を読んで、これはいいものでないと思っても、あちらの人がいいものだという時に煩悶が生じるのだ。が、今日に於ては僕はこうした煩悶もない。ある意味で、僕は、文芸上における安心立命を得ている」という意味のことを述べている（松浦嘉一日記、荒正人『夏目漱石研究年表』による）。講演での、「私はこの自己本位という言葉を自分の手に握ってからたいへん強くなりました。彼ら何者ぞやという気慨が出ました」という言葉は、この意味で、受けとられるのがよい。「自己本位」という言葉は、そこでまず、自分の判断、感覚しか頼りにはできない、そうしないかぎり、人は煩悶と不安から自由になれない、という見極めを指す言葉として、語られているのである。

しかし、それなら、なぜロンドンの一室で、彼は、自分の読後感にそのまま立脚しようとしないのか。そして、その自己本位のあり方が文学の出発点なのだと、言ってしまわないのか。そうする代わりに、文学を一切遠ざけ、「その自己本位を立証するために、科学的な研究やら哲学的の思索に耽」（傍点加藤）るといった、逆走ないし迂回《うかい》をしてしまうのはなぜなのか。

　しかし、私の考えを言うなら、この一点に、彼のロンドン経験の前人未到の苛酷さは、顔を見せている。それは、彼自身にさえうまく把持することの難しいものだったと見え、「私の個人主義」では、このあたりのことが、先に見たように、断絶なしの共存の形で語られている。しかし手がかりがないわけではない。彼は、これに先立ち、こう述べているからである。「普通の学者」は漢籍にいう文学のよさで良しとされるところは英語の文学でも良しとされるはずだ、そしてその逆も可なはずだと考えるが、それは「間違」っている。漢文学と英文学の間には、評価に大いに違いがありうる。そのため、前者の漢文学の感覚の延長で後者の英文学に臨めば評価に「矛盾」が起こり、「本場」の英国の人間でない場合、「どうも普通の場合気が引けることになる」のである。ではなぜその「矛盾」は生じるか。理由は、文学がその生まれた土地の「風俗、人情、習慣、溯《さかのぼ》っては国民の性格」に涵養《かんよう》されて作られる産物だからである。しかし、そうだとすれば、こうはならないだろうか。文学をその手前にあってささえ、作り上げているものの方から解明していく。そういう解明ができれば、なぜこの違いが生じるか、また文学というものがどういう形で存在しているか、一つの国の文化はどういう形でこの「文学」なるものを創造し、評価していくのがよいのかが、わかるようになるはずである。それは、二つの文学の間の「矛盾」（落差）を解消しはしないが、その理由、構造の説明にはなるに違いない。「そうして単にその説明だけでも日本の文壇には一道の光明を投げ与えることができる。――こう私はその時はじめて悟ったのでした」（「私の個人主義」）と。

彼は何と言っているのか。ここでの経験の核心は、もう「自分の感覚」はアテにできない、使えない、ということである。彼は、自分の長い間の「不安」が、漢文学の見識、趣味、嗜好《しこう》といったこれまでの自分の中の文学的な財産を捨てきれず、それを元手に、英文学をも味わえるようになろうと考えていたために生じたものだったことに、この時、気づいている。だとすれば、「不安」から脱却するただ一つの道は、その「文学的な財産」に一切頼ろうとしないこと、それを禁じ手として、徹底的に外在的に文学と向き合うことである。覚醒は、一つの説明を伴う形で彼を訪れているが、その核心は、あの「風俗、人情、習慣、国民の性格」といった文化的なもの、趣味、見識としてあるものからの切断、自分の「根無し草」性の徹底という一点に見出されるのである。

そして、彼の覚醒の核心をこの一事に見るなら、この時、彼の前には、いくつかの可能性があったと考えてみることができる。一つは、どうせ英文学の「味読」は自分には無理なのだとあきらめて、漢文学の世界に立ち返ることであり、もう一つは、自分をいわばゼロにした上で、英文学の世界に跳び込み、そこで骨董《こっとう》の世界で審美眼を養い、育てるように、作品にあたり、自分の読みをイギリス人にぶつけ、そこで修練を積むことで、いわば英文学を味わう「味覚」を自分の中に育てることである。第一の途をとった例は寡聞にしていまわたしの念頭に浮かばない。しかし、これまで何度かその漱石への言及を引いた、ケンブリッジ大学への留学経験者である吉田健一は、この第二の途の選択者だった。漱石は、右に見るように、この第一の途も第二の途もとらない。なぜなら、明治の初年とほぼ時を同じくして生まれ、その根無し草の新社会に育ち、その普請《ふしん》に忙しい貧弱な国家によって英国に留学を命じられた彼には、第一の途を取ろうにも、もう漢文学の世界がないこと、またそれでは国家の負託に応えることにならないことが、明白だった。そしてまた、その彼に、自分の資質と嗜好と趣味を矯正《きょうせい》し、高め、英文学の世界の人間に学び、近づき、いわば英国人になりおおせるという第二の途は、年齢的に、という以上に「根無し草」を本質とする明治人としての自分の使命への直観から、とるべき途とは思われなかったからである。

彼がとったのは、この第一の途でも、第二の途でもない、むしろ自分から自分の「資質」と「嗜好」と「趣味」を切り離す途、これらを介さず、いわばこれらを分母とし、「英文学」なり「漢文学」なりを分子として存在する、「文学」なるものを、徹底して外在的な形で探究するという第三の途だった。つまり、ここで彼が選んだのは、「風俗、人情、習慣、溯っては国民の性格」といった、さらにいえば、自分の趣味、感覚、実感といった、これら資質的、文化的、自然的存在を一切介在させずに文学に相渉《あいわた》るという途、自分がこれまでの「不安」から脱却するためには、徹底して外在的に、文学を研究するしかないと思い切る、そういう途だったのである。

そして、彼の「自己本位」は、この迂回あってはじめて彼に文学の基礎として現われる。はじめに自分の味覚（趣味、文化、感覚）があり、それへの肯定が、それはすばらしい、それを信じよう、それに立脚しよう、と語られるのではない。そういうものが自分からすべて奪いつくされているという自覚が、彼を覆い、彼を徹底的に外在的な探究に追いやった後、その不毛の地と化した彼に、焦土に芽が芽吹くように、あの言葉の原圧力の微弱な、「自己本位」への確信が、おりてくるのである。

漱石の『文学論』をめぐる評価において、これまでの言及者のうち、ほぼ唯一その重要性とそれが重要である理由について、踏み込んだ解釈を示している柄谷行人は、その「漱石とカント」と題する短文に、こう書いている。

「私は『文学論』における漱石の試みをカントの『批判』と比べてみる必要があると思っている。（中略）美的判断は普遍的でなければならないとカントは言っている。ところが、これほど困難な事柄はない。（中略）カントは『共通感覚』をそのアポリアを解決する仮説として提起している。しかし、共通感覚は時間的・空間的に局所的なものであって、普遍的ではありえない。普遍性は共通感覚をこえるものとして要求されるはずである。そのような認識は、自分たちのローカルな趣味が普遍的であると思いこんでいる人々からはけっして来ない。あるいは、趣味の根拠を根本的に問うような者はけっしてそこからは出てこない。それは外部からくるのである。カント自身がそのような人であった」

文学は、趣味、味覚、先に述べた実感なるものを「ローカルなもの」として排することで、「普遍的なもの」となるのではない。その「ローカルなもの」を深く掘り下げることで、漱石なら「生きたい生きたいという下司な念」とでも呼ぶだろうところの人間的現実の「普遍」に達する道である。その意味では、柄谷の言い方は、一つの転倒を含んでいる。しかし、そこで「共通感覚」つまり味覚（趣味、文化、感覚）の普遍性を信じている人々からは、それを越えた「普遍性」の問いは現われない、とカントに重ね、言われていることは、漱石のこの体験の根源性を適切に言い当てている。漱石は、「共通感覚」という回路を自ら禁じ手にすることによってはじめて独自の、自分に根拠をもつ、普遍性に開かれた「文学」との関係性を手に入れる。そしてそれが彼の近代というもの、文明というものとの関係性の雛形《ひながた》となる。「文学とは何か」という問いが直ちに「自己本位」という態度の意味をもたらすのではない。彼は、文学を「共通感覚」の構成物として解明する道に向かうが、その実、「共通感覚」をカッコに入れることではじめて、文学の基礎に「自己本位」を見出しているのである。彼はすべてをこの場所から考える。彼の思考の根柢《こんてい》性と近代日本における起点性は、このロンドン経験に基礎をおいている。これとは一見対照的な、言葉の原圧力の微弱さも、「低徊趣味」への嗜好も、文明論、人間論におけるリベラルな風合いも、すべてこのロンドンの地獄から、生まれてくるのである。

7

帰国後、漱石は、大学での英文学の講義のかたわら小説に手を染め、あっというまに当代随一の小説家となり、新聞の文芸欄を主宰し、自ら「神経衰弱と狂気」の徒であると名乗りつつ、その軽やかでゆったりした、時代を卓越した言説で人々に深い影響力をもつようになる。その彼の小説以外の文章のうち、本書は、右に見てきた『文学論』関係のほかに、美術関係、修善寺の大患後に書かれた「思い出す事など」といった批評、エッセイを含んで、明治四十四（一九一一）年に行なわれた「現代日本の開化」、「文芸と道徳」、「道楽と職業」、死の前々年にあたる大正三（一九一四）年に行なわれた「私の個人主義」など、文明論、社会論、人間論にまつわる主要な講演を集めている。これらの文章と講演とから、もし一切の先入見なしに臨むなら、読者にやってくるのは、「則

天去私」の人でもなければ「士大夫《したいふ》」の人でもない、柔軟で進取の気風に富んだ「ただ」の人＝漱
石の風合いである。その「リベラル」な思想家としての風丰《ふうぼう》は、明治期の誰とも似ていないだけで
はなく、大正期以降のどんなリベラリストとも、似ていない。
そこでの彼の考え方の、誰とも似ないものごとを見る眼差しの稜線を辿れば、次のようである。
冒頭に引いた「現代日本の開化」に戻る。「開化」の定義──「開化は人間活力の発現の経路で
ある」──に辿り着いた後、彼は、こう述べている。
「開化」を日に日に進展させる「人間活力の発現」には「二通り」がある。一つは、これまでは人
力車だったが、これからは自動車だ（つまり活力が、時間が節約される、このほうが便利だ）という
「活力節約の行動」であり、もう一つは、これまでは敷島だったが、これからは埃及《エジプト》煙草だ（つま
りそのほうが美味《うま》い、愉しい、このほうが素敵だ）という「活力消耗の趣向」である。

わたしは、漱石のこういう指摘に心底驚かされるのである。果して文明について、人力車よりも
自動車のほうが便利だ、というという刺戟《しげき》反応力と、国産煙草（敷島）より輸入煙草（埃及煙草）のほう
が素敵だ、という刺戟反応力と、その権利を同等のものと見たうえで、そこからそれが人間にとっ
てもつ意味、一国の国民にとってもつ意味を展開しようというような視力、洞察力を示した論者が、
この時、明治の日本にいただろうか、いや、そもそもハーバート・スペンサー流の社会進化論がま
だ力を失わなかった当時の西洋に、こういう消費への着目を示した論者が、果たしていたのだろう
か。そもそも漱石はそういう考えを、どこから得てきたのだろう。

しかし、よく考えてみると、このような見方のうちに、あのロンドンでの模索が底光りしている。

そこに虚なるものの虚なるものとしての社会における意味とは何か、といった渡英時の問いが、答えられていることがわかる。漱石は、少年時、漢籍に親しみ、「文学はかくのごときものなりとの定義」を冥々裡に得、もし英文学も「かくのごときもの」ならこれを一生の仕事にして悔いないと思った。そこでの「文学」とはむろん「公的に役立つもの」（江藤淳「夏目漱石小伝」）ではなく、「南画」の世界に象徴される「彼を現実から逃避させる場所」（江藤淳「夏目漱石」）としての「文学」である。文明は、義務（実なるもの）に応じる活力と同程度に、道楽（虚なるもの）に応じる活力を動因として進展する。この彼の文明観は、虚なるものの虚なるものとしての実なる世界での意味を解明している。それはあの渡英時に彼に抱かれた問いへの遥か時を隔てた、答えなのである。

一方が「現代のわれわれが普通用いる義務という言葉を冠して形容すべき性質の刺戟に対して起こる」活力発現であるとすれば、他方は、「普通の言葉で道楽という名のつく刺戟に対し起こる」。「余り歩きたくない時に用をいいつかれば、「歩かないで用を足す工夫をしなければならない」。となると勢い、「訪問が郵便になり、郵便が電報になり、その電報がまた電話になる」。一方、生活水準が向上すれば、いよいよ贅沢《ぜいたく》の心が募る。用事もないのに歩こうという気になる。「われわれが毎日やる散歩という贅沢も要するにこの活力消耗」の一環にほかならない。この「道楽」には「釣魚《つり》をする」とか「玉を突く」とか「碁を打つ」とかいろいろあるが、「なお進んではこの精神が文学にもなり科学にもなりまたは哲学にもなる」。一見難しげでもこれらは「みな道楽の発現に過ぎないのであります」。

ここにいわれていることを、現代風に言い直せば、彼は、文明は「しなければならない」義務に呼応する力を動因とするとともに、「したい」嗜欲《しよく》に呼応する力を動因として動く、と述べている。そして彼はこの二つの力のうち、「嗜欲（＝生の盲目的な意志）」をより根源をなす力であると考えていた。しかし、このように「開化」というものが人々の〝便利さ〟を求める心にだけではなく〝素敵さ〟を求める気持ちにも動かされるのであれば、そこには、「風俗、人情、習慣、溯っては国民の性格」に固有な、その社会独特のリズム、波動がある。つまり開化が科学とは違い、「甲の国民」には気に入っても「乙の国民」には気に入らないという側面をもつのだとすれば、そこには、その社会独自の開化の進度、リズム、つまり「内発性」というものが考えられなければならない。

こうして、彼の議論は、あの名高い「現代日本の開化」は「内発性」を欠く、自分の歩調、リズムをもたない、そういう社会に生きて、まともにものを考えようとすれば、人は神経衰弱にならざるを得ない、という主張を導くものとなる。「内発性」とは、「自己本位」の「社会」に重ねられた姿にほかならない。自分の経験が近代日本の経験の原型をなすものであったことを、彼は、いまではよく了解しているのである。

こういう開化の影響を受ける国民はどこかに空虚の感がなければなりません。またどこかに不満と不安の念をいだかなければなりません。それをあたかもこの開化が内発的でででもあるかのごとき顔をして得意でいる人のあるのはよろしくない。それはよほどハイカラです、よろしくない。虚偽でもある。軽薄でもある。（「近代日本の開化」）

同じ時に行なわれた講演「文芸と道徳」でも、彼は、人々の道徳（＝モラル）のあり方を、昔風と今風とに分け、昔のモラルはたとえば「忠臣孝子貞女」といった「完全な模範」を基準とし、それをめざせ、といった厳しいものだったが、それは端的にいって人々の批判的精神が乏しいせいだったと言う。これに対し、新時代になり、旧時代のモラルが強者に有利な側面をもち、普通の人間にやれることとやれないことのあることが誰にもわかってくると、理想型を「人に強うる勢力」は「漸々微弱に」なり、「その代り事実というものを土台にしてそれから道徳を造り上げ」る別のあり方が台頭してくる。昔の人は怖くても口にしなかったものだが、いまの人々は気軽に「壇上で足が震えた」と言う。彼は、この二つを「ロマンチックの道徳」と「ナチュラリスチックの道徳」と位置づけし直した上、倫理の理想モデルをおいてそれを求める「ロマンチックの道徳は大体において過ぎ去った」、時代遅れになった、と述べる。理由は「人間の智識がそれだけ進んだから」である。人間の知識が発達すればいくら「天下国家」といっても「天下国家はあまり遠過ぎて直接にわれわれの眸には映りにくくなる」、「経世利民仁義慈悲の念」は次第に「自家活計の工夫と両立しがたくなる」。「日露戦争も無事にすんで」日本はひとまずの安泰を得、「天下国家を憂いとしないでも、その暇に自分の嗜欲を満足する計をめぐらしても差支えない時代になっている」。では、どうするのがよいのか。そう問いを出して、彼は、新しい倫理の考え方をとるべきである、という。そして、いまや「われわれの道徳もしぜん個人を本位として組み立てられるようになっている」以上、「自我からして道徳律を割り出そうと試みる」ことも可能だとしなければならない、つまり、「したい」という欲望の上にモラルを築き上げることが、いまや新しいモラルの構築のため、必要になっているという意味のことを、語るのである。

わたし達はかつて「則天去私」を語る深遠な漱石像というものをもち、それが年若い江藤淳に打ち砕かれてからは、「暗い」漱石の像、あるいは「国家のために生きる」漱石の像（後期の江藤淳）といったものを示されてきた。そのため、漱石というと、やはりわたし達自身から遠い、明治期の文豪という先入見が優勢だった。しかし、そこに語られているのは、時代の動向に敏感な、過去にとらわれない、柔軟きわまりない考えである。それを彼は、よそから学んだというよりは、自分が「根無し草」であることの苦境を徹底するなかで手にしている。それは大正期以降の自由な考えというものの根源をなすが、同時に、そこにはない感触にも富む。そのうちの一つは、疑いもなくその個人主義のもつ、国家的なものとの間にとられる、平衡の感覚である。

8

「自己本位」ということをつかんだ時、自分は、「多年の間懊悩《おうのう》した結果ようやく自分の鶴嘴《つるはし》をがちりと鉱脈に掘り当てたような気がした」。そう述べた後、漱石は、「自己本位」を貫こうとする者は、他人が「自己本位」を貫こうとすることを尊重しなければならない、とそこから社会に対するモラルが出てくる所以《ゆえん》を語る。だからそれは、個人主義であり、「党派心がなくて理非がある主義」であり、「淋しい」主義なのである、と。

しかし、さらにもう一つ、言っておきたい。そう述べて、漱石はこう述べている。よく「個人主義というとちょっと国家主義の反対で、それを打ち壊すように取られ」る。そして世間で攻撃されるが、個人主義とは、そういう「理窟《りくつ》の立たない漫然としたもの」ではない。「個人の幸福の基礎となるべき個人主義は個人の自由がその内容になっている」には違いないが、「各人の享有するその自由というものは国家の安危に従って、寒暖計のように上がったり下がったりする」からである。「国家が危くなれば個人の自由が狭められ、国家が泰平の時には個人の自由が膨脹してくる、それが当然の話」なのである。しかも、国家の道徳よりは個人の道徳のほうが数等上等である。国家が平穏な時には「徳義心の高い個人主義にやはり重きを置く」のがよい。したがって、この二つは、違う、しかし「いつでも矛盾して、いつでも撲殺しあうなどというような厄介なものでは万々ない」、それは共存し、対立し、対話する。そう「私は信じている」。

これら彼の遺言とも見える言葉は、あのロンドン体験を経、かつ明治四十三（一九一〇）年の大逆事件を経て、語られている。この時、すでにヨーロッパでは第一次世界大戦が勃発《ぼっぱつ》している。また、漱石の残したものに、この時すでにマルクスへの言及が含まれている。そういうことを考えると、わたしにはこう感じられる。こういう個所に、近代日本の「根無し草」性が自分の運命を生き抜くことでつかんだ、――けっして移入されたそれにはない――リベラリズムの「内発性」は、生きていると。夏目漱石とはどういう人か。わたしはよくは知らない。しかし、彼のこのみずみずしさが、どのように誰とも違う井戸から汲まれているかなら、少しだけ知っている。

II

21世紀的な考え方

人はなぜ本を読まなくなったのか

――読書の力の更新のためのヒント

1

人はなぜ本を読まなくなったのか？

こう問いを立て、今回の議論の問題提起者である編集長（雑誌『本とコンピュータ』）室謙二さんは、二つの問いを立てました。こういうのです。

第一の問い　こうした現象は極度に消費社会化が進んだ先進諸国の局地的現象か。それとも世界規模の現象か。

第二の問い　それは出版産業システムの改革で乗り越えられる一時的現象か。それとも文明史的な大転換の予兆なのか。

僕はこの二つの問いが面白い。

それは、僕に僕の個人的な読書との関わりの歴史を振り返らせる喚起力をもつ一組の問いです。

僕たちはこんな一人の巨人を思い浮かべてもよいかもしれません。その巨人は、こんなタトエはどうかと思うけれど、足は泥沼にさしこみ、頭は雲の中に突っ込んで、立っている。足先と頭の部分が泥と雲に覆われ、見えないのです。

2

一九五九年、僕は十一歳で小学六年生で日本という国の東北地方の田舎の町にいて転校したて、孤独でした。第一の問いがこの時の自分を思い出させます。

この年がいままでで一番夢中になって僕が読書をした年です。毎日貸本屋に入り浸り、当時無名だった白土三平からつげ義春までの貸本屋のマンガを一日十円で借りまくり、ついで講談社の少年少女世界文学全集をも一日一冊、読みきる勢いでした。

まったく新しいタイプの少年週刊誌『少年サンデー』と『少年マガジン』が大々的に発売され、町の大通りにある一番大きな本屋さんの店頭に並んだ日のことを忘れられません。たしかその年の、春のある日のこと。

それまでの僕は、小学四年の頃、月刊雑誌『少年』の購読者で毎月五日くらいになると、発売前日に東京から届くその印刷の匂いを漂わせた新着の雑誌を少しでも早く手にしようと、数時間も本屋で立ち読みしながら待っているような子どもでした。

次の年かもう少しあとか、テレヴィがまぶしいような輝きをもって家に入ってきて、さっそく見た「鉄腕アトム」のアニメが〝タダ〟で、どこかの企業がそれを自分に〝提供〟してくれているという意味がなかなか呑み込めなかったものです。

でも、それ以来、僕の読書熱は微妙に変化します。それがテレヴィが生活の圏域に入ってきたからだと気づいたのは、四十歳を過ぎ、ある書評の仕事をしていて、その時期のことを回顧したときのことでした。

以上が僕の、読書経験という巨人像の、泥の中につかった足の部分の述懐です。

さて、雲にさしこまれた頭の部分の経験についても、話しておきましょう。

僕はこの間、だいぶ単行本の仕事を集中してやりました。一九九六年に一年間外国暮らしをし、日本のメディアのリズムに自分を合わせたくない気持ちになりました。雑誌等の仕事は原則として断り、自分の関心にふれる長い仕事を自分のリズムでやっていくことを心がけ、帰国してからその方針をおおまかなところで実行に移した結果です。それは日本の戦後という公共的な主題をめぐる、読書と執筆を持続する経験でした。

でも、きっと僕は集中しすぎたのでしょう。それに従い、書くものにも変化が生じたと思います。最初の二冊（『敗戦後論』、『戦後的思考』）くらいには批判というような形であれ読者からの反応がたいへんありましたが、さらにもう一冊書くあたりからだんだんにそういうものは聞こえなくなり（『日本人の自画像』）、ついにはほとんど声が届かなくなりました。そして、ついこの間のことですが、この数年、いつも執筆する僕の傍らに寝ていたネコが病気で死ぬと、ふいにこの数年やってきた自分のいわば「公共的な仕事」にはもうしばらくしないと読者が出てこないのではないか、ずいぶん自分だけ一生懸命走っていたが、振り返ったら誰もいない、この社会は、公共圏に厚さがない、そんな気持ちになりました。

ネコが死んだ打撃で、死んだ者とともに生きる気持ちを強め、まったく気分の違う文章を書きたくなり、また読みたくなったのです。

僕は日々、こうして電子メールのやりとりなどをやっています。熱心なほうではありませんが、必要なときはインターネットも開きます。でもネコが死んだとき、この間携わってきた〝公共的文化圏〟の言葉というのが、中途半端に見え、それがいまやそれほど信頼のおけるものにも思えず、全然異質の言葉にふれたい、と強く思いました。

僕が開いたのは、フェルナンド・ペソアというポルトガルの詩人のある断片集のフランス語訳です。また好んで読むようになったのは、アントニオ・タブッキとかカミュといった、虚構性の強い作家の小説です。

こんなことをそのとき、考えました。いま自分がもっと広い世界に出るには、せいぜい三〇〇部くらいのごく小さなメディアが必要なのではないかと。どこかのごく小さい同人誌のようなところに、たとえばこうした断片を訳していくこと。そういう言葉とのつきあいを、自分の言語的身体は欲している、と。これが僕の、読書体験の時代的・年齢的にもっとも突端的な部分、巨人の頭が雲に突っ込まれている個所から得られた述懐です。

3

さて、僕は室さんの問いの形に触発されて、二つの自分の読書経験の突端について述べました。僕にはこれが、自分の読書経験にとどまらず、いまの時代の読書経験の初原と先端の像を暗示するものと思えるのです。

前者の貸本屋とテレヴィの述懐が読書の初原を思わせるとはこういうことです。

その頃の僕の愛読書といえば、月刊少年雑誌、貸本屋のマンガ、少年少女文学全集、シートン動物記、そして『子供の科学』でした。このときの読書経験の特色は、それが僕のなかでは同じ読書だったこと、つまり知性と教養と娯楽というようには区分されていなかったことです。『子供の科学』には、くもの巣の張り方の観察記録や天体観測や鉄道模型のマニアックな記事が混在していたし、僕が佐藤まさあきのギャングの漫画とケストナーの『エミールと探偵たち』を読む理由は同じ、それが面白いから、ほかに時間をつぶす楽しみがないから、でした。よく文学に携わっている人間が、「うん、面白ければいいんだよ」などといいます。哲学だって思想だって小説だってマンガだって、まず「面白い」ことが大事だと。そういう言い方が出てくるのは、その背後にこの初原の読書経験があるからです。そこではタメになるから、あるいは親が喜ぶから、あるいは世の文化的公共性に資するから、と行なわれる読書と、時間つぶしのための、楽しみ探しのための読書の区別、公共的な読書と私的な読書の区別はありません。真と善と美の区別はないのです。そしてそれは、読書という経験の初原が、こうした情報と知識と叡知と娯楽とが一体となった渾沌とした姿だったことを僕に思わせます。

人はなぜ本を読まなくなったのか?

それには多くの人が指摘しているように、読書をめぐる外側の環境が激変したからだという理由もあるでしょう。しかし読書経験のいわば内側の理由として、僕は、この読書経験の初原の輝きが、僕たちの出版文化、書物文化のうちで、急速に力を失い、弱まったからだ、という理由をあげておきます。

さまざまな調査結果は、若い人を含め人々が活字と文字を読まなくなったわけではないことを裏づけています。マンガ、「しょうもない」雑誌・情報誌、文字媒体によるゲームまで入れれば、本は読まれ続けています。ただ、これを「かたい本」という観点から見ると、だいたい、少しは例外があるでしょうが、世界の多くの地域で、それが「読まれなくなって」きているのです。

でも、そのことは読書経験の像というものが初原の姿から比べれば余りにもこぎれいに細分化してしまったことを、語っているのではないでしょうか。

読書という経験が「面白く」、かつ貴重なのは、それが言葉とふれあう経験で、そこに超個的な空間から超共同的・公共的な空間までを通底する「超空間」が内蔵されているからです。そこにこの経験の無尽蔵の可能性があります。

それを、この読書はよい読書、この読書は悪い読書とか、この本はよい本、この本は悪い本と〝分別〟することは、無論、それが必要で避けられない場合もあるのですが、読書経験の自然に逆らうことだと知らなければなりません。ほんとうはそうなので、でも致し方なく〝分別〟するのだという態度がそういう場合、大切になります。

こうした細分化により、タメにはなるがまったく面白くない本や、時間つぶしにはなるがほとんど身体に残らない本が生まれました。いっぱいそういう本がみちています。でもその前に、タメにはなるがまったく面白くない読書、時間つぶしにはなるがほとんど身体に残らない読書が、生まれていたのです。

読書の力、地力というものがあり、それが外側のメディア環境の多彩化の流れの中で、瘦せてきた。

吉見俊哉さんが指摘されるように、本が読まれなくなったことを、文化的公共圏の衰退として見ることは重要な観点です（「本の代わりになにが文化的公共圏を支えていくのか」）。でも本を読むという経験がつねにその公共的圏域を越え出るものをもつことを本質として、公共的であること、そういう逆説が、そこでふまえられなければならないと思うのです。

みすず書房の加藤敬事さんは、読書人階級の衰退ということを、日々膚で感じられる場所から傾聴すべき真摯さで報告されています（「出版者の側から見ると」）。ユベール・プロロンジオー氏の引くフランス、ミニュイ社のジェローム・ランドンさんも、これまでの実績を背景に、孤高の小規模出版経営者らしい気迫ある発言をされています（「本は〝裸の王様〟なのだろうか」）。しかし、ギリシャ神話に出てくるある巨人の神は、大地に投げつけられるたび、その大地からエネルギーを受けとってまた立ち上がるのですが――という話が昔寺田透先生に習ったミシェル・ビュトールの『小説について』というエッセーに出てきました――そのように、一敗地にまみれる経験を通じて「良書は良書として、その良書たることの意味を更新させ続ける」のではないでしょうか。そういう努力のないところ、良書は悪書に駆逐されるだけです。そしてそうであるなら、それ以外の未来を、僕たちは構想できなくなります。

4

はじめにあった読書、たとえば四世紀の、はじめて冊子体として現われた書物を前にした読書、あるいは十五世紀の印刷された書物による読書、何でもそうだと思うのですが、そこでは学問と楽しみ、叡知と情報は一つに溶け合っていました。それが読書というものでした。その大きな甕が割れて、いまはいくつもの断片になっています。それをもう一度つなぎあわせ、復原すること。それが読書が生き残るため、読書する人として僕たちが生き残るため、いま考えることのできる一つの努力の方向です。面白く、スリリングで、しかも文化的公共圏を強化する、そういう読書経験、そういう書物、そういう著作。どうすれば、そういう経験の場が新しく作りだせるか。そういう努力が実を結ぶうえに、現在のインターネットに象徴される文字映像文化の興隆が一つの手助けになるのではないか、というのが先に述べた、突端部分の読書経験の示唆することでした。

僕が最近の仕事の集中のなかで、好きだったネコの死をきっかけに、まるで「仕事中毒」からさめるようにして思ったこと。それは、現在の文化的公共圏といわれるもの、それも、かつての堅固さを失い、余りあてにならなくなっているのではないか、ということです。憲法、脱国民国家、カルチュラル・スタディーズ、戦後論、さまざまな主題があり、多くのことがいわゆる「かたい本」や「かたいメディア」を通じて論じられ、語られていますが、はたしてそういう圏内で語られていることがら自身が、どれだけ知的に、また叡知として、鍛えられているでしょうか。そこでは知がほとんど情報のようなものになり、正義感、モラルの感覚といったものが、すでにやせ細った教条の一種になって、しかも気づかれないままなのではないでしょうか。

ネコが死んでから数日後、僕が瞬間的に思ったのは、数千部という出版部数でいま成立している日本の読書階級のいわゆる文化的公共圏というもの、衰退しつつなんとかもちこたえているかに見える数種の「総合雑誌」に象徴されるその流通圏、それを一度はっきりと離れなければ、いま自分はほんとうに孤絶した個的な声も、またカントがいうような意味での国境と時代をこえた公共的な声も、形にできないのではないか、ということです。

僕はいま、せいぜい三〇〇部の活字媒体で成立する声というものに関心をもっています。それについて考えています。それを可能にするのが無限大の流通圏をもつコンピュータ文化とインターネットに代表される非活字流通圏であること、そのことは偶然ではありません。というのも、僕のこういう欲求それ自体の中に、インターネット文化というものが埋め込まれているからです。三〇〇〇部の公共圏は信ずるに足りない。それを質的に更新することがいま求められている。そういう僕の感覚それ自体が、この時代から来ているのです。

それは、別にいうなら、現在三〇〇〇部で成立している日本の文化的公共性の力を、国境を越えた読者にひらかれたインターネット的公共圏と、三〇〇部を越えない極小的公共圏とにいったん〝分力〟することによって、更新しようという企てにほかなりません。

もっともっと僕たちの回りには、読者のそういう力、読書のそういう力――本を読むことがもつ自浄力に期待して試みるべき努力の領域があるのではないでしょうか。

たとえば僕は、いま白楽晴《ペク・ナクチョン》という韓国の文芸評論家の近刊（『朝鮮半島統一論』クレイン、二〇〇一年六月刊）の解説を執筆していますが、白は自分には日本の大半の文学者よりずっと身近に感じられると書いたところです。

なぜ人は本を読まなくなったのか？

室さんの二つの問いに、僕は、こう答えます。それは先進諸国の局地的現象ですが、人間社会にとって普遍的な現象です。またそれは文明史的な大転換を背景にしていますが、乗り越え可能です。人を読書から切り離した力を逆に読書の力の更新に振り向けることで、人はこの危機をこれまで切り抜けてきました。これからも、どうしてそうできないことがあるでしょう？

再論・人はなぜ本を読まなくなったのか

――読むことの危機にどう向き合えばいいのか？

1

　人はなぜ本を読まなくなったのか、という問題にほんの少し頭を差し向けて一文（「読書の力の更新のためのヒント」）を草してからもう二年になります。二年経って、僕の中でこの問いは、いま、どんな姿をとっているのか。もう一度、考えてみるのがこの文章です。

　先に僕は、この問いの答えとして「細分化された読書」によって、読むことの「地力」が痩せてきた、と述べました。そしてもしその読書の「初原の輝き」を回復する方向に、何か条件が改善されたなら、この問題提起は生かされることになる、と言いました。このことからわかるのは、僕が、この新しい現象を、書き手の一人として、実践的に受けとめてみたということです。

　むろん、他にもインターネットの普及など、いろんな問題がある。でもこれを内部的問題として見れば、読書経験が細分化されるようになって、本を面白く読めなくなった、本を面白く読めなくなったら、そういう人の書くものも面白くなくなった、そうしたら、ますます読書は面白くなくなり、人が本を読まなくなる、それがこの間、ざっとこの二十年ほどの間に、起こってきたことだと、考えるのがよいのではないか。そう僕は述べたことになります。

実はあれから、つい最近のことですが、何冊か新しく本も読み、問題の根がきわめて広く深くひろがっていることをいま僕は少しだけ認識しています。でも今回ここに書くのは、とりあえず、その第一回の回答の延長線上にある答えです。

2

今回、僕は、この二年間のうちに現われた次の三冊の本を読みました。一つは僕自身の文章を含め二年前の議論を一冊の本の形にまとめた別冊・本とコンピュータ4『人はなぜ、本を読まなくなったのか?』(トランスアート、二〇〇〇年十一月刊)、もう一つは、この議論に先立ち連載を開始され、その後同時進行的に併走し、二〇〇一年に上梓された佐野眞一さんのノンフィクションの著作『だれが「本」を殺すのか』(プレジデント社、二〇〇一年二月刊)、そしてもう一つが、これとまったく別の場所で構想され、準備された上で刊行された清水徹さんの『書物について』(岩波書店、二〇〇一年七月刊)です。これらそれぞれに独立した形で準備された三冊の本が、文字通り踵を接するように二〇〇〇年から二〇〇一年にかけての数カ月間に世に現われたことのうちに、この「読書」と「本」と「書物」をめぐる問題の背景の広さと深さ、そしてその現実性とが、顔を覗かせています。

簡単に言えば、たとえばこんなことです。一九六〇年代くらいから僕の専門の分野である文芸批評の領域でも、テキスト批評という批評理論が現われています。これは、書かれた本文（テキスト）を「作者」から切り離して、テキストそれ自体として考察しようという動きですが、その背景に、書き言葉と話し言葉の違いに対する着目ということがありました。ところで、そのような考え方に大きな影響を及ぼしたジャック・デリダは、話し言葉の観点から書き言葉の価値を否定的に語った古代ギリシャ時代のプラトンを（話し言葉中心主義者であるとして）自分の思想的な対立者に擬しますが、そのプラトンが活躍したのは、紀元前四世紀、「本」というものが世界史の上に現われつつあった時期なのです。言葉と言えば「話し言葉」だった時期から、紙片が生まれ、巻物が生まれ、やがていまあるような冊子体の書物が主流となってくるのが紀元二〜三世紀のこと。現代思想の名で知られるこの間のさまざまな思潮上の動きも、紀元二〇世紀の終わり近く、メディアが多様化し、そこから電子メディアが発生し、「本」が消滅に向かう、そういう大きな趨勢の中、その動きに無意識のうちに促されるように、起こってきたものではなかったか。僕にはいま、そんな三千年に及ぶドラマさえ見える思いがするのです。

清水さんの本は、そういうことを僕に考えさせます。

また佐野さんの本は、なぜ、この問題が、流通、出版、編集、書評、図書館、書店、電子出版といった分枝をもつ宇宙として存在するのか、また、この宇宙がいまどのように日本の社会で動いているのかを教える、よい入門の書でした。その最初と最後、起点と終点に、書き手の論と読み手の論を加え、そこからこの問題を再構築しさえすれば、現在の書物と本と電子メディアをめぐる問題状況を一望するパースペクティブを、得ることができそうです。

それは、共時的には、ほぼつぎのような連環を描くでしょう。書くことと書物の関係（書くことをめぐって）―作者論―編集論（編集editingとは何か）―出版論―出版文化論―文化政策論―流通論―書店論―図書館論―読むことの社会性（文化的公共圏）の問題―読書論―読者論―読むことと書物の関係（読むことをめぐって）。そして、同時にそれは通時的には、紀元前三〇〇〇年頃のパピルスによる紙の発明から紀元二～三世紀の冊子体の書物の出現、紀元一五世紀のグーテンベルク革命、さらに現在の電子メディアの出現までを含む、文明史的展望をなしています。この連関と展望の前景化は、実はこの間僕たちをとらえていた問題のそれぞれが、書物の消滅という大きな物語の一コマだったのではないかと考えさせます。これからは、誰にとっても、これらの一つ一つの単体の問題を、それだけで、この大きな物語との連関なしに考えることは、それを含む展望のあることを見落とすことになるという意味で、危険だ、ということになります。

3

さて、ここでは、前回の議論をまとめた『人はなぜ、本を読まなくなったのか？』に収められた論考のうち、前回も触れましたが、やはり吉見俊哉さん他の人々が言及している「文化的公共圏」をめぐる指摘と、ロジェ・シャルチエさん他の人々が述べている「本」のこれまでの形態の消滅という論を手がかりに、考えていきます。

本が読まれなくなったという問題は、いま、同心円の形で僕たちをとらえています。内側の円から、それは、こういう内容をもっています。①**「かたい本」が読まれなくなった**（最初は、この問題は、こういうことでした。つまり「それ以外」はまだしも読まれていると思われていたのです）。でも、よく見ていくうちに、それにとどまらないことがわかってきました。つまり、それは、②（娯楽物を含んで）「活字の本」が読まれなくなった、ということを外延にひかえた現象であり、かつ、さらにその外延に、③（マンガを含んで）とにかく「本」というものが読まれなくなった、という現象をもつできごとだったのです。

では、「本」とは何だったのでしょう。いま、僕たちが電車に乗ると眼にする光景が、「本」が何だったのかを教えてくれます。ついこの間まで、車内の多くの人が、週刊誌を、あるいはマンガ雑誌を、あるいは新聞を、広げていました。でもいまは、その代わりに、実に多くの人が、携帯をにらみ、そこに浮かび出る電子活字を眺めています。しかし、その中身は、だいたいが、友人とのメールであるか、簡略化されたニュース情報、生活情報であるか、あるいはゲームであるかで、完全にか、ほぼ完全にか、そのコミュニケーションの宇宙は閉鎖系のサーキット（回路）をなしています。つまりそれが、ここにあるものが「本」ではないということの僕たちにとっての意味なので、逆から言うと、マンガを含んで、本とは、不特定多数と不特定多数をつなぐ開放的なメディアであり、人を「外」に開かれた世界につなぐ媒体＝メディアであったのです。

本が読まれなくなる、ということの一番底にある問題の一つは、このこと、この意味での広義の「文化的な公共圏」とも言うべきものの衰退、消滅であることがわかります。そのことの結果が、いわゆるオタク社会化の名のもとに現代日本社会に現われてきたこと、それ以前に、新人類世代の社会の「島宇宙化」（宮台真司）、あるいは「コミュニケーション不全症候群」（中島梓）といった事態として、先駆的に論じられた社会変化だったわけでしょう。この先に来るのは、察するところ、「政治」という人間の「活動」領域（ハンナ・アレント）の死滅という事態であるように思われます。

この事態に僕たちはどう向き合うのがよいのか。

吉見さんは、日本で「かたい本」が読まれなくなったのは、一九二〇年代以降、日本社会が備えてきた「読書を通して文化的公共圏が維持されていく構造」が経済的にも社会的にも「すでに日本では成り立たなくなっている」からだと述べています。「市場の論理」と「文化の論理」の幸せな結合の底にはナショナルな基礎があったのであり、それが揺るがせられている現在、「ローカルであると同時にグローバルな」社会的機構を手がかりに、「パブリックな文化を支えていくさまざまな非商業的な仕組みの可能性」を考えていくべきだというのが、彼の結論です。

でも、僕は、日本で「かたい本」が読まれなくなったのは、まず、「かたい本」が面白くなくなってきたからだろうと、書き手としては、考えてみるべきだと思うのです。いまの人たちの眼に、「かたいこと」を「面白い」問題として取りあげる能力をもつ書き手が、減ってしまったのです。昔は、明治以後の福沢諭吉とか敗戦以後の丸山真男など、「かたいこと」を読者の心をがっちり摑む形で書ける書き手がいたものなのです。むろん、これには、従来の「かたい本」を面白く読める人が少なくなったという事実が随伴しています。そこでは「かたい本」と「やわらかい本」とが分化してしまっているのです。

かつて高橋源一郎が『カルヴィーノの文学講義』にふれて、いま書かれるものには「重い」ことを「重く」書く〈重重〉と「軽い」ことを「軽く」書く〈軽軽〉と「軽い」ことを「重く」書く

〈軽重〉と「重い」ことを「軽く」書く〈重軽〉という種別があるが、もっとも好ましいのは、最後の〈重軽〉だと述べたことがあります（「カルヴィーノの遺言」）。その時、彼はこの問題に触れていたのです。「重軽」とは、「かたい」ことを「やわらかく」書くということです。そしてむろん、これは技法の問題ではない。「かたい」言説がすでに考え方として「弱い」という見立てがなければ、それを別の流儀で考えてみようという意欲は生じず、それなしに小手先だけでこの〈重軽〉は実現するはずがないからです。それは、技法ではない。むしろ思想の問題でした。

4

文化的公共圏をめぐるもう一つの問題は、公共性と文学の悪とも言うべきものとの関係です。読書を文化的公共圏の形成に資するものと見る見方が、それだけだと、公共性を考える上でも浅薄なのは、公共性というものが、自分の敵手に味方することで、自分を強めていくものであることが、そこで見落とされているからでしょう。そういう見方は、どうしても「よい読書」と「そうでない読書」を選別してしまう。しかし、「読書」の本質的な力は、そういう外在的な「選別」に抵抗することです。僕にとって本質的な読書経験の一つは、中学生の時に家にあった週刊誌で五味康佑の「色の道教えます」という連載時代物を隠れて読んだことです。これは、いわゆるエロティシズム系の読み物で、僕の読んだ中でも鮮やかに記憶している回では、乱心のバカ殿が、女性の性器の肉を切り取り、それを「刺身」で食べたいと考え、それを部下に強要するのでした。

いまも、週刊誌に載ったその回をおぼえているのは、きっと日本全国でも僕一人くらいでしょう。

僕はそのくだりの最良の読者だったし、僕にとって五味康佑の「色の道教えます」は、いわば「禁じられた読書」の最良の例となっていて、それを思い浮かべると、僕は幸せな気持ち、豊かな気持ちになります。

ところで、一人一人のこういうエロティシズムへの傾斜に場所を与えるものであるからこそ、公共性は、意味深い。これが僕の考えです。そのようなものに権利を与えるものであるから、公共性というあり方は、なくては叶わないものなのではないでしょうか。ハンナ・アレントは、家（オイコス）の自然的共同体（＝共同体）は個体の維持と種の保存という自然の「必要」から生まれ、これに対し、都市（ポリス）の政治的共同体（＝公共体）は公共空間の創出という「自由」への希求から生まれている、そして両者は対立しており、この生命維持の必要を克服することで人は公共性の空間を手に入れる、と言うのですが（『人間の条件』）、これに対し、ジョルジュ・バタイユは、エロティシズムとは、身震いするような深奥な快楽であり、またそこに長時間身を置くことに嫌悪を感じないとすれば人間らしくないと言われるべき恥辱でもあって、これにだけ執着するとすれば「認識を拒否すること」になるが、しかし、「だが、エロティシズムに背を向ける場合は、可能なものに、（つまり）生命の維持に、背を向けることになる」と書くのです（「エロティシズムに関する逆説」）。

これにふれ、その思弁を、竹田青嗣は、エロティシズムとは、「日常生活やそのうちのおよそ人間的なものに〝唾を吐く〟ことで、快楽それ自体の超越性をつかもうとするような逆説的な欲望」なのだと、手際よく、要約しています（『恋愛論』）。現在の問題は、公共性という考え方が、公共性に〝唾を吐く〟敵手を得て、より強く自分を更新されるべきことをも、示唆しています。カントの提示した世界市民的な公共性という考えは、お行儀のよい人々に喧伝されすぎ、一時的に、この方面でのダイナミズムを失ってきました。再びダイナミックな考え方としていまの世界に蘇えるためには、たとえばここに言うアレントの先に、バタイユの指摘を加味することを、要していると、僕などには思えるのです。

5

しかし、先に述べたように、そういう問題を浮かべて、この「読書空間」とも言うべきパイ自体が、徐々に溶け、小さくなっているという事実があります。いままでは、「かたい本」だけではなく、「エンターテインメント」作品までもが、「活字の本」だけではなく「マンガ」までもが、読まれなくなって、人が電車の中で回路をつなぐのは、本ではなく携帯される（ポータブルな）閉鎖系社会なのです。しかし、僕は、ここに現われているテクノロジーの問題は、電子活字が限りなく現在の活字に近づき、モニターが限りなく現在の紙に近づく形で、再び、電子活字による新しい「本」が生まれるという答えに行き着くのだろうと思います。しかし、そこに至る過程で、僕たちに示されている不器用なテクノロジーとしての話し言葉（声）でも書き言葉（活字）でもない電子活字（映像文字）は、別種の読書経験、別種の読書人を生み出しもするでしょう。

僕は、数年前、本屋で小学生の頃に読んだ堀江卓のマンガ『矢車剣之助』を見つけ、再読してみました。これは、テレビが生まれる前のマンガですが、いま読んでも限りなく面白い。いまのマンガとどこかがまったく違う。これは、テレビとマンガが分化されていないマンガなのです。テレビが生まれ、マンガのディスクールがまったく変質したことがわかります。また、最近、学生の卒論の指導のため、数年前のベストセラーの井上雄彦のマンガ『Slam dunk』を通読してみました。これも傑作です。でも、もし、テレビが生まれなかったら、この種の以前のものにない、いまのマンガの面白さは、存在しなかったでしょう。

一方で、僕は学生についこの間、高橋源一郎の『さようなら、ギャングたち』という一九八二年の作品を読ませました。これは、十五年ほど前、僕が大学で教えはじめた頃、扱ってみて、学生の大半が「わけがわからない」と苦情を申し立てた作品で、僕は、なるほど若い人って若いほど考え方が古いんだ、ということがその時、よくわかったのでした。ですが、いま読ませると、ほとんど本を読まない学生を含め、大半の学生が、これを「よくわからないがとても面白い」と言うのです。

ここにあるのは、ある叡知を受け取るのに全体性の理解は必要がない、ともいうべき新しいタイプの洞察です。この洞察（＝考え方）が読者の身体に備わるようになったのは、明らかに現代社会の読者の側の一つの成熟で、その成熟が、「よくわからないこと」と「面白いこと」とを架橋させています。この断片型のいわばプラナリア的叡知が、今後の公共性の台座にならないと誰に言えるでしょう。それは、それだけでは公共性を立ち上がらせませんが、ここにある一つの「自然状態」が、再び思考することを、他者との関係に意識的であることを、促すだろう、そしてその場合にそこに生まれる公共性は、先の「かたく」て「弱い」公共性よりは、より懐の深い、強靱なものとなっているだろう、そう僕は予想するのです。

予定説と絶対他力
――現代の日本人のおかれている状況とは何かと問われて

1

ここに書くのは、編集部から依頼された主題である現代の日本人がおかれている思想的な状況といった話ではなく、最近、わたしの経験したある思想経験にまつわるささやかな発見である。小さなエピソードにすぎないかもしれないけれども、親鸞にも少しだけ関連し、この雑誌（『アンジャリ』）の読者の方々に無関係とも思われない。依頼の主題からはずれるとも思われないので、整理がつかないまま、気になるままに、記してみる。

最近、学生と、ある若い評論家、あるいは社会学者として知られる著作家の新書を教材に取りあげ、ゼミで読んだ（後記。大澤真幸氏の『虚構の時代の果て』〔ちくま新書、一九九六年〕である）。そこで著者は、現代日本のオウム真理教のもつ問題を考えつつ、十六世紀のキリスト教宗教改革におけるカルヴィニズムのいわゆる「予定説」のもつ問題の一つ――と彼のみなすもの――にふれていた。「予定説」とは、よく知られているように、誰が救済され――永遠の生命を約束され――、誰が地獄に堕ちるか――永遠の死滅に運命づけられているか――は、神によって既に決定され、予定されている、という教説である。

さて、著者は、名高いマックス・ウェーバーの『プロテスタンティズムの倫理と資本主義の精神』を引きながら、これでは、どんなに善行を積んでも救済にはつながらない、信者のモラールは下がるはずなのに、こういう非人間的な教説が、当時の人々の心をとらえたのはなぜだろう、と問い、これに、こう答えていた。カルヴァンの考え方を整理して言うと、そこでは、信者は自分を既に救済に予定されている人間であるとみなし、そうである人間なら取るであろう振舞いを先取りすることで、そういう人間になりおおせようとしているとみなされる。そこには、既に決定を知る神の視点（目的＝理想を追い越してしまった視点）と永遠にそれを知ることのできない信者の視点（そこに追いつかない視点）の「精妙な組み合わせ」がある、と。

解説すると、これは、著者の論旨の中で、終末論的な時間観念のパラドックスをめぐる考察の一部をなしている。目的をめざして手段が選ばれ、その観点からその選択の是非が判定されるという図式が生き続けるためには、目的がいつまでも実現されない無限の彼方に設定されていなければならない。しかし、目的が手段と断絶されてしまえば、この図式自体が存立不可能になる。では、このパラドックスは、どう止揚されるか。著者はこう問い、無限の彼方の時間が先取りされ、此岸のものとして「入れ子」になって組み入れられる構造が、その答えだと述べる。「予定説」をめぐるこのくだりは、彼岸と此岸二つの視点の「精妙な組み合わせ」により、このパラドックスが克服されるという著者の見解を展開する例示の箇所なのである。

わたしは、著者のこのポストモダン的と評しうる時間解釈には、それほど説得されなかった。ウェーバーも、そうは書いていない。強気のカルヴァンは自分を既に救済を予定された人間だとみなしたが、信者までが、そう仮定したとは述べられていない。この教説を受け入れた結果、信者が内面的な孤絶化を強いられることになったというのがウェーバーの説であることを考えるなら、ウェーバーからは、むしろこれと逆の推論が浮かび上がってくる。しかし、ウェーバーについてはこれくらいにして話を戻そう。わたしを立ち止まらせたのは、この新書の答えではなく、問いのほうである。著者はそこに、こう述べていた。

（プロテスタンティズムの予定説についてこれまで述べてきた。——引用者）しかし、誰もがここで疑問につきあたるだろう。もし人間の行為が救済の可能性に何らの影響を与えることもないのだとすれば、予定説が人々を捉え、その行為を規定することは、およそ不可能なことではないか？　予定説に従えば、人間の行為は救済にまったく貢献しないのだから、結局、それは、人間の行為の形式をどのようにも方向づけることはできないはずだ。つまり、予定説は、救済の可能性を高めるものとして、つまり理想の実現が高まるものとして、特定の行為の形式を推奨することはできないだろう。そうであるとすれば、予定説を信じるということは、何も信じていない、ということと同じことに帰するのではないか？　言い換えれば予定説を信じるなどということは、不可能なのではないか？　予定説は、何ら人々に実効的な影響を与えることはできず、存在しないに等しいのではないか。

（『虚構の時代の果て』一五九頁）

つまり、著者はここで、「どんなに善行を積んでも救済につながらない」ことが、即、「信者の意欲をそぐ」ことになると、考えているのである。しかし、こういう考え方は、この雑誌の読者なら誰もが同意するだろうが、宗教の本質を見ていない。宗教における信仰心の働きとは、そういうものではないからだ。宗教的な考えから言えば、「どんなに善行を積んでも救済につながらない」場所で、はじめて人の信仰心というものが、その中核を問われる。「善人なおもて往生をとぐいわんや悪人をや」という親鸞の言葉も、言うまでもなくそういう場所から発せられている。この著書の勇み足の推断は、期せずして、カルヴァンの予定説が、親鸞の絶対他力の考えと、よく似ていることに、わたし達の目を向けさせるのである。

2

ことによれば、このようなことは、とうの昔から指摘されていて、知らないのはわたしだけかもしれないのだが、この小さな発見の話を、このまま、続ける。

両者が似ているとは、こういうことである。

ウェーバーは、「予定説」の「権威ある典拠」として一六四七年のウェストミンスター信仰告白なるものを引いている。その第三章第三項に、神が「自らの決断により」ある人々を「永遠の生命に予定し、他の人々を永遠の死滅に予定し」たとあるのに続けて、その第五項は、こう述べている。

「これはすべて神の自由な恩恵と愛によるものであって、決して信仰あるいは善き行為、或いはそのいずれかによる堅忍、或いはその他被造物における如何なることがらであれ、その予見を条件あるいは理由としてこれを為したもうたのではな」い、と。

このあたり、親鸞の悪人正機説の考えに親しい人間であれば、たぶん、誰もが、親鸞の絶対他力の考え方と似た思考、信仰観の現われているのを、認めるだろう。もし博識で知られるウェーバーが日本の鎌倉期の仏教の宗教改革運動にも通じていたなら、きっとこの絶対他力説を、西欧の宗教改革における予定説に一脈通じる教説として、注記したことだろうとわたしは思う。

親鸞は、善人なおもて往生を遂ぐいはんや悪人をや、と言う。善人とは善行を積む人であり、善行とはウェストミンスター信仰告白に言う「信仰あるいは善き行為、或いはそのいずれかによる堅忍、或いはその他被造物におけるいかなることがらでも」と指示される全行為に対応する所業である。したがって、その意味は、善行を積み、修行して、浄土に赴こうとする被造物（人間のこと＝信徒）の行為は、信仰上の救済（＝往生）にとって有害でこそあれ、けっして益あるものではない、ということである。そのような信徒＝被造物をすら、阿弥陀仏は、救って下さる。いわんや自力で何事かをなし遂げようといった自力に恃む気持ちをかけらももたない――その意味で絶対他力の境地に近い――悪人が、往生を遂げることができないはずがあろうか、というのが、親鸞の主張である。こう見てくれば明らかなように、神仏による救済に向けての信徒の努力の無効性、つまり絶対的な他力の構造に真の信仰の形を見るという一点で、親鸞の悪人正機説とカルヴァンの予定説とは、その基本構造が同じなのである。

3

両者の共通点は、もう一つある。現世への権利付与がそれである。ウェーバーによれば、この予定説の徹底によって、教会であれ、聖礼典であれ、人間の側の努力によって神の意向に何らかの変更が生じるという道が断たれることになり、その結果、西洋世界にはじめて、「魔術からの現世の解放」がもたらされた。

このこと、すなわち教会と聖礼典とによる救いの完全な廃棄こそは、（プロテスタンティズムの――引用者）カトリシズムに比較して無条件に異なる決定的な点である。現世を魔術から解放するという宗教史上のあの偉大な過程、すなわち古代ユダヤ教の預言者とともにはじまり、ギリシャの科学的思惟と結合しつつ、救いのためのあらゆる呪術的方法を迷信として排斥したあの魔術からの解放の過程は、ここに完結をみたのである。

（「プロテスタンティズムの倫理と資本主義の精神」『世界の名著61　ウェーバー』一七五頁）

予定説のこの絶対的な遮断によって、たとえば錬金術から黒魔術までのすべての「魔術」が、さまざまな苦行、禁欲的修道生活を含め、人為的修道の業の一環として、プロテスタンティズムの中で、命脈を断たれる、またそういう契機として、プロテスタンティズムという新しいキリスト教＝新教が出現してくる。そして世俗の活動を通じての信仰というあり方にはじめて権利が与えられる。

ウェーバーはそう言う。しかし、それと同じことが、日本における親鸞の教説の出現についても言えるのではないだろうか。

親鸞の絶対他力は、日本においては、いわゆる山岳密教の修行、修験道といったものと根本的に異なる原理の、はじめての提示を意味している。それは、信仰の絶対的な彼岸性ともいうべき契機に道を開いたが、同時に、僧侶の妻帯肉食といった信仰生活の現世性にも、はじめて権利を与える教説だったのである。

西洋の宗教改革においてルターは修道院を中途半端な信仰生活の場として否定することで、世俗世界における信仰はいかなるものであるべきかという問いに道を開いた。それと同じく、日本においても、それまでの信仰が山に上り、そこで修行、学習をつむ自力信仰型であったのを否定し、山から下りることを説いた法然、親鸞の教えは、日本の仏教世界に、「魔術からの現世の解放」ともいうべき契機を、もたらしているのである。

4

しかし、わたしが、こういう両者の接近に気づき、こんなことを思いめぐらした後に痛感したのは、むしろ、両者の違いだった。

それは、簡単に言えばこういうことである。

先の新書の著者は、どんなに善行を積んでも救済されないことを説く「予定説」が、「人々を捉え、その行為を規定することができたのはなぜか」と問うていた。その問いをささえていたのは、効果がなければ人は信じないはずだという、宗教的に言うと、平板な考え方である。しかし、ウェーバーは、そうは考えていない。彼は、「予定説」は、神の絶対性を説く非人間的な教説であることで、宗教の本質に立ち返っているのであり、そうであればこそ、人々を捉えもすれば、その世俗生活における行為規定の準拠点ともなったのだと、考えている。

ここのところ、彼は注意深く、こう述べている。

ミルトンが、この教説（予定説）を批判して、「たとい地獄に堕されようとも、私はこのような神を絶対に尊敬することはできない」と言ったのは有名な話である。しかし、このような神の無慈悲を強調する考え方が、宗教改革の起点に生まれたことの理由は、はっきりしている。こういうことは、「アウグスティヌス以来キリスト教史の上にくりかえしみられる」。最も強い宗教的感情は、信仰の目標である神への帰依の確信が現世の利益に動かされたり、現世の側のさまざまな条件に左右されたりするようになるたび、これまでもしばしば、両者の間の連関を遮断して神の絶対性を厳密なものとして打ち立てる、という更新のあり方を反復的に示してきたからだ。今回のこの予定説も、その同じ現われの一つである。

ところで、このようなあり方は、当初、ルター派、カルヴィン派双方によって同様に採用されたが、ルター派はやがて、「悔い改め」と聖礼典とによって——信者の心がけによって——一度拒まれた恩恵も新たに獲得可能になると述べ、信者の「善行」に権利を与えるようになり、その姿勢を後退させる。これに対し、神の無慈悲性を強調し、何者も——説教者も教会も聖礼典も——神の前では信者を助けられないと、いよいよこの予定説を強調することで、この後社会一般の人々の心を広くつかむことになるのが、カルヴァン派である。では、こうした後者の非人間的で無慈悲な教説が、この後、寛容な前者の教説以上に世俗世界に浸透し、資本主義精神の苗床たる禁欲的な倫理性を用意するようになるのは、どのような理由からか。

こう問いをたて、ウェーバーが言うのは、こういうことである。予定説は、人が救われるか救われないかは、すでに神によって決められている。だから何をしても無駄だ、と言う。では、現世に生きる人間はこの不可知性の中でどう信仰生活を打ち立てればよいのか。このような教説を苛酷に説いたカルヴァンは、強固な精神の持ち主で、自分が救いを予定されていることに関しては何らの疑念ももたず、自分は当然救済されると信じていた。したがって、彼から、この問いの答えは示されない。しかもカトリシズムにおけるのとは違い、プロテスタンティズムにはもはや神と個人の間を媒介する司祭や教会といった中間者は認められていない。その結果、世俗の人間は、強烈な不安の中に一人孤絶したまま遺棄される。予定説は、各個人をかつてない内面的な孤立化におしやることになる。ウェーバーによれば、各人は、こうした不安と孤立の中で、自分の職業生活を唯一の神との通路とみなし、自ら自分の監視者として、禁欲的な精勤を通じて自分の信仰心を高めるあり方へと、導かれてゆくのである。

ウェーバーは、およそこのように、無慈悲な教説が一転して、世俗的な職業を通じての信仰へと結びついていく経緯を説明している。このウェーバー説は、なかなかに説得的ではあるけれども、それでも十分にわたしを説得するというわけではない。というのも、この言い方だけでは、予定説から帰納されるべき信仰の真の形が、明らかでないからである。

そこで、予定説の教説を、もう少し一般化して考えてみる。というか、いったんウェーバーの文派を離れ、親鸞の絶対他力のほうから、これを考えてみる。すると、次のことがわかる。すなわち、予定説は、救済の有無はすでに決められ、人間に残された努力、関与の道はどこにもない、と言う。そしてウェーバーでは、カルヴァンは、自分の救済を信じて疑わなかった、とされている。しかし、もしこの場合、この教説の主唱者が、もっと謙虚（?）で、世俗の人間のように、自分が救済を予定されているかどうかわからない、というところに立ち止まったとしたら、どうなるだろうか。そこに生まれる「真の信仰」は、たとえ救済に予定されていないとしても、それが神のご意志であるなら、自分は喜んでそれに従う、という徹底した「絶対他力」のあり方として、示されるだろう。そしてこれが、親鸞の説と並べた場合、もう一つの絶対他力の説である、予定説から出てくる、最終的な信仰の形となるのではないかと思われる。

すると、この場合、この先で、この苛酷な教説が、苛酷であることを足場に、世俗に浸透していくみちすじは、単純に考えれば、次のようなものとなるだろう。すなわち、そこでの信仰は、当初、こうした修道院の生活をも否定する徹底した垂直性の「真の信仰」を第一義のものとするようになる。そのモデルはたとえば、カルヴァン自身の信仰である。カルヴァンは、ウェーバーによれば、自分の救済を信じて疑わなかったとされるが、もし救済を確信しなかった場合には、神の決定がいかなるものであれ、その結果を喜んで受け取る、と考えたはずである（それ以外に予定説に基づく信仰の徹底は考えられない）。しかし、いずれにしても、やがて、それでは絶対多数の者は生きてゆけないという現実がそのあり方の前に立ちふさがる。そして、こうした現実をクッションに、いわば次善の策として、日常生活における職業＝召命の義務を果たすことが、残された唯一の神に答える道だ、という「天職＝召命」発見の方向が、ここに導かれてくるのである。

したがって、非人間的な予定説は、親鸞の絶対他力との比較で見る限り、先の新書の著者が考えるのとも、ウェーバーが言うのとも異なり、次のような経路を辿って、世俗的信仰へと着地するのであることがわかる。予定説は、その苛酷さで、いったん聖の世界と世俗の世界を断絶し、魔術的、修行的、修道的中間形態を廃絶するが、そこから、では「真の信仰」以外の「世俗における信仰」はどうあるべきか、という問いを生み出すことを通じて、「天職＝召命」を通じての世俗にあっての信仰というあり方を、いわば予期せぬ結果として、もたらすのである。

5

しかし、こう考えてくると、同じ絶対他力の考え方ながら、カルヴァンの予定説と親鸞の悪人正機の説とには、大きな違いのあることが、わかってくる。

予定説は、類型として言うなら、その真の信仰の形を、たとえ救済に予定されていないとしても、それが神のご意志であるなら、喜んでそれに従う、というあり方のうちにもつ。しかし、親鸞の絶対他力の説は、どのような者も、南無阿弥陀仏と唱えさえすれば、必ず阿弥陀仏によって救済される、というあり方のうちに、その真の信仰のかたちを示している。予定説が神を不可知で無慈悲な絶対的他者とみなすのに対し、親鸞の絶対他力の説は、いわば神（というか阿弥陀仏）を、その名を口にするだけで救済の願いを叶える、慈悲深い絶対的他者とみなすのである。

両者はともに、信仰者の自力での信仰行為を無力でかつ有害ですらあるものと考える。しかし、予定説が、その対極の救済者の位置に無慈悲で非人間的な神の像を立てるのに対し、親鸞の絶対他力説は、同じ位置に、限りなく慈悲にあふれる神の像を浮かべている。

この違いがどこからくるのかは、いまのところ、わたしにはよくわからない。でも、この違いが何を語っているのかは、少しだけわかる。現時点でのわたしの直観を言っておけば、それは、こういうことである。

予定説は、超越者の意思の不可知性と被造物の善行の無力性とを、神の絶対的な他者性として表現している。神の前で人間にできることは何もない。誰が救済され、誰が地獄に堕ちるかはすでに決まっており、それは変更されない。しかもだからと言って、信仰しなくともよいとも言えない。信仰の課題は、その先にある、とこの教説は言っている。信仰とは、こうした絶対的な他者を前にして一人一人の人間が絶望することだと、それは、言っているかのようである。

これに対し、親鸞の絶対他力の説は、この同じものを、自己のうちなる神の絶対的な他者性――主観の底にあるものの絶対的な他者性――として、表現している。それは、救済される根拠は誰の中にもある、しかしそれは人誰もの中に、不可知のもの――彼岸的存在――としてあるのであって、その彼岸性――自力の不可能性――を了知できたとき、はじめて、救済は彼に訪れうるものとなると、それは言う。それはあたかも、信仰者が、自分を世俗の一人という位置に置き、世俗の誰にもできることとして、自己の中に無限を――真の信仰の形を――樹立できたときに、はじめて真の信仰の形が可能になる、と言うかのようである。

これを別に言えば、予定説が他者の絶対性を自分の外部に見るのに対し、親鸞の絶対他力の説は、この同じ他者の絶対性をいわば自分の内部に見る。予定説では、神は絶対的な他者として、自己の外なる彼岸にあるが、親鸞の説では、神は絶対的な他者として、自己の内なる彼岸にあるのである。

ここから考えるのに、親鸞の絶対他力の説とは、人力（自力）の卑小さを思い知れ、仏の御力（他力）の絶対性を思い知れという説なのだが、その根拠を、神の彼岸性、「真」にと言うより、自分の信仰の力のうちにひそむ彼岸性、いわば「信」の力におく、考え方なのだと、言えそうである。

6

もう紙数もないので、これで終わることにするが、ここまで見ただけでも、次のことは、言えそうである。

ここ十数年の間に日本社会に起こった新々宗教を見ると、その多くは、密教型であり、修行型である。つまり自力信仰の形である。オウム真理教は、この自力信仰、修行型の信仰を究極まで推し進めて見せた点で、この時代の新々宗教、カルト宗教を代表しているとも言える。

これに対し、親鸞の絶対他力の説は、その反対のあり方を示している。そのことが語っているのは、次の二つである。一つ。それは、人為的な努力と神仏への信仰は別なのだ、宗教の核心は、別のところにあるのだと、言っている。また一つ。それは、現世にあることと、神仏を信仰することとは、対立しないと、言っている。

つまり、こうなる。親鸞の教えは、たぶん最も強力なオウム的なものへの反措定の一つなのだ。

先の新書の著者大澤真幸氏の著作の文脈とは別のところで、新たな、現時点での、「魔術からの現世の解放」の一つが、この絶対他力の説から可能になるかもしれないことを、このことは、示唆しているように、わたしには感じられる。

「浪費型」自由の転換
——9・11の一周年に

1

去年の同時多発テロから一年がたつ。その後の推移を見ての感想を言えば、二十世紀型の世界は終わった、二十一世紀型の考え方が必要とされる時代に入った、ということになるかと思う。

何が変わったか、と訊かれれば、世界は一つになったと答えたい。インターネット、経済の世界化などで、もう世界は一つになっていたのだが、このできごとは、そうなるとどうなるかということを、わたし達誰もの目にはっきりと見える形で突きつけたのである。

思いだされるのは、こんなことだ。

およそ三十年前、一九七四年の八月に、東京丸の内で、三菱重工本社ビルが東アジア武装戦線を名乗る最左派グループに爆破され、死者八名負傷者三八五名を出した。実行犯たちは全員日本国民で、日本企業の第三世界に対する経済侵略と搾取に反対し、第三世界人民に連帯して、日本資本主義の中心地に攻撃をしかけたと声明した。彼らは、無関係の人を殺傷するのは許せないという一般社会からの批判には、丸の内を通行しているような日本人は多かれ少なかれ同罪だと答えた。しかし、それは、日本というガラスの仕切りの中のできごとで、これに第三世界人民が賛同したり、世界資本主義の総本山のアメリカが懸念を表明したりということはなかった。この事件は、第三世界の人々の南北格差のすさまじさへの絶望と怒りを背景にした当事者による直接の攻撃ではなく、第一世界の中に生まれた、当時のマルクス主義的な思想に基づく観念的な世界革命幻想の産物であった。したがってそれは、このガラスの仕切りを爆発する力をもたなかったという以前に、この仕切りの産物だったからである。

あの時はまだ世界というワンフロアがいくつもの部屋に仕切られていた。よくは向こうが見えないまま、区域ごとに、中を満たす生活と文化の水位が違っていた。世界が一つになるとは、その仕切りが透明になり、世界の水位の格差がそのまま誰の目にも見えるようになること、というより、その仕切りが、なくなることを意味する。仕切りが消え、しかも水だけが元の水位のまま動かない、となれば、次の動きは、水の高いところから低いところへの移動、ということになるだろう。そして事実、わたし達は、高い水位が波立ち、動き、のろのろと水位の低いところにめんどり打って流れ込むさまを、一年前、テレビ画面のうちに見たのである。

2

このできごとは何をわたし達に知らしめたのだろう。

あの後、『世界がもし１００人の村だったら』というインターネットから生まれた本が人々の心を捉えたという挿話は、そこで明らかになったことの一端を告げている。あの本は、先の日本での丸の内のビル爆破テロとほぼ同時期にあたる一九七二年に、人口問題、資源問題にはじめて警鐘を鳴らした『成長の限界　ローマ・クラブ人類危機のレポート』の共著者の一人、ドネラ・メドウズの書いたコラムを原典としているらしいのだが、考えてみれば、三十年前、わたし達に示された「世界は一つ」という考え方は、いまわたし達の前にある「世界は一つ」という事実と、同じではなかった。一つになった世界の中で、今後世界を破壊に向かわせないために必要な二十一世紀型の考え方とは何か。それは、世界を二つに分ける考え方ではない。どうしてもわたし達は、世界を西と東、北と南、あるいは文明間の衝突の場と対立の相で見てしまいがちだが、そしてそのことには一定の根拠があるが、にもかかわらず、その対立をささえているのは、その容れ物たる、一個の壊れやすいガラスのコップにほかならない。三十年前、わたし達にやってきたのは、世界が実は壊れやすいこと、したがって、力を合わせ、叡智をもって守っていかなければならないということが、わかったという意味での、「世界は一つ」という発見だった。そして、そこから生まれた警告と訴えが、いま、世界が小さくなった、一体化した、便利になった、という別種の形で、世界誰もに共有される現実認識となろうとしているのである。三十年前になく、いまあるもの、それは、自由と繁栄への渇望が等しく世界の人々をとらえ、その意味で世界を一つにしているということだろう。いまやその意味でわたし達の「世界は一つ」なのである。かつては、だから叡智を働かせなければならない、と言われたのだが、いまは、だから自由と繁栄はステキだ、と言われる。この重心の移動をバネに、あの去年のテロ攻撃は生じている、と見ることができる。

3

今後、アメリカはつねにこの種のテロの脅威の中に裸のままでおかれるだろう。いまイスラエルとパレスチナで起こっていることはその予告編である。ブッシュ大統領が対イラク先制攻撃を口にするのも、そう思えばこそなのだが、それでは問題の解決にはとうてい無理で、南北間の格差が少なくなる方向に世界が動かなければ、この問題は終わらない。

では、そのためのカギは何だろうか。これまでは南を北に近づけることがめざされた。しかし、世界全体がアメリカの高成長、大量消費型の生活を享受するには地球がいくつあっても足りないことが明らかである以上、こうした言説は一種のねずみ講的詐欺である。したがって、南の水位をあげることに加え、新たに、北の水位をさげること、とりわけ高成長、大量消費のアメリカ型モデルを別のモデルに切り替えることが、問題になる。ここにきてようやくわたし達は、二十一世紀の課題に出会う。

二十世紀は、人類全体の幸福と平等の実現という高い理想のためなら、一時的に少しだけ、自由と私的な幸福の追求を制限してもよいと考え、その制限の上に理想を追求しようとして、失敗した。国民国家と資本主義の廃絶がそこでの目標とされた。その失敗が教えるのは、自由への欲求を否定する思想は、結局、その自由への欲求によって打破されないではいないということ、そういう思想は人間否定につながり、それ自体退廃の原因を内に抱えずにはいない、ということである。しかし、一方で、二十世紀、その自由への欲求に現実の範型を与えていたのは、高成長、大量消費型の、アメリカ的な生活様式だった。自由への希求は、自由競争の資本主義下では私的、物質的な幸福という形をとる。そこで、自由とは、畢竟するところ、ステキな衣服に身を包んで、ほどほどにおいしいものを食べ、気の合う友と街を歩くことである。それがわたし達の幸福の範型なのだが、二十世紀型の範型は、これを、どうしてももっとステキに、もっとおいしいものをと、高成長、大量消費の方向に、駆動してやまなかった。

したがって、今後ありうべき代替モデルは、第一に、南北間の格差是正・公正の要求と、自由への希求・ほどほどの私的なステキさ（幸福）の追求とを、いずれも否定しないもの、となる。わたし達は今後、南北間の格差の是正をめざすが、それは、自由の欲求とステキな生活への憧れとをともに否定しない形で、企てられなければならない。また第二に、その自由と幸福の追求は、高成長、資源浪費型でない形でめざされなければならない。私的なステキさの追求が少しも否定されないいま、現在のアメリカ的生活に範を取る高成長、資源浪費型に取って代わり、新たに、低成長、資源節約型の範型の上に基礎づけられ、また、それが低成長、資源節約型の経済と産業の構造をもたらすこと。これが、どうやら二十一世紀型の課題の核心なのである。

国民国家と資本主義という世界のしくみのもつ矛盾を否定しようとした二十世紀の試みの果てに、それにもかかわらず、そしてある意味ではそれに促されもして、昨年の九・一一のできごとは起こっている。何が、いまわたし達の前に差し出されている課題の新しさか。そしてその新しさが何に基づいているのか。そのことに目を向けることが、いまは大事かと思う。

イラク戦争と「日本の影」

1

イラク戦争への成り行きを見ていて、わたしは以前に書いた「敗戦後論」という論考を思い出した。この論考は、発表以来、日本の戦後革新思想の弱点を誇大に強調するものとして各方面から批判されたのだが、もう少し頑張り、自説を主張し続けるべきだったのではないだろうか、と反省したのである。

イラク戦争には、日本から見ると、国連決議に基づかない、国際法違反の戦争であるといった議論以前に、より深刻な問題がある。この戦争に、日本は大きな影を落としている。この戦争に日本は、実は、一定の責任をもっているのではないだろうか。

去年（二〇〇二年）の十月、アメリカ政府は「日本型モデル」のイラク戦後の民主化案を発表した。わたしの見るところ、この戦争を立案したとされる同国のいわゆるネオコン、新保守派は、この戦争のそもそもの発想源に、日本という成功した前例を見ている。欧米とは異質な文明に属する地域での「武力による民主化の成功例」としての対日占領経験が、その第一の要因であり、またその後の韓国、台湾近隣諸国への「民主化波及例」が、その第二の要因である。

しかし、言うまでもないことだが、「民主化」は、その国の国民・市民が主体とならない限り、完全な形では遂行されない。そもそも武力によって違う国がある国の体制を「民主化」しようとすること自体が、民主主義の原理に反する上、実際問題として、不可能事でもある。アメリカの新保守派は、日本の民主化を自分たちの手柄と考えているが、むろん当時のGHQの担い手であるニューディーラー（改革派）達と彼らの政治的立場は逆である。と言う以前に、もし日本が、彼らの見るとおり、現在まがりなりにも民主国家になっているとしたら、それは、日本の国民が「外からの武力による民主化」により、真の民主化にとっての手ひどい打撃を蒙ったにもかかわらず、何とか半世紀をかけ、ここまでその傷を修復したからである。したがって米国の彼らがこのことをわがこととして自慢するのはお門違いでもあれば、誤りでもあると言わなければならないのである。

たしかに連合軍による強制力なしにこれだけの迅速な民主化は不可能だった、その事実は重い。けれども、ひるがえって考えるなら、現在の日本で誰が、民主化された社会の礎石ともいえる政治の価値、理念、信義の価値と意義を、信じているだろうか。そういうものを損ない、いまなお日本は、近隣諸国との間に将来に向けた信義関係を築くことも、また今回の戦争でわかったように、自分の立場を国際社会に築くことも、できないままでいる。それは、そのことに起因するツケの、いまに残る傷跡、負債なのである。

2

先にあげた論考でわたしは、武力を背後に定められた戦後日本の民主憲法、平和憲法とは、矛盾であること、したがってそこから目をそむけるのではなく、その矛盾点をしっかりと直視しつつ、民主主義を強化することが必要であることを指摘した。しかしこの指摘は、多くの論者に保守化に道を開く文学的・情緒的な主張として退けられた。「戦争の死者をどう遇するか」という記憶をめぐる問題も取りあげたが、これも、戦後生まれの人間がそれをいうのは、観念的な捏造にすぎないと批判された。しかし、たとえば政治学者の藤原帰一は、近年の論考の一つで、冷戦後国際政治がその力学を変え、「国家」単位のハードな構成がそれぞれの「社会」主体のソフトな構成へと変質した結果、いまや、国際社会で記憶というものの意味が変わってきた、と述べ、戦争から半世紀をへて、「生の記憶」ではない「創造された記憶」が国家間の関係を動かすカードとなりつつある、という興味深い観察を記している。

「抑止としての記憶」というのが、そこから彼の提出している新概念である（「抑止としての記憶」『国際問題』二〇〇一年十二月号）。そこで記憶の意味は、もはや文学的であったり情緒的であったりする以前に、政治的であり、理智的、また構成的である。これをわたしの言い方で引き取るなら、記憶、戦後の精神的外傷といったこれまで情緒的とされてきた要素が、その意味をいわば「使用価値」的なそれから「交換価値」的なそれへと変容させ、その本性を「内在性」から「関係性」へと転換させている。人間の内面の問題が、いまやその性格を変え、国家間の関係を規定する政治的な要素になろうとしているのである。

3

わたしにやってくるのは、このような思いである。

もし日本が、国際社会にもっと前から、たとえば、一九四五年にはじまる日本の「武力による民主化」は、多くのものを実現したが、同時に多くの内部的問題を残した、その内部問題がいま、日本の政治にとって重大な問題であることが明らかになりつつある、したがって日本型民主化占領は繰り返されるべきではない。今後に向けて大事なのは、むしろ「価値の多元性の尊重」という原則ではないか、とでもいった主張を、「民主化」の前例国として辛抱強く行なっていたら、どうだっただろうか。

少なくとも、現在の単純きわまりないアメリカの新保守派の主張が、国際社会で、また、アメリカ国内ですら、これだけ無傷のまま通るということは、なかったのではないだろうか。

近年話題になったジョン・ダワーの『敗北を抱きしめて』は、アメリカの戦後対日占領が日本に多大な痛苦をもたらしながら、最終的に日本の民主化に寄与したという見方を提出している。しかし、数年前に翻訳の出たローレンス・オルソンの『アンビヴァレンツ・モダーンズ』は、江藤淳、竹内好、吉本隆明、鶴見俊輔を手がかりに、日本の戦後思想の最深部とその可能性を、その民主主義思想の「二律背反＝ねじれ」部分に認める、それとは別の、より複眼的な見方を示している。

前者の見方には、民主化の成果として育った日本の革新陣営への共感はあるが、米国による前回の日本「民主化」への自己反省の念は、それほど強くは見られない。そこには今回のイラク戦争の論理をも下支えするある鈍感さと危うさとがある。これに対し、後者の見方には、他国へのこの種の「民主化」占領なるものを思いとどまらせる、ある自国の姿勢への謙虚な視線がある。日本が発信すべきメッセージが、この後者の見方にこそ重なるものであるべきことは、誰の目にも明らかなのではないだろうか。

日本国の代表が、国連総会の場で主張すべきことは、戦後日本の民主化の経験がそんなにたやすいものではなかったこと、したがってイラクに同じことを繰り返すべきではない、ということである。そう述べることが日本の国際社会への責務なのだ。そう語って、日本の代表が笑われるか、真摯に耳を傾けられるか、わたしに答えは明らかだと思われる。

「普通のナショナリズム」とは何か

日本語ブームなど、若い世代を中心に、「日本回帰」の気分が強まりつつあると言う。一方で首相の靖国参拝問題、有事法制問題、住基ネットの問題など、国家管理的な政府の動きも報告されている。双方の動きには関係があると受けとられ、現在さまざまにそのつながりが指摘されてもいるようだが、わたしの感じを言うと、いま必要なのは、この二つの間に線を引き、両者をむしろ、対立の関係に置くような考え方である。いまなされている指摘の多くが、「頭」で考えられ、事態の核心のポイントをとらえ損ねているというのが、あえて言うなら一観客としてのわたしの感想なのである。

この間のW杯でも、日本代表チームに向けた若いサポーターの支援が、ナショナリズムの復活につながるという危惧が表明された。けれども、人がたとえばW杯などで、自分の国のチームを応援することを否定するのは、愛国心とは異なるものとして愛郷心＝パトリオティズムがあるとして、それをも愛国心に通じるものとして、否定してしまうことである。たしかに愛郷心には愛国心に通じるものもある。しかし両者の間に違いを見なければ、わたし達は、そもそも愛国心を否定するその足場を、失ってしまうのではないだろうか。

最近訳出されたジョージ・L・モッセ著『英霊』は、第二次大戦後、多くの国でそれまでの戦没兵士の英霊崇拝と慰霊行事の国家主導が見直される中、イギリスが、その傾向に反し、「死と再生・仲間意識・犠牲の平等」という戦争墓地に特有のシンボルを、「必ずしも戦争や国民を賛美しない」と考え、これを罪悪視しなかったことを高く評価している。著者によれば、このような哀悼の仕方に権利を与え、「反戦の教訓」とすることで、イギリスは、その後の国内の極右の台頭によく抵抗しえたのだと言う。これと同じことで、若者の間に見られる一見すると「日本回帰」とも見まがう最近の現象の中に、それまでの「日本回帰」とは異質なものを見て取ること、そしてかつてのそれといまあるそれとの間に一線を引いてみること、そういうより微細な見方が、いまのわたし達には、教訓的でもあれば、有効でもあると思う。

わたしの見るところ、ここにあるのは、こういう問題である。

たとえば、オーストラリアの思想史家テッサ・モーリス＝スズキは、現在の日本における戦没者追悼について、こう述べている。この問題の未来には、

一、過去の閉鎖的で夜郎自大的なナショナリズムへの復古
二、「普通のナショナリズム」の定着
三、新しくグローバルな世界市民的態度の確立

という、三つの選択肢がある。このうち、第二の「普通のナショナリズム」とは、非宗教的な無名兵士の墓の創設に象徴される、欧米の国民国家一般に見られるあり方のことである。そう断わったうえで、彼女は、二十一世紀にふさわしいのは、異質の他者にも開かれた、第三のあり方ではな

いかと述べる（「記憶と記念の強迫に抗して」『世界』二〇〇一年十月号）。

彼女は、この三つの選択肢のうち、第一・第二のあり方と第三のあり方の間に、太い線を引いている。これは、大きく言えば、「普通のナショナリズム」は、過去の閉鎖的な夜郎自大的ナショナリズムへの復活につながる、という先に見た危惧と同じ形の考え方である。「異質の他者にも開かれた」この第三のあり方を、わたしも彼女同様に待望する。しかし、わたしと彼女では、そこにいたる方法論が違っている。そのあり方に、現時点、現段階での日本社会が一歩でも近づくため、いま必要なことは、彼女の言うように、この疑義ある第二のあり方を厳しく否定することなのだろうか。そうではなく、むしろこのあり方のうちに見られる新しい徴候に希望を見出すこと、そしてここに言う第一と第二・第三のあり方の間にこそ、決定的な線を引くことが、いまわたし達には求められているのではないだろうか。

彼女は、もし非宗教の国立戦没者慰霊施設ができたら、靖国での国家記念行事より近隣諸国の反発は少なくなるだろうが、非日本人を排除し、兵士と民間人の区別を温存するそのようなあり方は、たとえば沖縄の非戦闘員の死者の記憶をどう扱うかというすでにある困難を「増幅するだけ」である、と述べ、これに否定的な見方を示している。そして、それよりは、いま欧米でも論議されているグローバルな世界市民的なあり方を模索すべきだと主張する。しかし、現在の日本にとっては靖国が非宗教の国立戦没者慰霊施設に変わることが、むしろ第三のあり方への一里塚となりうる。またその場合、新しい施設が靖国のあり方を踏襲し、従来のように兵士のみを慰霊する施設になる可能性が限りなく低いことが、ここで考慮に加えられてよい。そこでは、兵士と民間人を区別するかしないかが重要な目安である。彼女の言い方では、非宗教の国立戦没者慰霊施設のもつ、この中間的な性格に権利が与えられない。それは、この中間的な性格を本質とする「普通のナショナリズム」の中の微細な差異に違いを見ない、結論先取り的で教条的な、「頭」で考えられた、弱い考え方なのである。

サッカーにおける若者の自国チームの応援は、たしかに一見すると世界市民的態度に逆行している。しかしひるがえって考えてみよう、若者の自国チームへの応援を否定する世界市民的態度とはどのようなものかと。いろんな国がフェアプレーで闘う、そこに生まれる感興を歓ぶ心が、むしろありうべき世界市民的な態度の基盤なのではないだろうか。少なくともそれを否定はしないということが、世界市民的なあり方、「異質な他者」との出会いを歓ぶ態度なのではないのだろうか。

スタディアムに集まる若者の心情は、世界に開かれている。彼らにとっては自国を応援することが、世界を知る手だてなので、それが最近のサッカーブームのうちにある新しい性格である。それは、靖国を非宗教の慰霊施設に代える上で、一つの力となる。またその慰霊施設を非靖国的な、より開かれた存在へと作る上で、一つの力となる。むしろわたし達の目に入るこのような徴候が、いまの日本の文脈に生きる、世界市民的あり方の萌芽なのだ。望まれるのは、「心ある」と言われる大人の、「頭」に惑わされない、強い視覚ではないだろうか。

村上春樹の世界

1

わたしはこれまでけっこう長い間、村上春樹の作品につきあってきているが、読めば読むほどこの小説家は底が深いという感じが強くなってきている。たしかにさまざまな批評家が指摘する弱点を垣間見せることがないわけではないが、彼は、そのような危機をまったく人が考えも及ばない形で克服してきた。というか、それを自分で矯正し、自分の成長の糧としてきた。これだけ成長を続けて変貌してきた小説家も珍しいし、これだけ自分のスタイルを堅固にもち、それを崩さないできた小説家も、珍しい。

彼はたぶん、いま日本で一番間口の広い小説家の一人だろう。間口が広いというところには、読者の層が多岐にわたっているという意味、発表の場所におけるオプションの幅が広いという意味、仕事の幅がとてつもなく広いという意味、そして文体がいまも広角打法的なひろがりを失っていないという意味などが、含まれている。けれども、そういう小説家が同時に、これまで日本に例がないほど、強固にメディアに顔を出したがらない、人となりとしては極度に露出度の少ない、ヴェールに包まれた小説家でもある。そしてまた前例を見つけるのが難しいほど、日本で小説家となりながら、外国に居を移しての執筆生活期間の長い、しかも夫妻で多彩な外国滞在の経験を続ける、外国避難型の小説家でもある。小説家として登場してから二十二年、堅固な意志を持続することでいつの間にか彼の行路の後にできた――と見るべきだろう――この特異な作家像のうちに、彼の秘密、魅力、特徴、人間性、文学者としての力は、顔を見せているのだろう、と思う。

何しろ、小説を書く前に、自分たちで働いてお金をため、奥さんとはじめたジャズ喫茶のマスターになったという小説家である。店の名前は飼っていた猫からとった。おだやかな風貌をしているが、小説を書こうというような人たちの中では、最初から、筋金入りの少数派なのである。

2

その仕事の幅ということでいうと、小説（これには長編小説と短編小説とあるが、村上はこの双方で力を発揮している。掌編小説みたいなものもある）、ノンフィクション（オウム関係の仕事が大きい）、紀行（外国生活が長い、当然これもたくさんある）、ルポルタージュ（名作『日出《いず》る国の工場』、他にシドニー・オリンピックの仕事など）、エッセイ（「村上朝日堂」ものなど）、批評（未公刊だが初期に文芸誌やリトル・マガジンに発表したものは犀利なテイストに富んでいる、非凡なものあり）、ジャズ評（『ポートレイト・イン・ジャズ』）などがあるほか、むろん翻訳も、これはレイモンド・カーヴァーからティム・オブライエンまで、優に独立した翻訳家と言えるくらいの本格的なキャリアをもっている。そのうえ、童話絵本翻訳（C・V・オールズバーグの絵本、他にアーシュラ・K・ル＝グウィン『空飛び猫』など)、創作絵本(佐々木マキとの共作『羊男のクリスマス』)、インターネットでの村上朝日堂ホームページでの読者のやりとり(『そうだ、村上さんに聞いてみよう』)など、ほんとうによくもまあ、というほどの仕事を、目立たない形でやってのけている。

でも、一方で彼が小説家として文芸雑誌にどんな登場の仕方をしているかといえば、むろん文芸雑誌のほうは彼の作品でもエッセイでも何だって掲載したがっているのだが、ほとんど小説作品以外の登場はない。文芸雑誌恒例の正月の巻頭対談といったものは、これまでも皆無のうえ、今後も当分の間、考えられない。いわゆる文壇的なつきあいという観点からいえば、彼は彼以前の誰とも——三島由紀夫とも安部公房とも大江健三郎とも中上健次とも村上龍とも——違っている。似たタイプの小説家を外国に探せば、もう数十年も公的な場所に姿を現わしていないアメリカの小説家J・D・サリンジャー、かろうじて似たスタイルの小説家を国内に探せば、やはり露出度の少なさを意図した庄司薫などが思い浮かぶが、そこにはたぶん小説家というより小説家である以前の一個人としての強固な意志が、働いていると思われる。

わたしが聞いた話に、こういうのがある。

村上はけっして締め切りのある仕事をしない。自分で書いたら、それをもってくる。きっと雑誌に連載しているエッセイなどではそんなことはないのだろうけれど、主要な仕事に関して言うなら、そうであるらしい。これは、よほど生き方の次元からしてジャーナリズムと離れているのでなければ、とうてい、できないことである。

本当なら、その全貌をほどよく紹介し、「テーマ・パークの入場券についてくる案内図のようなもの」を（という意味のことがこの文章を引き受けた際の執筆要領には記載されています）提示できるとよいのだが、もしそういうことが可能だとしても、それはきわめて難しいことである。ということが、ここまでの説明で、ある程度、わかっていただけたのではないかと思う。少なくとも、わたしには、そういうことは無理である。わたしは、いまここにあげた村上の仕事の多彩ぶりを、隅から隅まで読み尽くして知っているという性質の愛読者ではない。また彼の小説の愛読者ではあるけれども、彼の仕事の全貌を押さえているという堅実なタイプの研究者でもない。少しは他の人よりいけるかと思われるのは、彼の仕事の中心を占めるはずの小説、そのうち長編小説の面白さ、短編小説の面白さ、あと、散文の上等さといったものについて、多少は普通の人より、時間をかけて考えたことがあるため、よく知っている、ということくらいである。

でも、最良の条件を備えた紹介者が最良の紹介者であるというほど、彼が簡単な小説家ではないということも、先の説明からわかってもらえたことだろう。わたしの限界を知っていただいたところで、先を続ける。

3

まず小説。彼の長編小説はいまのところ総計九編を数えるが、そこにもまた、変わらない側面と変わった側面とが見出される。乱暴にしか言えないのだが、変わらないのは、一番底にある文体、これらがつねに『僕』を語り手とする一人称小説であること、その小説世界が本質的に「こちら側」と「あちら側」のパラレル・ワールドの構成をもつこと、これに対し、変わったのは、その小説世界の構成が彼自身の中に食い込むようになり、格段と深さと大きさを増した、ということだろうか。

その登場以来、彼の小説は、つねに時代の動向を先取りしてきた。

彼が一九七九年、第一作『風の歌を聴け』で「気分が良よくて何が悪い？」という八〇年代の消費世界の現実肯定の声に光をあて、そのかたわらに立ちながら、「金持ちなんて・みんな・糞くらえさ。」という六〇年代末の高度成長期の現実否定の声のくずおれ、没落していくさまを哀惜をこめて描いたとき、日本の小説のシーンが一つ後戻りのできない形で歯車を進めた。小説の吃水線は、もうそれまでの現実否定で小説を書いても、それは人を動かさないよ、というラインに変わった。

また彼が八五年、第四作『世界の終りとハードボイルド・ワンダーランド』でその現実肯定と現実否定の対立に、それとは違うものとして、自分の内部の世界と自分の外部の世界の対立を対置したとき、彼は、もうすぐやってこようとしていた自分と世界との関係が齟齬《そご》をもつ世界の到来を、いち早く予告し、そこからもたらされる世界感情がどのようなものかをその小説のうちに表現していた。

次の八七年の『ノルウェイの森』は、恋愛の不可能になるぎりぎりのところで、〝一〇〇パーセントの恋愛小説〟として書かれ、それが時代の琴線にふれ、爆発的に受け入れられた。数百万部が読まれたベストセラーとしては珍しいのかも知れないが、これは傑作である。八二年の『羊をめぐる冒険』から八七年の『ノルウェイの森』まで、彼は希有な高揚期の中にいる。

九五年に完成された第八作『ねじまき鳥クロニクル』では、最後に現われる、主人公の閉じこもる枯れ井戸に再び水が湧くことで主人公がそこから放逐されるというイメージを足場に、デタッチメントの果てのコミットメントへの反転が語られている。それは、彼の時代への直覚に見事な表現を与えることで、再び、次の時代を予告していた。

4

長編小説にくらべると、短編小説は彼の小説家としての伎倆がもっとも純粋に発揮されている場となっている。「午後の最後の芝生」を含む『中国行きのスロウ・ボート』、二つの表題作が素晴らしい『螢・納屋を焼く・その他の短編』、彼の持ち味をよく出した『回転木馬のデッド・ヒート』、秀作揃いの『パン屋再襲撃』など、初期の短編集には忘れ難いものが多い。中でも『パン屋再襲撃』は村上の短編集の白眉といえる。また『TVピープル』にはじまる後期の短編集も逸しがたい。わたしはこの後期の短編にも好きなものが多いが、近年の収穫は何と言っても「蜂蜜パイ」で終わる連作小説集『神の子どもたちはみな踊る』だろう。

わたしはこの連作中、「かえるくん、東京を救う」と「蜂蜜パイ」を読んではじめて、村上の九五年のノンフィクションの大作『アンダーグラウンド』を読んでみる気になった（刊行されたときはまえがきにつまずいて、どうしても読めなかったのです）。『アンダーグラウンド』は、オウムのサリン事件の被害者にインタビューした聞き書きの集成だが、それまでやはりカッコのよい（＝面白い）ものが好きだったはずの村上に、違うテイストを教える機会となった。そうであることで、やはりカッコのよい（＝面白い）、キレのよい本の好きなわたしに、人生の味は、もう少し「面白くない」ところにつきあわないと味わえないことを、頭を水につけるようにして（！）教えてくれた。これはきわめてすぐれた、大人の著作である。ただし、このことを数行でわかってもらうように語るのは、ほとんど不可能である。読んで下さい。そして、嫌になり、読み飛ばそうという気になったら、なぜ被害者がインタビューに応じたくないと思ったかを、思い出すこと。

ほかに、むろん翻訳がある。野球のピッチャーが投球後、肩に大きな氷のようなものをくくりつけ、じっとしているが、彼にとって翻訳はそれと同じで、長編小説を書いた後のクーリング・ダウンである。彼は、ヒートアップした肩をゆっくり冷やし、呼吸を整え、普通の生活にスムーズに移行し、着地するため、これまで好きな英語作家のものを、時に応じて訳してきた。それから、もう少し踏み込み、翻訳という作業をもう一つの自分の創作活動とみなすようになったと思われる。たとえば、息を吸う、これが小説を書くということだとすると、息を吐く、これが翻訳だというように。

これまで彼の訳したもののうち、もっともまとまったものはレイモンド・カーヴァーの個人訳で、これは異例の『レイモンド・カーヴァー全集』六巻となってわたしたちの前にある。中ではやはり「ささやかだけれど、役にたつこと」、「大聖堂《カセドラル》」などの訳が心に残っている。ほかに『マイ・ロスト・シティー――フィッツジェラルド作品集』、ベトナム戦争を体験し、傑作『カチアートを追跡して』を書いたティム・オブライエンの『本当の戦争の話をしよう』と『ニュークリア・エイジ』、マイケル・ギルモアの『心臓を貫かれて』など。その翻訳観は、柴田元幸と書いた『翻訳夜話』に詳しい。

まだある。さらに童話の訳、絵本など。アーシュラ・K・ル＝グウィンの『空飛び猫』を例にすると、読んでわかることとは、彼がいつもどんな仕事も、「親展」の形で読者に送り届けようとしていることである。彼の中の無口の人から、読者の中の無口の人へ。しんてん。たしかに翻訳は丁寧さを要する仕事なのだということがわかる。母親から、行きなさい、わたしはまた結婚しなきゃならないのだから、とさとされ、空を飛んでいく小猫たち。「『ごろごろごろ』とハリエットは言いました」、「『ごろごろ』とロジャーが言いました」。

5

わたしがこれまで読んだ村上の小説の中で一番好きなのは、『世界の終りとハードボイルド・ワンダーランド』のうちの「ハードボイルド・ワンダーランド」の部分の主人公「私」が、もう自分の生命がなくなるとわかってからの一日を、静かに過ごすくだりである。そこに漂っている寂しさをさして、わたしは先の言及個所に、世界感情と書いた。きっと年のせいかもしれないから、人には強く薦めない。しかし元気のないとき、これは読んで心に沁みる小説である。

実は、時々、元気がなくなると、わたしは村上の紀行文を読む。『遠い太鼓』などは、何よりその厚さに力づけられる。近頃は、『もし僕らのことばがウィスキーであったなら』という洋酒会社のPR誌に掲載したらしいアイルランドのウィスキー産地への紀行文を読んだ。写真も美しい（美しすぎるかもしれない）。でもこういうものを読むと、たとえば自分のすぐわきで、というかもう一人の自分の位置で、一人の二〇代の女性が会社勤めに疲れて、この本を買って、部屋に帰り、これを見ている、という情景が思い浮かぶ。その感情というものが連想される、というかひりひりと自分に重ねて感じられる。これはそういう読まれ方をされてよい本である。そういう読まれ方をすることへの、どこかに村上のほどよいあきらめがあり、書き手としてのあきらめであることでそれは同時に、生きる者としてのあきらめへのしぶとい抗いでもある。こうして、人は年をとっていく。小説家も、年をとっていく。ウィスキーのように年をとっていくのだ。

天気雨が降る夜
――吉本ばななの小説世界

1

吉本ばななの作品を通して繰り返し現われる、あるシーンが、彼女の作品をたくさん読んだわたしの心にいま、残っている。主人公は家の中にいるのだが、彼女の友達は、彼女を訪れるのに、玄関を通らない。庭から入ってきて、主人公の部屋のガラスを、こんこんとたたく（あるいは、彼女が逆に、友達の部屋のガラスを、こんこんとたたく）。

まず、第一作「ムーンライト・シャドウ」（一九八六年）の主人公さつきの部屋にやってくる霊能者めいた友達うらら。

近づいてくるにつれ、私は夢かと思い、何度もまばたきした。それはうららだった。青い服を着て、にこにこ笑いながら私を見てこちらにやってくる。門のところに立ち、彼女は入ってもいい？　と口を動かした。私はうなずいた。彼女は庭を抜けて窓の下まで来た。私は窓を開けた。

どきどきしていた。

「あー寒い。」

と彼女は言った。外からのひんやりした風が入ってきて、熱っぽいほほを冷やした。透きとおった空気がおいしかった。

次に、遠い場所の宿屋にいる恋人雄一にカツ丼を届ける主人公桜井みかげの、「満月」(一九八八年)での、名高い旅館の屋根のぼりのシーン。

ずずっと音がして、熱い痛みが右の腕に走った。(中略)雨水かなにかの汚い水たまりに、足がびしゃっとつかった。(中略)

——ああ、月がとてもきれい。

私は立ち上がり、雄一の部屋の窓をノックした。

さらに、「夜と夜の恋人」(一九八九年)での、事故死した兄の恋人毬絵の雪夜をおかしての靴下のままでの主人公の部屋への訪問。

……はっと顔をあげるとコンコンコンコン、と正確に窓を叩く白い手が窓に見えた。(中略)

「柴美ちゃん!」

くすくす笑う声と共に、窓の外から聞き慣れた毬絵の声が、ガラス越しにくぐもって響いた。

あるいは、『アムリタ』（一九九四年）での、霊能力をもつ弟由男の児童院からの直接の、親のいない家の居間への訪問。

……寝ようかと台所の電気を消した時、もう暗い居間の窓に、人影が見えた。

ぎょっとして、よく見てみた。

するとこんこん、と窓をたたく手が暗い曇りガラスのむこうにかすかな肌色に見えた。（中略）

「だれ？」

小さい声で私はたずねた。

「ぼく。」

弟の声がした。

部屋は家の中にある。

部屋の中には、その家の子どもがいる。

その子どもに、玄関を通らずに、子どもの友達がやってくる。

ある意味で、都市が国家より広いように、子どもであることは、家族であることよりも大きい（人が子どもであるという本質は、それを支えているのが家であるという事実よりも、深い）。

吉本の作品は、まずわたしに、こんな感想を届けてよこす。

吉本のほぼ全作品を処女作「ムーンライト・シャドウ」から最近作「ひな菊の人生」まで読んでみたが、少なくともわたしには、いまになってわかることが、少なくなかった。

たとえばわたしは、一九九〇年の『N・P』を、刊行されてまもなく読んだおり、吉本ばななにとってはじめての失敗作ではないかと思い、どこかでそう発言した。余りに意図的な挙措に出た作と、それは当時、わたしには思われたからである。しかし、これは、彼女の中の「子ども」殺しを敢行した、壮絶な未来志向の作品だった。いまならわたしはこれを、一個の希少な傑作だと見る。時代への即応の感度の差が、この刊行当時のわたしの批評の目の誤差を、生んだのだと思う。

このことと関連して、もう一ついまの目に明らかなのは、一九八七年のデビュー作「キッチン」から一九九四年の『アムリタ』まで、彼女の最初の多作期に、はっきりと一つの流れが跡づけられることだ。『N・P』はその画期を記す。吉本自身は、一九九四年に『アムリタ』を刊行した後、その『アムリタ』で自分の第一期が終わったと述べているが（『ばななのばなな』）、『アムリタ』はむしろ、彼女の第二期の最初に位置する作品だった。

これからわかることは、その第二期に向けての流れが、外的なできごとにより、断ちきられたのではなかったかということだ。外的なできごととは、一九九五年三月二〇日のオウム真理教による地下鉄サリン事件をさす。吉本はこの事件が作品歴の中に書きこまれることに必然の理由をもつ、数少ない日本の作家のうちの一人なのかもしれない。

デビュー作以来の彼女固有の流れ、またその切断とは、こういうことである。

吉本は、「キッチン」以来、若い人々の日常の中にある日常を越えるものの力を小説に描いてきた。誰の日々のうちにもある日常の場、その別名は、家であり、そこで家の日常を越えるものとは、第一に、身近な人間の死、第二にまったくの他者との出会い、つまり恋愛である。

いまからは想像しにくいが、一九八〇年代の後半、人形のように首がとれて起こる死やあっけない家庭の崩壊は、まだ現実の分厚い表皮のむこうにあった。そういう荒唐無稽が日常のただなかに展開されるのは、少女マンガの中くらいのものだった。また恋愛はと言えば、陳腐なイメージの集積場と化していた。まともな作家で恋愛を描く例など、どこにもなかった。そのような前提があったからこそ、「キッチン」と同年の、一〇〇パーセントの恋愛小説をうたった村上春樹の『ノルウェイの森』(一九八七年)は、上下巻で四〇〇万とも言われる新しい読者を獲得した。それまで村上春樹、村上龍はともに、恋愛小説をほとんど書いていない。わずかに後者の『テニスボーイの憂鬱』(一九八五年)が、特異な先駆的作品としてあるくらいだった。吉本の作品は、そのような時代環境の中に船出する。それは、身近な者の死と、原初的な恋愛のモチーフを、「日常のなかにある」「日常を超える力」の契機として、「日常の気分のままに」描き、圧倒的な同年代の読者の支持に迎えられるのである。

ところで、やがて時代は彼女の作品に追尾するように、超越的な世界に吸引されはじめ、しかもその契機を自己啓発セミナー、ニューエイジ、カルト宗教の簇生、オカルトブームなど、非日常の場に追い求めはじめる。そしてそのあげく、一九九五年三月、地下鉄でのできごとが起こる。それは、彼女が、ちょうどそのような時代の風潮を前に、自分の志向を、非日常の世界における「超越することへの抵抗」へと、転換した矢先のことだった。彼女はこの事件を予見していた、と言ってもよい。しかし、それでも、それは彼女を、立ちすくませたのである。

2

子どもであることが、家族であることよりも大きいとは、別に言うなら、人は子どもであることのうちに、人間なるものの無限性の核を蔵している、ということである。だから、家がなくなっても、自分のうちの子どもであることの力を見失わなければ、人は、新しく自分の世界を作ることができる。人のいちばん大切な力は、彼ないし彼女が子どもであることのうちにある。家がなくとも、人は人間の永遠の種子として、子どもなのである。

こうした吉本ばななの文学的なモチーフは、最初、天涯孤独になり、一人の子どもとして外に投げ出された主人公が、その「家」の種火を心のなかに消さずに保ち、やがて、もう一人の相手と新しい世界を作る話として、わたし達の前に差しだされる（『キッチン』）。この小説の前半をなす、「キッチン」は、名高い「私がこの世でいちばん好きな場所は台所だと思う。」という言葉からはじまり、最後、「夢のキッチン。」で終わる。そのタイトルにもかかわらず、右の最後の一文での用例を除き、すべてその場所は――「キッチン」ではなく――「台所」と呼ばれている。「台所」とは、家族がみな死んでしまい、家がなくなっても残る、彼ないし彼女が子どもであることの中にひそむ、家の「種火」のことだ。後段、「満月」で主人公は恋人雄一に「カツ丼」を運ぶが、そこで持ち運ばれるのは、台所がさらに姿を変えたところの、あの家の「種火」なのである。

この「子どもであることの力」は、以後、嫌だと思ってきた父に対し、その家から自分が決定的に離れる時になってはじめて〝お父さん〟と口にする主人公を描く「うたかた」（一九八八年）を経由して、『TUGUMI』（一九八九年）にいたり、最終的な形象を得る。こういうシーンがある。ムーミン谷のスナフキンを思わせる天の邪鬼たるつぐみは、商売敵にあたる新興ホテルの支配人の息子恭一を一目見て、気に入る。

「ねえ、おまえ、恭一」とつぐみが飛び出しそうな大きい瞳を見開いて言った。「おまえにずっと会いたかったんだ。また、会えるか？」

これが「子どもであること」の声であり、この小説がそのような小説であるための証しでもあるかのように、最後、恭一の愛犬の権五郎は町のワルガキたちにさらわれ、殺される。つぐみは落し穴を掘って権五郎の復讐を企てるが、激しい労働が病弱な身にひびいて死にかかる。しかし、助かる。そして死ぬ気でいたつぐみの書いた手紙だけが、間の抜けた形、日常の語感で、主人公に届く。

この作品を通じて、主人公まりあの母は、未婚の母から晴れて離婚の成立した相手と結婚する正式な妻になり、まりあも、未婚の母の娘から正式な（？）父と母の一人娘へと変わっている。何も欠けたものはない。すべてが順接「だから」で書かれ、「けれども」という逆接は使われない。苟子に、「信信信也、疑疑亦信也」（信じることを信じることが信じるということだが、疑うことを疑うことも信じることである）という言葉があるが、この小説は、こう思わせる。マイナスにマイナスをかけることでわたし達はプラスを生む。でも、ここにあるのは、逆にプラスをプラスとして描くことだけからマイナスを作りだそうという、そういう意思だ。子どもであることの力とは、プラスしかない中でたとえ果たせなくとも、マイナスであろうとする、そういう「偉大な」否定の力なのだ、と。

3

しかし、このモチーフは、これに平行して書かれる『哀しい予感』（一九八八年）から『白河夜船』（一九八九年）へと続く一連の作品になると、後景に退く。代わって子どもであることを壊すという、別種の主題が現われる。

子どもであることは、それを支えるものが家であるという事実より大きい。しかし、その「子どもであることをやめなければならないこと」は、「子どもであることより、さらに大きい」のである。

『哀しい予感』は、誰もが子どもの時感じただろう、自分はこの家の子どもではないのではないか、という本源的な予感に肉体を与える小説である。主人公の弥生は、その予感に導かれ、やがて自分が家の子どもでないことを知る。彼女は家出し、おばの住む一軒家を訪ねる。弥生とおばのゆきのは実は事故で死んだ弥生の家の友人の二人の遺児だった。そしてそれを知らないのは弥生だけだった。そのことを明かした後、ゆきのは失踪する。弥生は弟の哲生とゆきのを追い、最後は一人、青森の恐山まで行く。ゆきのは弥生に、「来てくれてありがとう」と言う。弥生はいまこそ、自分の「家」に帰ろうと思う。この探索で、自分は、家を失くし、互いに引かれる弟を失った。しかし、別のものを得た。

家へ帰るのだ。（中略）それでも私の帰るところはあの家以外にないのだ。運命、というものを私はこの目で見てしまった。でも何も減っていない。増えてゆくばかりだ。私はおばと弟を失ったのではなくて、この手足で姉と恋人を発掘した。

オイディプスの探求にも似て弥生の旅は彼女の世界を壊すが、彼女は、家に戻ろうと思う。彼女はもう子どもではないが、そのことは、子どもであることよりも、大きいのである。

このあと、『白河夜船』に収められる二つの作品（「白河夜船」、「ある体験」）にいたり、吉本ばななははじめて家から切り離された女性を主人公にしている。家から出、家族から切り離されると、主人公を襲うのは、「夜の果て」を思わせる「淋しさ」、――「津波のような淋しさ」（『アムリタ』）である。

はじめて相手の男性と不倫のデートした時、「白河夜船」（一九八八年）の主人公寺子は思う。

その日に私の中ですでに、なにか大きな変化がはじまっていたのを、今、私は感じることができる。その日のどこかに、私はただ健やかな娘だった私を置いてきてしまった。

「植物人間」として病床にある妻をもつ彼と、はじめて一泊した帰り、高速を走る車の中で寺子は、これまで味わったことのない「絶望」を感じる。

私はなんだか一日が終わることがものすごくこわくて、絶望していた。(中略)東京に戻り、また彼と私がそれぞれの日常へ戻ることが、つらかった。多分初めて寝たことと、そしてなにより奥さんのことがずっと心に引っかかっていたせいだろう。あんなにナーバスになったことはない。部屋へ戻ってひとりになる瞬間を考えると、恐怖で身が削られそうだった。

この変化はたぶん直接には作者吉本の私的な身辺上の環境の転変からもたらされているが、たんにそういう説明で尽くせない、小説的な意味ももっている。「白河夜船」では、この圧倒的な淋しさの中で、疲れに疲れ、これに耐えようと時間があれば眠りこける寺子の前に、白昼夢で一人の高校生くらいの女の子が現われ、このままでは死んでしまう、手足を動かし、働け、と言う。吉本はもう「キッチン」の場所にはいない。「子ども」はもう主人公の中にはおらず、その代わり、外から現われて主人公を救助しようとする。

ここで小説家吉本ばななはそれまでの自分の居場所である井戸を埋めている。子どもであることの根拠である「家なるもの」の核を壊す小説、『N・P』は、こうした変化の延長上にくる。

4

『N・P』（一九九〇年）に対するわたしの認識は、初読の後、こういうきっかけに促され、改められた。一九九五年を過ぎるあたりから、わたしの勤務する大学周辺の吉本ばななの読者に、一つの更新が見られた。かつての「ばなな現象」の読者が大学を去り、新しい吉本の読者に変わった。ところで彼らないし彼女らはほとんど初期の吉本作品を読まない。あるいは読んでも余り関心を示さない。彼らにとっての吉本ばななとは、『N・P』以降、とりわけ『N・P』と『とかげ』の作者としての吉本ばななである。

これを、安定した吉本ばななから、壊れた吉本ばななへの移行と呼んでおこう。何が壊れているのか、と言えば、一つの世界がコワれている。『N・P』にはじまるその第二期は、初の短編集『とかげ』をへて『アムリタ』まで続く。そこに敢行されるのは、これまで彼女の作品世界を成立させてきた、「家」の破砕という企てである。

『N・P』は、ノース・ポイントの略、あるバンドの歌のタイトルをさすと説明にあるが、もう一つの含意は、「極北」の小説ということである。どういう意味での「極北」か。小説に、箕輪萃という登場人物が出てくる。これは、「ムーンライト・シャドウ」のうらら、『TUGUMI』のつぐみ、「ある体験」の春に続く、吉本における異界的登場人物の系譜上の一人物だが、疑いもなく、この系譜中「極北」に位置する、極度にエキセントリックな女性である。

この小説は高瀬皿男という在米作家の双生児の遺児、咲と乙彦と、その腹違いの姉である萃、そして主人公風美の、数奇な交流を描く。語り手風美も、両親が離婚、母は別の男性と再婚し、姉の国際結婚を機に家族は霧散している。風美は高校の時、十七歳年上の翻訳家戸田庄司とつきあったが、庄司は『N・P』の最終話を翻訳中、自殺した。その後、大学を出、英文学の研究室に勤務する。そもそも『N・P』は高瀬皿男自身がそれを書いた後自殺し、翻訳者がそれまで二人自殺しているという、曰くつきの作品だった。

風美は、ふとしたきっかけから高瀬の遺児である乙彦、咲と知りあい、やがて、彼らの異母姉で乙彦の恋人でもある萃ともつきあうようになる。

小説はその萃の生き方を追う。萃はかつて風美の恋人の庄司の愛人だった。さらに実の父の高瀬と関係し、いま、血のつながった兄弟である乙彦と同棲している。彼女はやがて乙彦の子どもも宿す。風美にまとわりつき、ちょっとした誤解から風美を襲い、かと思うと鼻血を垂らし、風美に介抱される。自分の差しだすハンカチを受けとり、真っ赤な目をして天井を見あげる萃を見て、風美は思う。

この痛ましさは何だろう、と私は考え、嫌悪と感傷で胸がいっぱいになった。どういうふうに育ったんだろう。変わった子なら、いくらだっている。でもそういうことではない。この人の発散する濃い色、本人でさえ押し流されそうな、苦しいほどの存在感。
雨に打たれるあじさいみたいだ。

この萃への風美の共感。

またこの共感へのわたし達読者の共感。

それはどこからくるのか。

風美は言う。人を見ていると、思う。「みんな薄味だなって」。「人ってもっと、変で薄汚くて、どろどろしてて、情けなくて、高貴で、無限の断層があるって感じ」なのに、と。どうしてそうじゃないんだろう？　この萃という登場人物には、何かこういう問いを喚起する、ある切実さ、悽愴さがある。


彼女を取り巻く空気の中に私はとけこみ、その何だか分からない悲しみを吸い取った。それは今も私の胸のうちにある気がする。悪い運命、悪い運命を呼ぶ魂、そういうものを抱えながら機知を尽くそうとした人間の、恋をつらぬこうとしたやり方を見た。

お父さんと乙彦とどう違うの？

男はたくさんいるのにどうして近親者と？

今までの人生、うまくいってると言える？　なにひとついいことがなかったのは、おまえが間違っているからだよ。

そういうささやきの中から、萃は選び取った。信じた。自分の傲慢なわりにか細い、あやしい魂のあえぎ、直感の輝きを。

この小説は、目に見えない原子核の分裂が途方もないエネルギーを生みだすように、一番の人間社会の破壊の根は、身近な、家の核を壊すことのうちにあること、そしてそのような破壊の形でしか現われない、人の美しさのあることを、その「雨に打たれるあじさいみたい」な近親相姦への凄惨な衝迫を通じ、わたし達に語りかけるのである。

5

たぶん『アムリタ』（一九九四年）は、こうした吉本の「子どもであることの力」から「家を破砕することの凄惨な美しさ」までの行程を受けて、それを集大成すると同時に、そこから離陸しようとした、一つの試みだった。

わたしはこの作品について、二つのことを言っておきたい。

一つは、この作品が、熟慮された虚構の企みとして書かれたということ。

吉本の語るところによれば、この小説を後に書くことを念頭に、まず彼女は、一九九〇年四月、「メランコリア」という前史にあたる短編を、発表している。そこでは、主人公朔美が妹真由を事故でなくす。そして真由の恋人だった小説家竜一郎とつきあううち、互いにひかれ、そのことの証しででもあるかのように、竜一郎の作品を待望するようになる。旅に出た竜一郎からビクターの犬の置物、青森のりんごなどが送られてくる。それを手に、彼女は思う。やがて、彼はこういう物だけでは満足できなくなるだろう、物はしばらくして手紙になり、手紙は最後には作品になるだろう。そして、その時彼の手から生まれる作品の「あて名」は、もう自分でしかありえない。それを「見ればきっと救われる。私はそれを切に待っているのだ」と。

そして、本編である「アムリタ」（一九九二〜九三年）が、それから一年八カ月後、吉本の手で執筆され、その小説は、一年十カ月の間連載された後、最後、竜一郎が朔美を主人公にした小説を書こうとするところで終わる。小説の題名は「アムリタ」。つまり、この七〇〇枚に及ぶ雑誌連載の小説は、それ全体が、作中人物による〝作中作〟である、いわば二重に虚構化された小説なのである。作中、吉本は朔美に笠井潔の『哲学者の密室』という三重密室殺人事件の推理小説を読ませるが、短編「メランコリア」と一年八カ月後の連載長編「アムリタ」とからなる単行本『アムリタ』は、それに暗喩される、二重三重に密室化された重層的な虚構作品として書かれているのである。

作中、時間的には前史の四年後の話として展開される〝作中作〟で、主人公朔美は、頭を打ち、記憶を失い、「半分死んだ」存在として登場させられるが、そのこととこの構成とはたぶん無関係ではない。この作品で吉本は、ただの日常がそこでは獲得されるべきものとして現われる、いわば陰画的な空間を作ろうとしている。

これと平行して、もう一つ、言っておくべきことがある。それは、この作品で小説の「主題」が、明らかにこれまでとは違う形で「作者」吉本をとらえている、ということである。

この小説には、重要な役割を果たす主人公朔美の小学生の異父弟由男の他に、コズミ君、させ子、きしめん、メスマ氏と超能力者、霊能力者が続々と出てくる。夢も頻出し、空飛ぶ円盤、生霊、予知夢など、超常現象もしばしば登場する。しかし、なぜそのようなオカルティックな舞台装置の導入を作者がこれほど許容しているのかと言えば、この小説の主題が、こうした日常を超越するオカルティックな力への抵抗という、それとは逆の意図に置かれているからである。

こうしたこの小説の主題は、まず、主人公の名前の由来を通じ、作品の後段、読者の前に示される。異父弟由男の夢に現われた死んだ妹の真由が、自分の名前の意味を知るようにと朔美をうながし、やがて朔美は自分の名前の由来を知る。朔美という名は、中国の漢代に生きた東方朔という人物から来ていた。東方朔は大変な変人だったがなぜか皇帝に気に入られた。皇帝から何を賜ってもまったく有難がらない。人がお前は変わり者だと言うと、彼は、こう答える、「いや、違う、いにしえの人は深山に身を隠したが、朔のごときは朝廷に身を隠している」のだ、と。

この逸話は、作者がこの作品にこめたモチーフのありかを示しているが、それは、木股知史が指摘するように、「現実や日常を超越するな。むしろ日常の中に身を常におけ」という寓意に要約される（『吉本ばなな　イエローページ』）。これまで吉本は、日常の中にある超越的なものの力、異界の存在、それへの傾斜のもつ美しさを追求し、これを小説に描いてきた。しかし、そうした関心と仕事の果て、いま彼女をとらえるのは、超越性を非日常の形でとらえようとするあり方への抵抗という、これとはちょうど逆向きの動機なのである。

しかし問題は、次のことにある。作者吉本は、この作品で、こうした「超越することへの抵抗」を描こうとするが、その試みは、最終的に、一つの壁にぶつかる。作中、名前の由来が明かされた後、弟の由男は、自分の霊能力に苦しみ、町をうろつくうち、きしめんという若い女性の元超能力者と知りあう。しかし、そのきしめんの元恋人だったもう一人の強力な霊能者メスマ氏の接近を受け、これに脅威を感じ、その霊力を逃れようと、児童院に避難する。その折り、きしめんは風美に言う。メスマ氏は危険だ。彼は由男をまきこみ、「新興宗教をつくろうと」考えている、と。

朔美の前に現われる二人の超能力者きしめんとメスマ氏。この二人は、一方が日常を超える力をなくし、もうそのような世界から離れようとし、他方がその超越力をさらに追求しようとしている。先の名前の由来と同様、超越することへの抵抗と、超越する力の追求という二元性が、この対照的な存在に描きわけられる。ここまで書いた時、作者の前には、この作品を、こうした日常を超越することと、その超越に耐えることともいうべき二元法を基軸に、骨太に展開する道が、少なくとも選択肢の一つとして、開けていたはずである。そしてその道を選んだ場合、この作品は、由男を間にはさんだきしめんとメスマ氏の対立を軸に、最後、超越する力をもつ人メスマ氏と超越する力をもたないただの人朔美のたたかいに至る、どこか村上春樹の『ねじまき鳥クロニクル』第三部を思わせないでもない、善と悪の小説へと、展開されたかもしれない。少なくともそれだけの可能性をひめて、この時、作者は、メスマ氏と「新興宗教」のエピソードに、手をかけているのである。

しかし、彼女は、この作品をこのような方向には展開させない。先の「新興宗教」の件りの翌月の連載分になると、話は、風美が実際に会ってみるとそれは誤解で、メスマ氏もその誤解を晴らしたいと思っていた、というように進み、この展開の可能性は一気にしぼむ。そして小説は、再び挿話を併置する、いわば平屋建て構造のままで最後まで行く。たぶんここで彼女を動かしているのは、一つの直観である。ここに一つの岐路がある。彼女は「小説を主題に沿って作り上げること」のほとんどへりまで行き、それを覗きこみ、それは自分の進む道ではないと感じ、そこから踵を返しているのである。

しかし、ここで彼女は、小説家として、一つの決定的な岐路にたぶんはじめて、ぶつかっている。一つの「主題」が彼女を捉える。日常からの超越の力への憧憬に対し、たとえば横超というような別の形の超越——超越しないという超越——を対置すること。超越に、超越への抵抗を、対置すること。しかしその「主題」は、もしそれをとれば、小説家として、彼女に別の道へと進むことを促さずにはいない。彼女は迷い、今度はそこから撤退する。しかし次はそこへと進むかもしれない。たぶんサリン事件は、この岐路を前にした彼女を襲い、一時的にであれ、その選択の余裕を、奪っているのである。

この作品を単行本で上梓した後、これを文庫版（一九九七年）にする際、吉本は新たに「何も変わらない」というエピローグを「アムリタ」の後ろに付している。そこではさらに数年後の主人公たちが描かれ、由男は超能力を失い、竜一郎は浮気をし、朔美は「何も変わらない」日常の中に生きている。むろん、これはなくもがなの付加である。これが加わったため、『アムリタ』は作品として、その本来の面目をだいぶ損なってしまった。しかし、この「日常」の強調、「超越」からの距離の強調は、一九九五年三月のできごとから吉本がどういう形で震撼されたか、その中身を、わたし達に教える。彼女はこれまでと別の形であの超越する力と向き合おうとしていた。にもかかわらずあの事件にあい、自分とあの超越する力との近さに震撼された。その結果彼女から、小説の問題が一時的に消えた。しかしそれは、たぶんずっと彼女の前にあり、いまも彼女にどの道を選ぶか、選択を迫ってやまないのである。

6

その後、吉本は、もっぱら短編ないし中編を主に、小説家としての伎倆を洗練する道を歩む。『とかげ』（一九九三年）にはじまり、『不倫と南米』（二〇〇〇年）、『体は全部知っている』（二〇〇〇年）と続く短編、『ハネムーン』（一九九七年）、『ハードボイルド／ハードラック』（一九九九年）、『ひな菊の人生』（二〇〇〇年）と続く中編は、その結果、なみなみならない秀作を多くもつことになった。

しかし、岐路の問題は消えていない。『アムリタ』の後にくるのは、どのような小説か。長編という形をとるほかない、あの「超越することへの抵抗」という主題は、いまなお彼女の前にはだかり、いずれの小説の道を取るか、彼女に問いかけたままである。

わたし達は彼女のその一九九五年以降の沈潜を、どう考えるのがよいだろうか。

彼女の一九八八年から九四年にいたる小説は、そのいずれもきわめて高い水準をもつ。それらを通じてわたしにやってくるのは、一言で言うなら、わたし達がみな、天気雨の中にいるといった印象である。彼女の小説にはいつも天気雨が降っている。そこでは雨粒が下から上に降っている。何かが終わろうとしながら、また何かがそこではじまろうとしている。

その八年間の活動は、例のない、爆発的な小説制作の時期だった。だからそれ以後、彼女に数年間の沈潜期が訪れることになったとしても、それは怪しむにたりない。一九九五年のできごとがなかったとしても、彼女はしばらく沈潜の時をすごしたことだろう。これだけ集中的な多作期をもった小説家が、それに見合う時期、沈潜期をもつのは、当然なのだから。

でも、問題がないわけではない。わたしは、彼女が近年、以前の自作について、下手くそだ下手くそだとしきりにもらすことに、わずかな危惧を抱いている。たしかに近年の彼女の作は非常に「うまい」。技術的に高い水準をもっている。しかし小説の全体の柄を大きくするのは、その種の「上手さ」ではない。そこに働くのは、失敗を恐れない力、むしろ「下手くそ」であることを自分に促す元気のようなものである。いま、吉本ばななは長い小説を準備していると聞く。それが思いっきり「下手くそ」さを失わない、そして失敗を恐れない、ダイナミックな作であることを、わたしは遠くから希望している。

この世界は明るい
――阿部和重の読み方

1

阿部和重の小説のあの明るさは、何なのか。

わたしは、『鉄腕アトム』はだいぶ淋《さび》しい物語だと思っている。以前、アトムのセット絵はがきを郵便局で売っていて、一九六〇年前後、白黒テレビでアトムのアニメがお金を出さずに見られることに驚愕《きょうがく》、感激したおぼえのあるわたしとしては、ついなつかしさにかられ、買ってしまったが、アトムの家族が描かれた一枚を、家に帰ってつくづくと眺めているうち、そう思わざるをえなかった。

理由ははっきりしている。アトムの家族は、お父さん、お母さんが、アトムの後に作られている。アトム一人では淋しいだろうと思った親代わりのお茶の水博士が、両親を作り、それでもやっぱり、まだ淋しいかな、と思い、妹のウランを作り、アトムの家族は四人になった。四人になったが、淋しい。それが、アトムの家族、アトムの物語の淋しさなのだと、わたしは思う。

しかし、淋しい、けれども、どこか自由だ、とも小学六年くらいのわたしは、思っていた。アトムの世界は明るい、と。

阿部は、高度三〇〇キロ以上を飛ぶ偵察衛星の出てくる「トライアングルズ」の小学校六年生の語り手に、こう言わせている。

> では、そもそもなぜ、私は両親に疑わしさを抱くようになったのでしょうか。それはたぶん、母と父が、自分の親だからだと思われます。これはどうにもなりません。なぜ人は、というか生物は、親から先に生まれるのでしょうか。この縦軸の関係、そして上から下への直線的な移行には、いい加減うんざりさせられるばかりです。

『無情の世界』（新潮文庫）には、こう語る小学六年の「私」の語り手の出てくる「トライアングルズ」、高校生の「僕」が自分の出会った少し怖い経験を語る「無情の世界」、二十代前半の金箔《きんぱく》のように薄っぺらなダメ男オオタタツユキにふりかかる悪夢のような世界が描かれる「鏖（みなごろし）」と、それぞれ一九九七年十二月、一九九八年六月、一九九八年十二月、二等辺三角形の形に並べ、執筆された三つの作品が収められている。フローベールなら、簡単に『三つの物語』と名づけるところだが、ここは日本、そしていまは二十一世紀。真ん中の作品の題名を採用し、『無情の世界』。この本は、一九九九年の野間文芸新人賞を受賞している。

2

ここに収録された作品は、何よりわたしにコンピュータ・グラフィックス（CG）画像を思い浮かばせる。一言で言えば、CG画像には、暗闇《くらやみ》がない。それは、そこに身を置く、そこに設置される存在がまったく「内面」をもたない世界——「無情の世界」——である。もうずいぶんと前になるが（一九八五年）、吉本隆明は、はじめて高度なCGの実現する世界に立ち会った時の衝撃を、こう書いている。

わたしたちは映像に固有な価値という概念をかんがえるばあい、現在のところコンピューター・グラフィックスが産みだした映像より高度なものをかんがえる必要はないとおもえる。ただ——わたしは最近コンピューター・グラフィックスの映像が、さらにシミュレーションによって高度になったばあいに出あった。それはつくば科学万博の富士通館だった。

そこでは（中略）立体の映像は、平面スクリーン（二次元スクリーン）を脱して立体化された視覚像となり、視座席の近くにまで浮遊し、走り抜けてゆく映像体験がえられる。そのうえに世界視線が想像的な像空間の内部に内在化されて、いわば胎内視線に転化される。

（「映像の終りから」『ハイ・イメージ論 1』所収、一一三頁）

ここに「世界視線」と呼ばれるものは、このCG映像の特異性、わたしの言葉で言えばそこにおける「内面」のなさを語るために考えられた吉本独特の概念である。高度七〇〇キロあたりに軌道を置く地球観測衛星ランドサットから見られた、と喩《たと》えられる、いわば脱人間化された視線のことで、そこでは、人間と自然、つまり人間以外のものは、同じ資格でしか存在しない。すなわち、人間の内面に、たとえばトウモロコシの毛と違う権利は与えられていない。

吉本によれば、CG画像は、この概念を用い、「たんなる立体画像がスクリーンに映し出されているのを、視覚像としてその外側から視《み》ているのではなく、視られている視覚像と視ている視座との総体を、まったく別の世界視線が俯瞰《ふかん》している」ものとみなされる。

さて、ふつうわたし達の世界を構成しているものが、「内面」をもつのは、それが見えない面を含んで、わたし達の前に存在の像として現われるからである。たとえば、いまわたしの前にある鉛筆削り機は、その向こう側が見えない。でも、わたしは、その向こう側が「あること」を知っている。その見えないけれどもあるもの、それが、ここにいう裏面、見えないものであり、「内面」の素《もと》である。

なぜ、見えないものを含んでモノは存在するのか。それを見ているのが、神さまの目ではなく、わたし達（ふつうの人間）の知覚だからだ。わたし達は、見えている「六」の部分でそこに存在する全体としての「十」を存在妥当（確信）する。一、二、三、四……と知覚で数えていって六までくると、ぽーんと十の知覚像（ノエマ像）に跳ぶ、超越する。だからこそ、間違いうるし、逆に何かを正しいと感じたときには、その確信と実感が、それに伴う。そこでの10－6＝4、「四」の差。それが、見えないものとしてある、わたし達のふつうの世界を構成する、わたし達の「内面」の源泉である。

しかし、CG画像には、いたるところに目が埋め込まれている。わたしの前の鉛筆削り機は、もしCG映像であるなら、ぐるりと浮遊して、その裏を見せる、というか、わたしが浮遊して、その裏面に回る。必要ならその内面に入っていき、その隧道《すいどう》内で怪獣の口の形をしたネジ型空洞がぐりぐりと鉛筆をいたぶる様子を、見ることさえできる。CGには裏が、見えない面が、ない。それは過視的（東浩紀）な世界である。

「トライアングルズ」はわたしに、よくはわからなかった。いまもわからない。でも、わからないままに、面白い。何より、「……といいます」という語り口が、読みの快さで迫ってくる。昔、こんな語り口の耳につく、楳図かずおのマンガがあった（『わたしは真吾』）。その時も、この作品で言うなら小六の「私」が二十七、八歳の先生について言う、

　　彼が、私の家庭教師になるまでの経緯は概《おおむ》ね以下の通りだといいます。

式の、「……といいます」という語り口が、わたしに取り憑《つ》いた。

そこでの世界は、いかにもヘンである。小六の私が、父の不倫相手の「あなた」に話をしている。話というのは、「あなた」に対しストーカーを働く私の家庭教師、「先生」が自分の前から姿を消すまでの顚末《てんまつ》で、「先生」が私の家庭教師になったのは、「あなた」の不倫相手である男の家に家庭教師として入り込み、二人の仲を裂こうと思ったからである。

「先生」は「あなた」に一目惚《ぼ》れし、後をつけ回して「あなた」と不倫相手の電話を盗聴し、不倫相手が息子の家庭教師に適当な人物を探して欲しいと「あなた」に相談しているのを知って、元歴史教師といつわって「あなた」に接近し、首尾よく私の家庭教師になりおおせた。そして、そういう一切を、教え子の私に話して聞かせた。その後、「先生」はこの家族がみなうまく行けば父親の不倫もやむと考え、家族の一人一人の内側に入り込み、その欠如部分を矯正しようと働きはじめ、家族に反発され、クビになる。最後には、私の恋路を助けようと私の恋敵「ライオンのような『最悪の男』」と闘い、私の家でばったりと会った「あなた」に事が露呈し、責められると、右目を抉《えぐ》りとって、何処《いずこ》ともなく去る。この作品は、その全体が、私がその顛末を——何度かのストーカー的送りつけの後に最後の手紙として——あなたに記し、送付する手紙という体裁をとっていて、最後に記される日付は、この作品が掲載された雑誌(『群像』一九九七年十二月号)の発売日にあたる、一九九七年十一月七日である。

登場人物は、私、姉、兄、父、母の私の家族と、家庭教師の「先生」、私の父の不倫相手でしかも先生の恋慕対象者である「あなた」の七人、それに、私の恋慕する彼女、彼女のストーカーであるライオンに似た「最悪の男」の、計九人。途中、「私」は、自分の綽名《あだな》が「膨れ足」(=オイディプス)だなどと言うし、その私の恋敵、ライオンに似た「最悪の男」がスフィンクスで、最後兄が父を金属バットで殴打《おうだ》し、一方、「先生」が右目を抉るところから、東浩紀いうところの〝萌《も》え要素〟(『動物化するポストモダン』)的に、「オイディプス」との関係を下敷きにしていることが推定される。ことによれば、ここにあるのは、「最初四本足で、次に二本足となり、最後三本足となるのは何か」という、大切な問いなのかもしれない。
「先生」は、この小説の中では、何本もの懐中電灯を身体にくくりつけて集団殺戮《さつりく》に向かう横溝正史作『八つ墓村』の犯人のようである。彼が近づくと、世界はまばゆくなり、暗がりはなくなる。そして、最後、この作品からやってくるのは、一つの慰藉《いしゃ》だ。この作品を、実は「先生」が小六の「私」の口を借りて、ストーカー相手の「あなた」に宛《あ》てて書いている手紙だと見る見方もあるけれども、わたしは、そうではないだろうと思う。そう見ると、この作品の魅力はなくなる。子どもが、成人の内面を語る。この逆転がこの作品に「内面」が存在しないことの、したがって子どもが読めば「淋しい、けれども自由だ（この世界は明るい）」と感じることの、大きな理由だからだ。このCG世界で人の内面はメビウスの輪の構造になっていて、出てくる登場人物の心の内壁を、外から蟻《あり》が入ってきて這《は》っている。風がすうすうする。その気持ちよさ。わたし達は、プラトンの書くように、自分を恋してくれる人に、狂気の人に、身を任せるべきだ。阿部は、いわばロボットになって、鉄腕アトムの淋しさで、そう言う。「先生」の名前はスズキイチロウ。物語の終わり近くにはしっかりとバットもふられる。「トライアングルズ」はきっと、三角関係などとは関係ない、登場人物九人をナインとする、野球チームの名前なのである。

3

さて、わたしは、どうもよくわからないので、「トライアングルズ」に長くこだわったが、この文庫本で最大の読み物は、何と言っても「鏖（みなごろし）」である。これが読んでいて、一番面白い。傑作の名に恥じない。

この作品はクエンティン・タランティーノの作品、たとえば『パルプ・フィクション』を思わせる。どういうところがそうかというと、主人公オオタが店のロレックス・エクスプローラーII（旧タイプ）を盗みだし、偽物《にせもの》にすり替えておくと、店長タケダがその後、やはり同じロレックスを我が物にしようとこれを偽物と知らず、くすねてしまう、といったあたりがそうである。タランティーノがこういう偶然の一致を多用するのは、登場人物同士は知らないことを作者と観客だけが知っているという〈作者＝読者＞登場人物〉の審級関係をしっかりと作るのが、彼の作品制作上の肝となっているからである。タランティーノの作品からは、同じく審級関係をもちながら、たとえばサルトルがモーリヤックの小説について述べたような「神の目」は感じられない（「フランソワ・モーリヤック氏と自由」）。モーリヤックの小説では、作者は、神のように、登場人物の内面を上から見下ろし、全能だが、そこでは、登場人物はみな内面の持ち主である一方、その背景をなす小説世界のほうは、実在の世界からそのまま横流しの形で「流用」されている。これに対し、タランティーノの作品では、登場人物とその背景のたとえばファミレスの作りとは、同じ材質でできている。人物を含めすべてが映画のために作られたセットの世界で、そこでは、仙花紙《パルプ》フィクションの登場人物の一人たるジョン・トラボルタと映画の街の作り、アパートの部屋とが、等価なため、すべてをみはるかす目は、「神の目」ではなく、「世界視線」なのである。タランティーノは、人間もファミレス式に作ることで、世界を内面のない明るさでみたしている。

「鏖（みなごろし）」では、主人公オオタと同様、店主ウノ、店長タケダの内面が、作者の手で説明される。しかし、その内面の説明と、作品世界におけるたとえば公園の様子の説明とに、違いはない。そこに説明されるオオタの内面とは、例をあげれば、

なぜそれほどまでに金がなく、借金が減らないのか。オオタの考えでは、それはアメリカのせいなのだった。アメリカは、（中略）純朴な日本の少年少女たちを骨抜きにしようとしている、彼は本気で、そう思っていた。実際、俺はその通りになってしまった、身の回りの物すべてがアメリカンだ、（中略）何ということだ！　アメリカ万歳!!

といったもので、この小説に、どこを叩《たた》いても、秘密はない。プライヴァシーはない。内側は明るい。風がすうすうして、口から心の内壁へと、蚊がぶうんと入っていって、耳から出てくる。素晴らしいことに、この小説は、読んでいると、たしかに何かを読者に語りかけてくるのだが、読者は、その何かに感動しながら、それが何だか最後までわからないのである。

最後近く、この小説にも、次に書かれた『ニッポニアニッポン』と同じく、歌が聞こえてくる。「どこかで聞いたことのあるような、平凡な、どうってことのない歌」。それは、高度三〇〇キロの高みから降ってくる、天上の声である。

やたらと先を急いだときが／私にもあったわ／ちょうど今のあなたのように／自分の意見を言

わずにはいられない／そんな日もあったわ／ちょうど今のあなたのように／あなたの機嫌を損ねるつもりはないの……

たしかトーマス・マンの何とかいう短編に、三十センチくらいの水深のところで主人公が顔を水につけて水死する話があった。わたしが、阿部の三つの作品を読んで感じるのは、そういう気配である。彼は、道路に、顔をよせ、息をとめ、深さ五センチほどの水たまりに顔を近づける。水たまりには街の風景が映っており、彼が顔を寄せるとかすかに揺らぐ。一見、水を飲む犬のようだが、そうではない。彼は水死しようとしている。そういう気配を、この小説家は、どこから育てたのか。わたしには、まだまだわからないことばかりである。

III

新刊本を読む

『ためらいの倫理学』（内田樹著／冬弓社刊）

ある時、著者は、アメリカの姉妹都市への派遣留学生の面接試験に立ちあった。選考委員の一人が、NATOのユーゴ空爆についてどう思うかと尋ね、戸惑う高校生に、アメリカでは高校生でもしっかりした自分の意見をもっているんだよと叱咤《しった》した。これが何遍も繰り返されるのを見ているうち、不愉快になってきた、と彼は書いている。

ある問題についてはっきりした態度を示せないこと。それは、そんなにはずかしいことなのだろうか。

大事なのは、そこでたちどまり、そのどっちつかずさに、言葉を与えることだ。知性とは、そもそもそういう自分のわからないことへの感度を、さすのではないだろうか。

著者は、レヴィナスという現代フランス思想の震源の一人であった哲学者に直接学び、訳書もある現代フランス思想の専門家。レヴィナスといえば知る人ぞ知る、「他者」とか「正義」といったポストモダン以後のポリティカル・コレクト（政治的正義）路線の元締めの一人とされる思想家である。

そういう彼が、自分は「正義」が大嫌いだ、「邪悪な人間」だと言い、コソボ紛争をめぐるスーザン・ソンタグの言い方がいかに米国政府と同じ「騎兵隊の論理」でしかないか、フェミニズムのダメさ加減がいかに往年のマルクス主義と同じか、自由主義史観と正義派のポリティカリー・コレクトネスの言い方がいかに自分を「正義の人」と見なす点で相似か、そういうことを、淡々と語る。かと思うとあっけなく、自分はラカンというのがよくわからない、わかる人、教えて下さい、ともこのたまう。レヴィナスという思想家は、いま思われているような審問の語法の人ではない、愛の語法の人だというのがこの著者の主張である。

小林よしのりの「戦争論」、村上春樹の「アンダーグラウンド」から、カミュの「異邦人」まで。ようやく、これまでの流儀と違う、ユマニスト的風合いを失わない、重厚で柔軟な現代フランス思想の書き手が登場してきた。

この本は、そういう彼が、いわば独り言として黙々とインターネットに書き込んだ感想を小さな出版社が発掘し、本にしたもの。いっておかなければ不当だろうから言うが、わたしの「敗戦後論」にふれた論もある。地獄で仏とはこのことか、これほど深く読みこんだ論考に、わたしははじめて出会った。

『熊の敷石』（堀江敏幸著／講談社刊）

地味な書き手としてこのところ世の注目を浴びてきたフランス畑で育った著者のはじめての小説集。リンゴの花でも咲いているような、ひえびえとした北フランスの午後の光が感じられる三編が収められている。表題作は芥川賞を受賞してもいる。

僕は久しぶりに仕事がてらにフランスを訪れ、五年ほども音信のたえていた旧友ヤンに会う。写真を撮って方々を動いているボヘミアン的な友達ヤンはスキンヘッドとなり、ピアスをしている。そのヤンの仮寓《かぐう》するノルマンディーの小さな村でのやりとりを通じて、ヤンのフランスでのユダヤ人としての一族の光と影がほの見えてくる。ヤンは収容所を知らない世代のユダヤ人であることで父祖たちと違う。しかし、収容所を知らないユダヤ人であることで、収容所を知らない日本人の僕とも違っている。

ピックアップでノルマンディーの道路を疾走する中、僕とヤンは木々を見る。その木々は、一見ほかの土地の木々と同じく見える。でも、実は土中に石を埋め、それに根を絡みつかせ、風に飛ばされないようにしている。

圧倒的な無知の中にいるという自覚なしには、とても異国の人間とは話せない。その思いが旧知の友と話しているうち、ゆっくりとスローモーションのビデオを回すように身にしみてくる。そういう話がパリのユダヤ人街、北フランスの海辺の心に残る描写を背景に低い声で語られる（「熊の敷石」)。

著者はこれを小説としては書いていないと言いたげである。なんとなく知りあった。親しくなった。むろんそれだけではすまない。でもそれを自分は、小説にはしたくないのだ、そんな気配が伝わってくる。

さまざまなコンセプトとインターネットと難解な思想のいきかう日本の言論界で、異質で静謐《せいひつ》な言語の空間を作りだすのに、いま、どれだけ堅固な地味さと寡黙さが必要か。そこに要されるのは才能などというものよりもっと大きな、人としての力だろう。これは、一種のミニマリズム(最小主義)の作品で、小説にすらしたくないのだという収縮の強さに、この書き手の力はあるといってよいのだが、表題作には、冒頭の夢と唐突な終わり方など、かなり小説的な技巧と企みが目立つ。かえって、その後に収録してある日本の海岸での死んだ旧友の妹とその娘とのひとときを描く「砂売りが通る」に、この人の真骨頂がかいま見られる。

『悪人正機』(吉本隆明著・糸井重里〔聞き手〕/朝日出版社刊)

この本は新幹線の中で読んだ。それだけでは読み終わらなかったので親のおさんどんをしにいった田舎の縁側で寝そべっても読んだ。これは、糸井重里がプロデュースし、「週刊プレイボーイ」に連載された吉本隆明の人生相談をまとめたもの。質問にあたる人生相談の内容は割愛され、その代わり、そこから、善とは何か、悪とは何か、さらに教育、宗教、日本国憲法、自殺、戦争、挫折、天才、声、文化、あげく、結婚、理想の上司、株まで、ありとあらゆるテーマが取り出され、それについて語る形に再編集されている。

何よりの手柄は、人生相談という無尽蔵の泉からくみ取られたその質問の天衣無縫さ、テーマの多岐多様さ。それと、これら人生上の善男善女の問いに、難しい問いもたやすい問いも、同じテンポで、アーコリャコリャ、とでもいうような調子で、淡々と答え、一人で「なんちゃって、さ」といった具合いに含み笑いしている、吉本隆明の老年の叡知《えいち》が、一口大に取り出されているところか。

よりよく年を取ることは、人生最大、最後の事業だ。老いた親のいる田舎に帰り、夕御飯のおかずをいためながら、わたしはつくづく思い、汗をぬぐうのだが、この老いた人の疲れた、どこか半分人生を降りた感じの言葉が、そんな夕暮れ、何と心にしみることか。

なぜテレビが好きなのか。いつもつけっぱなしにしてて、寝てしまう。「朝になると、これが、消えてるんですよ（笑）」。自己分析をしてみたけど、「そこで最近わかったのは、結局、僕がテレビをつけっぱなしにしているのは、さみしいからじゃないかな」。吉本老は、テレビでは結構ＴＢＳをよく見る。この回は、自分がテレビに出るか出ないかは、偶然の所産、「僕、信念（というもの）が好きじゃないんですよ」という味ある言葉で終わっている。

テレビと日々の新聞だけを情報源に、日本社会のさまざまな問題から世界経済、戦争の問題まで判断するという最近の氏の方法は、たぶん水難事故以後の視覚障害など老いの制約があって生まれたものだ。どんな問題でもとは言わないが、かなりの問題は、それで判断できる、と氏は言う。それは新聞記事だけで同時代の歴史を描こうとした『明治大正史世相篇』の柳田国男を思い出させる。

と同時に日本にも老いが開く思想の可能性があること、あったことを、思い出させる。

『テロリストの軌跡―モハメド・アタを追う』（朝日新聞アタ取材班著／朝日新聞社刊）

9・11同時多発テロ実行犯の足跡を追った朝日新聞連載の異色ルポルタージュ。

異色というのは、実行犯、なかんづくその中心人物モハメド・アタへの書き手の視線が、この間、この事件について言及してきた新聞記事やメディアの論調とは、微妙に違っているから。

この現地報告の三分の二くらい、特に若い女性記者が担当した部分は、テロリスト誕生の背景という、いかにもありそうな色眼鏡を外して書かれている。ふつうの人が現地に赴き、そこで知った事実の報知。その筆致はういういしい。ドイツ、チェコ、エジプト、カイロ、フロリダと読んでいくと、世界は広いと素直に感じる。そして何か、救われる気がする。

私たちと同じ時代を、同じ世界の違う側の片隅で生きた一人の人間の横顔。二十一世紀初頭の世界に生きる若い人間の苦しみ、その原型が刻印されていると私は感じた。

さて、この人物は、最初にビルに衝突したアメリカン航空一一便を操縦していた。仲間十九人で無関係な人々数千人を死にいたらしめた。アメリカ国内に潜伏中には、レストランで仲間と食べた質素な食事に四十八ドルを請求され、そんなに高いわけがないとひどく怒っている。テロ決行の前日、余った資金をアラブにある組織に返送している際にとられたビデオでは、おどけ顔の若いメンバーの肩越しで、神妙な顔つきをしている。一九六八年カイロ生まれ。三十三歳。二年前には留学先のドイツで、世界遺産であるシリアの古代都市アレッポの文化遺産保存をめぐる卒業論文を書き上げている。指導教授は、記者会見の席で教え子がテロ実行犯と知り、涙を流した。

この本は、微細な細部の記述を通じて、何ごとかを私たちに語りかけてよこす。それは、けっしてテロリストに同情するとかテロリストが憎いとかいったたぐいのことではない。そうではなく、たとえば彼を、オサマ・ビン・ラディンという高名なテロリストの「傍ら」にではなく、むしろ「対極」に位置づける（徹底した無名人として）、ある心の姿勢のようなものである。

この記事は、連載時から多くの人間の目をひいた。私もその一人で、連載時にこれを切り抜いている。日本の出てこない世界的な出来事を追ったこと、それに若い女性記者を抜擢したこと。その英断がこの本を、ふつうの人が同時多発テロを考える時の好個の入門書にしていると思う。

『英霊―創られた世界大戦の記憶』（ジョージ・L・モッセ著＝宮武実知子訳／柏書房刊）

靖国、英霊というとわたしたちは日本だけのことと考えがちだが、そうではないらしい。名高いところではフランス、パリの凱旋門《がいせん》。そこは「戦死者をあがめる場所」で、ナポレオン以来歴代将軍の名が刻まれ、一九二〇年には戦場から発掘された一体の無名戦士が象徴的に移葬された。イギリスではロンドンの戦没者記念碑（セナタフ）、ドイツではベルリンのノイエ・ヴァッヘ（戦没者顕彰記念碑）。

戦没兵士を「英霊」として国民の結束のため用立てることも、同じ。だから、日本とこれら西欧諸国の違いは、その英霊祭祀《さいし》の基底をキリスト教という国家を超えた世界宗教が提供していること、また、戦間期こそ盛り上がったものの、第二次大戦以後はこの方式が時代遅れになってしまったこと、である。かの地では、いまではそれは、戦争犠牲者に向けた、戦争の悲惨さを忘れないための行事、警告記念碑といったものに変ぼうしている。

このことにも示されているように、この本は英霊祭祀と第一次大戦のつながりに光をあて、そのことで、彼我の「戦後」の落差にわたし達の目をむけさせる。わたし達において「戦後」とは一九四五年以後のことだが、西欧で終戦記念日といえば第一次大戦の終わった十一月十一日をさす。そこで「戦後」とは一九一八年以後のことである。

この最初の世界戦争の死者数は千三百万人。これは、フランス革命以来一九一四年までの主な戦争の死者すべての二倍にあたる。大量死を伴う新型の世界戦争が、戦争を平凡化させ、人々の死生観を変え、戦争の悲惨さから国民の目をそらす必要を生じさせ、大規模な戦争体験の神話化、そして英霊祭祀を生み出した。しかし、戦場と銃後、兵士と非戦闘員の区別をなくした総力戦の第二次大戦は、その戦争の崇高化の企て自身をうち砕く。その意味では、日本と西欧諸国の英霊祭祀の違いは、第一次大戦の経験の有無から来ていると言える。

おおっぴらに戦争の死者を弔えない敗戦国ドイツのジレンマがナチスの跳梁《ちょうりょう》を呼んだといった側面がそれほど考察されていないのは物足りないが、過不足のない戦死者追悼は「必ずしも戦争や国民を賛美しない」と考えたイギリスが極右の台頭に抵抗力を示したという事例などは、示唆と教訓に富む。この問題を世界の中でどう考えるか、本書の手がかりは貴重だろう。アンリ・マシスを画家のアンリ・マチスと誤記するなど、翻訳にミスが目立つが、現在の首相靖国参拝問題などを考える上に、まず必読の文献である。

『リチャード・ブローティガン』（藤本和子著／新潮社刊）

この本を読んで彼の『アメリカの鱒釣り』がたぐいまれな名訳のもとに刊行されたのが、一九七五年のことだと知った。だとすると、わたしがこれを手に取ったのは刊行されてすぐのことである。ずいぶんと変わったでも素晴らしい小説で、これほど日本語で書かれた文章に心を掴まれたことはそれ以前にも以後にも、ない。

作品はこの本の表紙についてという人を食った一文から始まる。というのも表紙にはこの作品の小説家自身がサンフランシスコの広場でガールフレンドと一緒に写っている写真が載っているからである。

「アメリカの鱒釣り」というアメリカ合衆国を徘徊している亡霊のような精神？　神話的な人物？　おばかさん？　工場？　釣り具？　「それ」をめぐる四十七の断片からなる小説。鱒釣りをする「わたし」が最後に「クリーブランド建造物取り壊し会社」というのを訪れるとその日は鱒の泳いでいる中古の小川が売りに出されている。店員が言う、「そおっと運んできたんですよ、痛んでいませんよ」。川は長さごと切り分けられ、積んである。「わたしは近よって、いろいろな長さの川を見た。鱒が見えた。一尾すごいのがいた。ザリガニが水底の岩の周囲を這い回っている」。

この小説は一九六〇年代後半に世に出るとヒッピー世代の代表作として世界中で二百万部を売り上げ、評判をとった。特に日本では名訳に恵まれ、少数ながら日本海溝のように深い影響を日本の若い書き手に与えた、とわたしは「そおっと」思っている。

ちなみに日本で出ている彼の詩集の訳者は、池澤夏樹、高橋源一郎、中上哲夫、福間健二。翻訳者として名高い柴田元幸も、この名訳を読んで翻訳家を志したという。

ブローティガンは京王プラザホテルを定宿にしばしば日本に滞在、アメリカの中で孤立を深め、八四年に自殺。本書は、それから二〇年近くをへて、名訳をものした藤本和子が書いたブローティガンという国の再訪記、作品の評伝である。

父を知らず母にもほとんど遺棄されて過ごした極貧の中の少年時代、そこで育った微妙なバランスの上に浮かぶ感受性とそこから生まれる頑な言葉への我執、そうしたものを、筆者は長年の交遊で培われた理解を背景に、知人、遺児の述懐をまじえ、チェーホフ、バーベリといったロシアの作家との類縁に言及しつつ、描いている。彼の抒情には酢の味わいがある。腐臭もする。上等なのです。この本を読んで、また彼の作品をこの人の訳で読みたくなった。

『たましいの場所』（早川義夫著／晶文社刊）

一九六〇年代の後半に「ジャックス」という先駆的な和製ロックバンドを主宰し、心に残る歌を歌い、一部のファンに強烈な印象を与え、数年で解散。その後二十数年間、東京近郊の町で市井の

「本屋のおやじさん」をやった後、九三年に突如音楽活動を再開、九四年から数年ごとにCDをリリースしてなお変転をやめない伝説的な歌手・早川義夫の、三冊目の本。

この人の文章は面白い。並はずれて正直だから。これだけ知的でひねくれていて六〇年代末の毒気を浴びた人物が、家族に加え、猫と犬と一緒に、屈託のある日常生活を送りながら、第一線の歌手で現役を張っていると知ると、日本社会も、少しは成熟したのかなと、思う（ライブも聴いたが、とてもよい）。

小林旭の「ダイナマイトが一五〇頓」で育ち、大江健三郎の「日常生活の冒険」を携え、ビートルズに衝撃を受け、六八年、こんな歌で世に出る。

「僕、おしになっちゃった／何も話すことできない」「僕、死んじゃったのかな／誰が殺してくれたんだろうね／静かだな　海の底／静かだな　何もない」（「からっぽの世界」）

そういう彼が、いま、青山の瀟洒《しょうしゃ》な夜のカフェで、ピアノを前に歌う。

「声を出さなくとも　歌は歌える／音のないところに　音は降りてくる」（「音楽」）

本屋の日々、家族に秘密でまた部屋で歌を作り始めたこと、始めてみて「つくづく中年には歌う言葉がないんだな」とわかったこと。音楽活動再開後、時にふれ、出版社のホームページなどに発表してきた短文の後に、その文章にまつわる彼自身の歌の歌詞がつく。かつて往年のロック歌手パティ・スミスのインタビューを聴いて、その哲学者のような枯れた風ぼう、語り口に強い印象を受けたことがあるが、同じく、歌と生きることに自分の信念をもち、俗に流れず、反俗に逃げず、やつれもせず、淡々と書かれるこの本に、日本の歌の、大人の姿を見る思いがする。

「お別れです」「でもこれでまた二、三カ月生きたら恥ずかしいやね」と言ってみんなを笑わせた後、翌日九十二歳で亡くなる母。同せいしている恋人と来ようとする娘に、単に面倒で、来なくていいよと言ってしまうお正月。

この人の書く話は、みんな静かな音量で鳴る。でも読んでいると、周囲の音がもっと静かになっている。

『隠された地図』（北沢恒彦著／クレイン刊）

数日前、カリフォルニアに住む室謙二から、北米で高まる反戦運動の現況を告げるメールが西海岸の青い空の写真とともに、届けられた。そこで室が、元べ平連を名乗っていることが、政治の季節という言葉をわたしに思い出させた。

いくつもの政治の季節があった。政治は人の運命を決める。本書は、長い間、京都の町中に暮らし、市役所の公僕として中小企業診断士の仕事をしながら、べ平連をはじめ、さまざまな政治活動、著作活動を続けてきた人物の遺文集である。ここからも、政治の季節のなかをよろよろと生きた市井の人の、遠い場所からの声が聞こえる。

著者は、終生ひそかに師事したらしい丸山真男が一九五七年、ハンガリー動乱の際に書いた論考「反動の概念」に、ほぼ三十年もの間こだわり、その関心のゆくえを、一九九一年になってようやく、その五倍もの長さの「書評」という形で、雑誌『思想の科学』に寄稿する。その後、非常勤講師として教壇に立つ京都精華大の紀要に、フランスの歴史家ミシュレが若き日にイギリスに赴き、ナポレオン帝政とその後の共和政の時代を生き抜く当時駐英大使の妖怪的長老政治家タレーランと会見する一夜を活写する、興味深い政治哲学的論文を、発表する。

本書には、遺文集らしく、著者の克明な年譜が載っているが、その一九五一（昭和二十六）年の項は、「四月、高校の第二学年進級とともに、学校での勉強を捨て、日本共産党下の反戦運動に投じる。授業は丸一年受けなかった」。この時、彼は十七歳。この少年は翌五二年火炎瓶闘争で「逮捕」、五三年山村工作隊への参加を党から指示されて「拒否」、五四年、党による査問を受け、「党から追放」。その後、大学に進学し、結婚し、子をなし、市役所に勤務するかたわら、市井の人として、辛抱強い、町中の風景観察人となる。

なぜ、晦渋《かいじゅう》な丸山真男へのこだわりの文が、いま、新鮮にわたしたちの目を撲《う》つのか。読後、隠し扉を偶然押して違う世界に出る、そんな意外の感に読者は打たれる。

著者は九九年没。享年六十五歳。著者と親交のあった一九六七年生まれの若い学者那須耕介の書く長大な解説が、また一つの読み物である。

『阿修羅ガール』（舞城王太郎著／新潮社刊）

「減るもんじゃねーだろとか言われたのでとりあえずやってみたらちゃんと減った。私の自尊心。／返せ。／とか言ってももちろん佐野は返してくれないし、自尊心はそもそも返してもらうもんじゃなくて取り返すもんだし、そもそも、別に好きじゃない相手とやるのはやっぱりどんな形であってもどんなふうであっても間違いなんだろう」。これが冒頭。

この小説、この数行が証しだてているように、ちょっとやそっとではなく、素晴らしい。サリンジャーの『ライ麦畑でつかまえて』の二十一世紀日本版を思わせる。主人公は中学生の女の子、カツラアイコ。彼女は同級生の金田陽治にぞっこん参ってる。でも金田少年は淡泊な好少年でどうもすんなり恋愛関係にはならん。という設定も面白い。

十年ぶり、いや二十年ぶりの大型新人の登場か。

ところが、AVビデオ見すぎのすごい性のテクニシャン佐野の切断された指が、ホテルの一場の後、佐野の実家にその後届けられるあたりから、この小説は青春小説兼B級エンターテインメント小説兼なんだかわからん系小説になる。グルグル魔人が出てきたり、2チャンネルのようなインターネットの掲示板が出てきたり。なんだこりゃあ。

話は、酒鬼薔薇聖斗事件や宮崎事件を思わせる猟奇事件をめぐるスラップスティックめいた活劇、その後一転、ラッセ・ハルストレムふう北欧の森の物語、それから急転直下、一人の若い人間の成長物語の様相を深めてずずずっ、と着地する。

展開は一見ハチャメチャ。なんだなんだ、とは思い、あきれもするが、このエンターテインメント畑から出現した新人は、単に才能あふれるだけではない。頭もよければ、人間性も、深い。彼の作る主人公は、ホント、賢い、よい子なのである。「最悪だ。／人間の性欲なんて、ホント最悪。／でもその最悪のものから、私たちは生まれてくるんだ。その最悪のものがあるからこそ、私たちは発生するんだ。／下品だなあ。」

私の元学生に南の島好きで、夢の中で何度も何度も人を突き刺すのがイヤだと勤めを辞め、鍼《しん》灸《きゅう》師になるためカリフォルニアに渡った女性がいる。彼女なら、きっとこの小説を読み、ああ救われる、と思うのではないか。

『雑読系』（坪内祐三著／晶文社刊）

朝日新聞社の雑誌『論座』にいまも連載中の読書コラム。一回が四百字詰原稿用紙で一五枚。その第一回から第四十回までをまとめたもので、成り立ちから言えば変わった本になりようがないのだが、一見地味、しかし実はひどく変わった本である。

なぜだろう。数日間考えたが、わかってみれば理由は簡単だった。ハロルド・ブロドキー、織田正信、下関マグロ、福田久賀男。これが第一回から第四回まで、著者が取りあげている本の書き手。皆さん、このうち、誰か知っていますか。

わたしは一人も知らなかった。でも、この本を読んで、こういう書き手の存在を知ることができて、幸せだった。

ブロドキーは、五〇年代に発表されたその初々しいニューヨーカー風の短編で、七〇年代、二十代の著者を魅了し、その後姿を消した後、エイズで死んでゆく自分を書いた近著で、再び著者の前に現われる。そこに語られるのは……。

織田正信は英文学者、戦争中、孤立の涼感を漂わせた短文を残し、少数の英文学者に強い印象を残して敗戦の年、敗戦を待たずに病没。一度、この人の訳書を探していた富士正晴に、著者は、それを送ったことがあった。なぜなら、……。

昔々、本を読むということがいまよりもっとひめやかな愉しみだった時代があった。書店が書架の間にいくつもの薄暗い路地をもっていた。そういう路地を出、わたしは、よく新宿の紀伊國屋書店の奥の喫茶部で、けだるい午後、半日ほども時間を過ごしたものである。

この本は、いわゆる書評の本とはまったく違っている。つまり、取りあげる本の価値を世に知らしめる公共的な役割を担って書かれた読書の記録ではない。わたしも書評に手を染めることがあるが、書評はややもすると、読書という経験を傷つける。なぜなら読書には、何の役にも立たないことの無償性が、その本質として、含まれているだろうから。

本書中の数編は、その無償性を湛え、一編の短編小説の味わいをもつ。わたしはこの本を入院中のベッドの中で読んだ。昼、読みはじめ、夜まで。最初の四編だけでなく、四十編すべてを。そういう読書ができてしまう本である。

『キャッチャー・イン・ザ・ライ』（J・D・サリンジャー著＝村上春樹訳／白水社刊）

「ライ麦畑でつかまえて」の村上春樹による新訳である。

以前、この作品を若い人たちと克明に分析したことがある。読んでこの作品が実に周到で堅固な構造を隠し持っていることに驚いた。

話は、クリスマス休暇を境に退学と決まった十六歳の少年ホールデン・コールフィールドが、一足早く学校を抜け出し、帰宅予定の水曜日まで、クリスマス直前のニューヨークの街をまる二日間、彷徨《ほうこう》するというもの。その「地獄巡り」の中、彼はさんざんな目に遭い、最後、誰も知らないところに行って聾唖《ろうあ》者のようになりたい、と考える。

よれよれになり、好きな妹のフィービーに会うが、彼女に、お兄ちゃんは何でも不満、いったい何なら肯定できるの？　肯定できるものを一つでいい、あげてみてちょうだい、と迫られ、ぎくりとするのである。

村上の新訳は、これまでの野崎孝訳を、ややクールな語りに変えている。その結果、野崎訳がもっていた輝きが、いくぶんくすんだものになった。最後のアントリーニ先生との対話の個所など、僕にはドストエフスキーのキリストと大審問官の対話にも似た広がりをもつ下りと思えるが、読者にそういう先走りを許す、野崎訳の勢い、発見、踏み込みは、よりプロらしい堅固さのもとで影をひそめている。一方、作品の鋭角的な表情が、際だっている。

この小説をサリンジャーは、戦争の出てこない「戦争小説」として書いた。第二次世界大戦の激戦のトラウマから、いま若い人の引きこもりまでをつなぐ長い、細い、回路が、この小説の中に内蔵されている。そういう直観が、村上にこの新訳を思い立たせただろうことは、想像に難くない。語り
僕の推測だが、この小説は、これまで売れ行きと評判ほどには、若い人に読まれていない。語りが少々、いまの人には「濃すぎ」る。読み通すのが骨なのだ。こういうすぐれた作品が、すぐれた

訳で若い読者の手に取りやすいものとなったことを、喜んでおきたい。

『神経と夢想―私の「罪と罰」』（秋山駿著／講談社刊）

著者は敗戦直後、十代の半ばにドストエフスキーの『罪と罰』を読んで、自分の生涯を決定された。これはその後五十年もの間この作品を読まずにきた著者が、はじめてこれを再読して書いた、異色の『罪と罰』論である。

著者は、十代の頃、数年間、ただ街をほっつき歩き、後は部屋に閉じこもるという生活を送った。その頃、自分の生の手応えのなさに苦しむ中、一瞬だが、「理由なき殺人の想念」が自分を通りすぎるのを、覚えたという。「もし小説というものがなかったら、自分がどうなっていたか、などということは考えることもできない」。

超越的な宗教心、信仰心に乏しいと言われる日本の風土で、人がどのように宗教的なもの、無限であるとか永遠であるとかいった境涯に自己の存在をかけるか、というようなことを、わたしはこの論を読んで考えた。本書のキーワードは、私とは何か、そして理由なき殺人である。著者は五十年間、私とは何かという問いにとらえられた。その問いには答えがないうえ、それを確かめる手だてがない。理由なき殺人とは、そういう問いにつかまれた人間が行なう投身の行為であり、自分の生の手応えにふれるための、一歩の踏み出しなのだと、著者は言う。

なぜ、ラスコーリニコフの物語は、いまも人をとらえて離さないのか。彼が、俺が殺したのだとソーニャにいうと、その瞬間、驚愕したソーニャの顔に、殺される直前のおびえたリザヴェータの顔が現われる。この作中もっとも印象深い「描写」の場面を、秋山は注意深く取りあげている。その直前のラザロの復活の場面では、もう批評には何もできないと、作中の登場人物の会話をそのまま手を加えず、長く引く。わたしはそういういわば批評の無欲さに、五十年間動かないことでつかまれた彼にとっての「無限」の感触が、生きていると感じた。

巻末に、ぼろぼろになった著者蔵の『罪と罰』の写真が載っている。著者もそのように、ボロ切れ同然、無心に少年時に読んだ作品の前に身体を投げだしている。批評にも老年のあることを、それは教える。

Ⅳ

意中の人びと

都市小説の一面——志賀直哉

1

中学生の時に図書館に行ってはじめて借りた「純文学」の本が、「志賀直哉」だった。その時読んだ短編は、たしか川を何かが下っていくのを何かが追いかけていく話だった。その時感じた、不思議な、寂しい感じを、覚えている。

その後、志賀の短編には何か抵抗がなく、高校生の時、ぽつりぽつりとかなりの数読んだような気がするが、その延長で読もうとしてもなかなか読めず、何度か挑戦してやめてしまったのが、『暗夜行路』である。今回、この月報（『志賀直哉全集』第十九巻）の話をもらった時、引き受けたのは、これを機会にこの『暗夜行路』を読んでみたいと思ったからだ。数日前、文庫本を近くの本屋に行って買ってきた。驚いたことにすっかりひきこまれ、一日で読了した。これは最近のわたしの読書経験として、きわめて珍しいケースである。

『暗夜行路』は非常に面白かった。何か、いまの文学と地続きのものとしてわたしには読めた。一番はっきりと感じられたことは、これが、大正時代の日本の都市小説、それも先端的な都会小説だったのではないか、ということである。この小説の前編で、主人公の時任謙作は本郷にある父の家を出て、東京の都心近く、赤坂福吉町に、養母代わりのお栄と住んでいる。そして、憂うつな気持ちを抱えながら、学校時代の仲間と吉原界隈で茶屋遊びなどをする。その後、彼は、気持ちを変えるため、尾道に貧しい長屋の一隅を借り、移るが、その時は、オーストラリアまで行く客船で、神戸に行き、そこで船を降りている。そこから尾道にいたり、ハイカラな貧乏暮しをするが、やがて帰ってきて、今度は大森に住まいを変え、京都に遊ぶ。銀座を彼は何度歩くことだろう。こんなあたりでわたしは、なぜだか村上春樹氏の『ノルウェイの森』と似てると、思ったのである。

自分が祖父と母との間の不義の結果生まれた子どもであることを知り、謙作は亡き母の郷里を訪れる。母のことが知れず、彼はいう。「然しそれでいいのだ。その方がいいのだ。総ては自分から始まる。俺が先祖だ」。たとえばこういう個所を読んで、きっと当時の若い読者は、深い解放感と、明るい慰藉を感じたのではないだろうか。

『暗夜行路』の時任謙作の前には明治末期の高等遊民である『それから』の長井代助がいる。その末裔は、戦後、『人間失格』の大庭葉蔵をへて、一九八〇年代の『ノルウェイの森』の主人公までつながっている。共通しているのは、これらがともに東京を舞台にした都市小説であり、また主人公の造型に、ある極端な真摯さ、正直さともいうべきものが感じられることだ。これらの小説は、みな明るい。誰もがもつある暗さに、誰もがもつ明るい光が投げかけられている。そのため、主人公に何か時代のヒーローという色合いが宿る。その言葉が、若い読者をとらえる。そういう力を、これらの小説は、都市小説の明るさと、それに見合う、主人公のドン・キホーテを思わせないでない極端な正直さのうちに、たたえていると思う。

2

なぜ『暗夜行路』がいまわたしに面白く読めるのだろうか。

わたしはかつて村上春樹氏について書いた時、その登場が画した価値軸の変更を、「金持ちなんて・みんな・糞くらえさ」というテーゼから、「気分が良くて何が悪い?」というテーゼへの転換と名づけた。そして、それまでは「……しなければならない」と語られた動因が、以後は、「……したい」と語られるだろう、と書いた。

要するに、一九六〇年代末まで続いた、革命志向の現状変革的モチーフが日焼けした肌から浮かびあがる「皮」のようにかさかさにひからび、剝離していく。そのことへの悲哀が村上氏のもたらした新感覚だったのだが、たぶん志賀直哉の『暗夜行路』は、この「金持ちなんて・みんな・糞くらえさ」というモチーフが日本文学を動かした時期をはさんで、河の両岸に立つ二つの倉庫のように、この村上春樹の都市小説と向かい合っている。

『ノルウェイの森』も刊行以来多くの批判にあっているが、『暗夜行路』も昭和初年代以降、ほぼ一九六〇年代初頭まで当代の文芸評論家達に共通の否定対象と目されてきた。たとえば一九九〇年に上梓された本多秋五氏の『志賀直哉』には、これらの『暗夜行路』論の系譜が昭和一二年の完成以来、中野重治、中村光夫、伊藤整とたどられている。その基本構図はそれぞれにきつい、否定の論である。本多氏も、あとがきに、「私も戦後派の一人である。志賀直哉にあきたりぬもののあるのは当然である。その第一は彼の作品に「社会」が抜け落ちていることである」と書いている。氏はまた、昭和三年から一二年にいたる『暗夜行路』の九年にわたる長期の執筆休止期間が、「プロレタリア文学の最盛期」と重なっていることも、指摘している。

3

でも、面白いのは、それらの志賀批判論が、いずれもいま読むと批判者たちの志賀への「甘え」を感じさせることだ。それだけ、志賀は愛されているということか。おぼっちゃまの文学だとか、気分だけだとか、主我的だとか、市民感覚がないとか、志賀を否定する時の彼らの批評が、重厚な日頃の彼らの批評に似ず、「青二才」の論と見えてしまう。それらは、それぞれの言い方で、「金持ちなんて・みんな・糞くらえさ」と志賀に、口答えしているのである。

何事をも「不愉快」と「愉快」に二分し、その微妙な感受性を憂うつな気分に浮かべて生きる時任謙作の無痛の感覚は、いまの読者のほうに、きっと正確に受けとられるだろう。でも二〇〇〇年の読者と『暗夜行路』の間には、それでもなお、戦争がある。わたしは『暗夜行路』の謙作が妻の裏切りに苦しむ個所で、太宰治の『人間失格』の葉蔵がヨシ子の不義を目撃する場面を連想した。これを書いた時、太宰は志賀に絶望的なケンカを売っているから、これは奇妙な連想かもしれない。でもわたしの中で、時任謙作は大庭葉蔵とつながる。たぶん戦争は、謙作の自恃の底板を壊しているのだが、すべてすぐれた小説がそうであるように、それはわたしに、そこになお一つの血脈の絶えていないことを、示唆してやまないのである。

ゆるさと甘さ――中島敦

1

「かめれおん日記」を、中島敦は一九三六年十二月、二十七歳の時、脱稿している。

ある日、博物の教師の「私」は女学校の廊下で生徒に「五寸角位の・蓋の無い・菓子箱様のもの」に入った「青黒い蜥蜴のやうな妙な形のもの」を貰う。

「何？　え？　カメレオン？　え？　カメレオンぢやないか。生きてるの？」

其の夜、私は部屋の小型ストーヴに何時もより多量の石炭を入れた。此の間死んだ鸚鵡の丸籠を下して、その中に綿を敷き、そこへカメレオンを入れた。水を飲むものかどうか知らないが、兎に角、鳥の水入も中に置いてやつた。

滑稽なことに、私は少からず悦ばされ、興奮させられてゐた。（「かめれおん日記」）

ところでわたしはこの作品から、つねとは変わった印象を受けとる。つねとは変わったとは、こういうことである。

まずこの記述の上に、この時、日本がどういう戦争へと向かう状況のうちにあったかという文脈を、一枚のトレース紙のように重ねてみよう。その場合、この年の二月に二・二六事件が起こっていることは、好個の目安となる。

すると、わたし達には、こんな読みの可能性が訪れる。たとえば、このカメレオンが、暗い方向に向かっていく時代の中で何か弱まり、薄まり、滅びていくものの運命を象徴している、というような。

意味合いは違うが、たとえば梶井基次郎が一九二八年、死の四年前に書いた「冬の蠅」などに描かれた季節外れの蠅の姿には、読者の目に、これを書き手自身と重ね合わせることを促す、ある重心への集中の気配が見られる。しかし、この中島の作品のカメレオンに、どうもそのような気配はない。カメレオンは作者の孤独、ないし文学的な魂の客観的相関物という役どころに収まるにはどうも「コセコセ」していて落ち着かない。作品も、しばしばカメレオンから離れつつ、作者自身の苦衷をいくぶん散漫に語り続ける。そして、どっちつかずのまま、カメレオンを同僚の手を通じて動物園に譲渡し、最後、語り手が横浜の外人墓地から、海を見下ろすところで、尻切れトンボのまま終わっている。

そうして、この作品から顔をあげ、あたりを見渡してみるとわかってくるが、意外なことに中島には、このような「拡散」した、密度の「薄さ」を強く印象づける作品が、少なくない。一群の「ゆるい」作品が、一系列をなし、名高い「山月記」、「悟浄歎異」、「李陵」といった堅固な高密度の文体の作品群と、興味深い対照を見せている。

この作品と踵を接して一九三六年十一月に脱稿された、やはり日記体の独白的作品「狼疾記」。同系列の私小説的風合いをもつ「斗南先生」。そして、生前発表の代表作ともいえるR・L・スティーヴンソンの南島サモアでの架空の日記「光と風と夢」。いずれも「ゆるい」、私小説風、日記風の作品である。

2

ところで、この「ゆるさ」は、さらにわたしにたとえば一九三九年に書かれた中野重治の「空想家とシナリオ」の「ゆるさ」を連想させる。そこでは「ゆるさ」、作品が「ゆるい」ということ自体が、高密度になった軍国主義社会の中での、一個の見えにくい抵抗である。

しかし、ここでも同じことを言わなければならないが、中島の作品に見受けられる先の「ゆるさ」は、これに類した軍国主義的な社会空間の稠密さへの抵抗というのでもない。作品の気遣いは、それ自体がはぐらかされた、自分という存在、世界という存在の不安とでもいった、そこから言うと、「あさって」の方角をさしている。ここにあるのは、文学的な姿勢とも、社会的な姿勢とも違う、自分を羞恥する実存的な気配ともいうべきものである。わたしはこの「ゆるい」作品から、当時の日本の時代性、また鮮明な像を結ぶ焦点性といったものからの、まったき隔絶という、じつに不思議な印象を受けとるのである。

「かめれおん日記」と同年に書かれた作品「狼疾記」には、「巣穴」の名でいまは知られるフランツ・カフカの作品が出てくる。これを中島は英訳で読んでいる。またそこには、デューラーのエッチング作品「メランコリア」への言及が出てくるが、海の向こうでジャン＝ポール・サルトルが、その同じ絵に促され、独白体の作品を書くのは、それから二年後、一九三八年のことである（ちなみにその作品『嘔吐』の当初構想の題は『メランコリア』である）。わたしの読後感を言えば、これらの中島の「ゆるい」作品には、中心がない。それらが連想させるのは、梶井、中野、堀辰雄らの名である以上に、カフカ、サルトルといった名前である。彼は、迫りくる死の不安の中で少しは面白い思いもしたいと考える、ちょっと変わった、「書く人」だった。

3

しかし、これらの系譜に中島の本質の一つがあるとして、「悟浄歎異」、「李陵」といったもう一方の系譜の作品もなかなかに捨てがたい。これらにわたしはこんな感想をもつ。ふつう、知的で明敏な小説家というものは、苦い味のするものを作品の内奥にひめている。芥川の「鼻」や「芋粥」はそういう風合いを伝える。さらに、たとえば漱石だと、『行人』に見られるように、その苦いもの（一郎の苦しみ）に、当初は二郎、最後は「Hさん」といった「糖衣」、甘いうわぐすりがかぶせられ、その味わいは二重になる。そこではうわべに甘いものがあり、そのむこうに苦いものがひそみ、それがその甘さのとぎれとともに、わたし達の前に現われてくる。ところが中島の作品では、漱石の場合とは逆に、その甘いものが内奥にくる。作品は苦い自我の苦しみといったものに覆われているが、その苦しみ、苦いものは、自分の彼方にある甘いものへの憧れといったものを蔵し、苦しいまま、肝腎なところで、「甘い」のである。

「悟浄歎異」で沙悟浄は存在の問題、自分の問題に苦しむ。しかしその苦しみの内奥に、「甘い」、弱虫の三蔵法師への畏敬がある。

三蔵法師は不思議な方《かた》である。実に弱い。驚く程弱い。変化の術も固より知らぬ。途で妖怪に襲はれれば、直ぐに摑まつて了ふ。(「悟浄歎異」)

わたしは、中島の作品に教科書ではじめて出会った。その狷介な小説「山月記」は、中学生のわたしには読みづらかった。いま、あらためて中島の作品を読み、そのゆるさと甘さに、わたしはなんだか化かされた気分である。「狼疾」とは、「指一本惜しいばっかりに、肩や背まで失うのに気がつかぬ、それを狼疾の人という」と孟子にある言葉だという。ふつうはこれを小児病という。何と中島らしい失調をさす言葉だろう。

彼は、「甘く」苦しみ、「ゆるく」書いた。それも、じつに独特な仕方で。

わたしにはとても現代的に見える。

一本の蠟燭について――中原中也

1

中原は、大学の四年目の頃、突然わたしの中に入ってきた。きっかけは、はじめて見た一編の詩の、さらにその中の一部分、言葉のリズム、口調、そんなものの向こうにほの見える表情だった。そして、その後、二年間の大学生活の間、彼の言葉は、わたしのほぼ唯一の世界との窓口となり、そこを通じて、かろうじて、食べ物が外から、差し入れられるという状態が生まれた。その状態は、少しの拡散と収縮を繰り返しながら、わたしが出版社の就職試験に落ち、大学院の試験に落ち、かろうじて入ることのできた国会図書館の雑誌貸し出しの係に職を得る中、それだけが生きる支えといった感じで、睡眠時間を削って書いたかなり多い量の原稿がひょんな偶然からなくなる三十歳の時まで、八年間ほど、続いた。

最近わたしは、吉本隆明氏の『言語にとって美とは何か』の文庫解説に、ほぼ次のような意味のことを書いた。

言葉を書くということの意味について、わたしが自分の感じ方にぴったりとくる考え方をはじめて知ったのは、中原の詩作についての考えからである。中原は、詩作に関し、「言葉にならないもの」こそが言葉を書くことの淵源にあるという考え方を、わたしにくれた。たとえば「『これが手だ』と、『手』といふ名辞を口にする前に感じてゐる手、その手が深く感じられてゐればよい」。また、「知れよ、面白いから笑ふので、笑ふので面白いのではない。面白い所では人は寧ろニガムシつぶしたやうな表情をする。やがてにつこりするのだが、ニガムシつぶしてゐる所が芸術世界で、笑ふ所はもう生活世界だと云へる」（「芸術論覚え書」）。

こういう考えは、いまの目からは、とても古くさい言語観と見えるかもしれないが、その時分のわたしには、違った（いまも違う）。フランスの現代文学などを読みまくる時期を過ぎ、大学の「紛争」騒ぎをへて、いろんなことにへこたれるようになっていたわたしに、それは、言葉の前に「言葉にならないもの」があり、その「言葉にならないもの」の前に、それをめぐる不毛な努力がありうること、しかしその不毛な努力のうちに、詩作をめぐる努力の核心があることを示唆する言語観として、天啓のように響いたのである、云々。

2

ところで、わたしは、それまで文学をロマンチックに考えるあり方を毛嫌いしていた。文学というのは要するに言葉だ、そこからはじめようぜ、そういう言葉の功利主義こそ健全な文学観だ、とひそかに考えていた。しかし、その頃、わたしは落ちぶれ、どんな言葉も書けず、どんな言葉も読めなかった。そういう時、中原の言葉は、やってきて、わたしに何も書かないこと、書けないこと、書こうとしないことのうちには、何の意味もないこと、しかしその何の意味もないことのうちに、何か（サムシング）がありうるという考えを吹き込んだ。それは、一言で言うなら、「不毛さ」という観念が種痘のように、わたしに植《うわ》ったということだった。

わたしは、たしかその頃、なぜイエスをはじめ、多くの宗教者が、四十日間も砂漠で断食を続け、試練にさらされた後、「悟り」を開いてしまうのか、自分にはそれが不満だ、というような意味のことを書いたのをおぼえている。もし、ここに四十日間、いや、四百日間、砂漠で断食を続け、試練にさらされ、不毛な努力を続けた上で、何の悟りも得ないで、帰ってきて、それまでと同じ生活をする人がいたら、そのような人のうちにはもっと深い宗教性があるのではないか、というよりその時もうそれは宗教性というものですらなくなっているのではないか。そんなことを、漠然と、考えていた。

人はどんなに苦労しても、それは、報われない。その苦しみは無駄である。けれども、だからといって、苦労するのはバカだ、ということでもない。「そんなわけから努力が直接詩人を豊富にするとは云へない。而も直接豊富にしないから詩人は努力すべきでないとも云へぬ」（「芸術論覚え書」）。そういうことを書く人間を、いまも、わたしは中原のほかに知らないのである。

だから、そういうわたしに、中原のたとえば日記の言葉が、生活の色に染まった、萎れ、みすぼらしく縮こまった、可愛げのある、たとえばヴァレリイの「テスト氏」、バタイユの「けっして回収されない否定性」などといったラディカルな観念と地続きのものと受け取られたとしても、不思議はない。わたしは、これらの硬質な観念を口にすることに気恥ずかしさを覚えたが、中原の日記はそういうことを、生活の言葉、愛嬌ある言葉で語っていた。そこには、疲れた人の緩徐調があった。

さうすることはつまらないことでも、さうするそのことをしなければならなくなつたことがその人の傑いためである場合がいくらでもある。
だからといつてそいぢやあさうすることをくりかへしても好いといふ理窟はどこにもないが。
（昭和二年三月二十二日）

あるいは、

内情を重んずる詩人は、
秩序を重んずる。
でもその詩人が詩人であるならば、
秩序は内情に少しづゝ負ける。
（昭和二年八月十二日）

雨が降っていた。わたしの職場の机からは国会議事堂の北の壁面が見えたが、そこには雨が降ると、少し黒ずんで雨の痕が同じ形で窓の下につくのだった。いつもそれがわたしの前にあった。それは何でもない光景だった。自分の生が、無意味な、反復だらけの労働で何年も何年も消え、すり減っていく。そしてそのことには何の意味もない。その思いを形にすると、それがいま自分の目の前にある景色になるとわたしは思った。そういう時期、つまり、大学を終え、就職し、結婚し、子供が生まれるといった時期、わたしに読めるものといっては、中原のこうした日記、書簡の言葉、詩、散文くらいしか、なかったのである。

ヌウス（物精）は休息によりて確立す。
弱気はヌウスを損ずる也。

（昭和九年）

暗い部屋の真ん中に蠟燭が一本立っている。そこに何があるのかはわからない。でもそこが部屋だということはそれでわかる。

しかし、蠟燭が一本あって、そこが部屋とわかるだけで、他は何も見えないということと、蠟燭がなくて、そこが闇で、何も見えないということとは、違う。

中原の日記の言葉は、わたしに何かを教えたのでも、わたしの心を慰めたのでもない。それはちょうど、自分の周りほぼ三十センチをぼんやりしたウスヤミの球状に浮かばせる、何も教えない、一本の蠟燭だった。

しかし、本当に必要なのは、そういう蠟燭である。

それは本を読めるように闇を追い払うのではないが、闇の色を別のものに変える。

その世界普遍性——三島由紀夫

1

三島由紀夫の作品はなぜ多くの外国人読者をもっているのか。彼らを目当てにしたエキゾティシズムによって書かれているからだ。これまではわたしもだいたいそんなところかと思ってきた。でも、いまそうは考えていない。ではどう考えるか、そんなあたりのことについて書いてみる。

わたしの考えでは、一九六六年に書かれた「英霊の声」は、日本の戦後にとってたぶんもっとも重要な作品の一つである。この作品には、作者の分身と目される語り手「私」とやはり作者の分身である霊媒の盲目の美青年が登場し、帰神《かむがかり》の会で後者の語る死者の声を前者が聞くが、霊媒者となり、二・二六事件と特攻隊の死者の声を口寄せする青年は、降霊が終わると落命する。見るとその顔はすっかり面変わりしている。後に明らかにされる三島自身の証言では、青年は死んで昭和天皇の顔になるのである。

この作品で三島が言うのは、自分のために死んでくれと臣下を戦場に送っておきながら、その後、自分は神ではないというのは、（逆説的ながら）「人間として」倫理にもとることで、昭和天皇は、断じて糾弾されるべきだということ、しかし、その糾弾の主体は、もはやどこにもいないということである。戦争の死者を裏切ったまま、戦前とは宗旨替えした世界に身を置き、そこで生活を営んでいる点、彼も同罪である。糾弾者自身の死とひきかえにしかその糾弾はなされえない。そういう直観が、この作品の終わりをこのようなものにしている。

2

ところで、わたしは、日本の戦後に三島のような人間がいてくれたことを日本の戦後のために喜ぶ。わたしがこう言ったとしてどれだけの人が同意してくれるかわからないが、彼がいるといないとでは、日本の戦後の意味は、大違いである。その考え方には、誰もが、もしどのような先入観からも自由なら、こう考えるだろうというような普遍的なみちすじが示されている。三島は、日本の戦後のローカルな論理、いわばその「内面」に染まらず、普遍的な人間の考え方を示すことで、はじめて日本の戦後の言語空間がいかに背理にみちたものであるかを、告知している。これは、旧西ドイツにおけるアンセルム・キーファーなどとほぼ比較可能なあり方であり、もし三島がいなければ、日本の戦後は、一場の茶番劇になり終わるところだった。

たしかに彼の作品は、化粧タイルのような人工的な文体を駆使して書かれている。「内面」をもたず「深さ」を欠いている。でも、そのことが、三島の小説を世界の文脈で見た場合の、「世界の戦後」性にたえる制作物にしている。わたしの考えでは、彼の作品は、そのエキゾティシズムによってというより、その考え方の普遍性、そしてまた文体、作品の人工性、深さの欠如という現代性ゆえに、多く外国の読者をとらえ、離さないのである。

3

こう考えてみよう。三島は戦前、レイモン・ラディゲの『ドルジェル伯の舞踏会』に夢中になる。でもそのラディゲの作がすでに第一次世界大戦の戦後文学だった。そのもっとも深い理解者は、あのジャン・コクトーである。その心理小説に心理がなく心理の剝製《はくせい》があること、しかしそのことこそがその第一次世界大戦の戦後文学でめざされていること、そしてそのようなものとして、それが三島の戦前と戦後の指標たり続けること。つまり、人工性はここでは、世界性、現代性の明らかな指標なのである。

「世界の戦後」とは第一次世界大戦の戦後のことであり、「日本の戦後」とは第二次世界大戦の戦後のことである。この二つは同じではない。簡単に言うなら、前者の戦後で、人と世界は壊れ、後者の戦後で、人と世界は自分を修復している。サルトルの「嘔吐」は第一次世界大戦の戦後文学であって、そこで彼は人が壊れたこと、そこからの回復にはアヴァンチュール（芸術と犯罪）による特権的瞬間しかないことを述べている。しかしその彼が、第二次世界大戦の戦後になると、アンガジュマンによる人間の回復を唱える。三島は、戦前のサルトルに似ている。わたし達は、ここでは、そこに二つの戦後の重層（ズレ）があることに自覚的であるべき、「遅れてきた青年」なのである。

ラディゲから影響を受けてゐた時代はほとんど終戦後まで続いてゐた。さうして戦争がすんで、日本にもラディゲの味はつたやうな無秩序が来たといふ思ひは、私をますますラディゲの熱狂的な崇拝者にさせた。事実、今になつて考へると、日本の今次大戦後の無秩序状態は、ヨーロッパにおける第二次大戦後の無秩序状態よりも第一次大戦後の無秩序状態に似てゐたと思はれる。

（「わが魅せられたるもの」一九五六年）

こういう洞察がなぜ当時、三島にだけ可能だったか。そういうことをわたしとしてはいま、改めて、考えてみたいと思っている。

補足一つ――橋川文三

1

橋川文三はわたしにとって大きな存在である。一九九四年に『日本という身体』という近代史をめぐる本を書いて以来、どれだけその書くものに助けられ、教えられ、勇気づけられてきたか知れない。しかし、その最後のところで不満が生じ、これまで彼について書いたものでは、その不満だけを明らかにしている(『戦後的思考』)。

本当ならここでは別のことを書きたい。でもその不満をまだ十分に、丁寧に、言えたという気がしない。補足のつもりでもう一度、この問題にふれる。

橋川の書いたもののうち、わたしから見て最も足をもつれさせていると思われるものの一つは、一九五九年の「『戦争体験』論の意味」である。あれだけ頭脳明晰だった橋川が、ここでは自分の行論があまり人を説得しないものであることを自任しつつ、それでも何とか自分の世代の経験した戦争体験の超越的な意味を明らかにしようと、悪戦苦闘している。ここで、彼はどのような問題にぶつかっているのだろうか。

彼は、自分達の戦争体験から新しい歴史意識が生まれなければならないと考え、それは可能だと判断した。その判断を支えたのは、これだけの人間が純粋に何かを信じて死んでいった、その事実を自分はまのあたりにした、それだけでなく自分もまたその一人でありえた、という、彼の戦争で死んでいった仲間たちへの、深い共感の念である。

そこから、彼の、ヨーロッパの歴史意識の成立の底には「歴史的事実として見られたイエスの磔刑に対する深い共感の伝統」があるが、「日本の精神伝統において、そのようなイエスの死の意味に当たるもの」を、「太平洋戦争とその敗北の意味」に求められるという、独自の主張が生まれてくる。

日本の精神伝統には「普遍者―超越者」の契機がない。そのため、硬質な歴史意識も主体意識も生まれてこない。しかし、「太平洋戦争とその敗北の意味」にしっかりと向き合うことで、はじめてそういう契機を手にすることができる。戦争体験を単に一つの歴史過程としての戦争に結びつければ、それは当該世代に縛られた限定された経験にすぎない。しかし、「鶴見俊輔や藤田省三、安田武や私などのいう戦争体験論は、全くそのような構造とはかかわりないのである。私たちが戦争という場合、それは超越的意味をもった戦争をいうのであって、そこから普遍的なものへの窓がひらかれるであろうことが、体験論の核心にある希望である」。

2

さて、彼は、彼らの戦争体験の核心が「断絶」の経験にあること、「太平洋戦争」がそれまでのどんな戦争とも違う特別の戦争であることを、そのことを言うための、二つの手がかりとする。

しかし、彼はその試みに成功していない。理由は、私の考えるところ、次のようなものである。戦争体験のもつ「断絶」について、彼は、福沢諭吉の「一身にして二生を経るが如く、一人にして両身あるが如し」を引き、それは明治維新に匹敵する「前半の生に対する疑いもない体験と、後半の生に対する同様に明白な実感との間に生じるダイナミックス」の経験だったと述べている。戦前の日本浪曼派に惑溺した経験の「疑いもなさ」と、戦後の「民主主義」と「個の自由」のもつ「明白な実感」。その二つの間の緊張を手放さず、そこから彼は、あの『日本浪曼派批判序説』を書いた。

しかし、よく考えてみよう。この断絶の経験は、戦前から戦後へと生き抜いた人間にやってくる経験でこそあれ、そこからは戦争で死んだ人間との関係が、脱落している。そこで断絶を断絶のまま「つなぐ」のは、戦前と戦後の断絶（二生）を一人の人間（一身）として生き抜いたという、戦後の人間の生の持続なのである。

橋川は、この論から五年後、ある短文に、八月十五日、敗戦を知ってまっさきにやってきたのは、「死んだ仲間たちと生きている私との関係はこれからどうなるのだろうか」という、「今も解きがたい思い」だったと述べている（「敗戦前後」）。

わたしの考えでは、第二次世界大戦がこれまでのどんな戦争とも違ったのは、橋川が言うように、百年戦争的性格をもっていたからでも、普遍理念を解体し、無原理状況を現出する全体戦争だったからでもない。それが、戦死者を生き残った者が自分達のために死んだ存在として弔うことのできない、世界ではじめての戦争だったからである。

戦死者は天皇のため、日本のために死んだ。しかし、その日本は戦争に負けて、それまでの自分を否定して新しい日本になった。「死んだ仲間たち」と「生きている私」との関係は「これからどうなる」か。それは、簡単に言えば、「敵対する」。なぜなら、「生きている私」は降伏し、その後、「死んだ仲間たち」が戦った当の相手の考え方に染まり、いまではそれを、自分の考え方とするにいたっているからである。

もし、橋川の言うように、戦争体験が「イエスの死の意味に当たるもの」を充当するとしたら、「生きている私」が「死んだ仲間たち」を裏切った者であることを自任しつつ、そういう場所から、かつての自分と同じく、「死んだ仲間たち」の犯した〝誤り〟に、動かしがたさ――「普遍的なものへの窓」――を見ることを、通じて、なのではないだろうか。戦争世代の体験の核心は、「一身にして二生を経る」個における断絶の経験にあるのではない。死者と生者が、「敵対し、離れ離れになりながらも、一つの生を生きる」、もう一つ高次な、断絶を介在させた、関係における共感の経験にこそあるのである。

このことをわたしは、橋川のことを思い浮かべながら、これまでいくつかの場所で述べてきた。橋川が生きていたら、どう言われただろう。歯牙にもかけられず、厳しい言葉が飛んできたかもしれない。そうではないかもしれない。そんなことを時々、考えている。

その堅実な文体について――大岡昇平

1

『成城だより』は一九八〇年から一九八六年にかけて、断続的に三回に分け、発表された。第一回目の記事は一九七九年十一月八日にはじまり、翌八〇年十月十七日に終わっている。それが一九八〇年の一月号から十二月号まで『文学界』に連載され、その後、間をはさみ、一九八二年の三月号から一年間、さらに一九八五年の三月号から一年間、それぞれ同誌に掲載された後、三冊の本として刊行された。

いま、まとめてこの三年分の日録を読むと、文芸ジャーナリズムというものがこの時、まだ生き生きと存在していたことがわかる。これが書き終えられて以降の十五年間で、日本の社会も文学の環境も、大きく変わってしまったことを実感する。この文学的な日録が連載をはじめた最初の一年間、わたしは前後三年間カナダにいた関係で、日本にいなかった。だからこの雑文的日録エッセイが当初どのように迎えられたのか、臨場的にわからない。しかし、第二回目がはじまった一九八二年には、帰国し、評論活動をはじめていた。その当時の感じをそのままに言えば、この『成城だより』は、文芸雑誌の一種の磁場の中心だった。以前、ある編集者出身の作家が、雑誌にはそれを手に取ったら最初に見るページというものがないとダメだ、と書いているのを見て、なるほどと思ったことがあるが、誰にも遠慮会釈なく書くこの日録は、そういう意味でまさしく当時の『文学界』というより文芸雑誌全体にとっての「つかみ」という、枢要な役目を果たしていた。わたしの書いたものなども、そこには取りあげられているが、当時かけ出しの文芸評論家だったわたしにとり、これはどんな新聞の文芸欄よりも触れられるのがうれしい批評的な場だったし、また読んでわくわくする、文学上の「読み物」だった。当時少しは関係していた『早稲田文学』の関係者などの集まりに顔を出すと、「『成城だより』読んだ？」などという会話が、聞こえた。いまでは信じられないことだが、そういう時期があったのである。

時代は、ちょうどポストモダニズム思想の勃興期にあたっていた。誰もがこの新しい思想的動向に目を向け、一方新奇な意匠をまとった批評家、思想紹介者たちが陸続と登場してきつつあった。渋谷育ちの氏には、お会いしても、どこか元祖シティ・ボーイを自任しているようなところがあったが、若い頃、家庭教師の小林秀雄から直接、ランボーの詩、ベルクソンの哲学など、当時の最新思潮の洗礼を受けて以来、つねに時代動向への好奇心をたやさず、内外の書物を読み漁ってきた大岡さんは、ある意味で、この時期の文化動向の記録者として最適の人物の一人だった。また、時代は、東西冷戦が八〇年代末の世界史的転換に向け、おもむろに最後のコーナーを回りはじめようとしており、反核問題、環境問題、フェミニズム、高度消費資本主義、情報化社会、戦後的なものの拡散など、新しい動きの現われつつある時期にもあたっていた。戦前以来の小林秀雄の門下にあって、ただ一人その戦争体験を足場に自分を戦後派の人間に擬すようになった、生粋の二〇世紀後半人である大岡さんは、その局面でもこれらの動向に生き生きと反応する、最適の一人だったはずである。

しかし、ここに語られていることがらの一つひとつが明確に一九八〇年代前半という日付をもっていながら、いま読むと、なつかしくこそあれ、少しも古びた印象をもって見えてこないのは、なぜだろう。私の考えを言えば、ここには、都市的な精神の上澄みの生動がある。永井荷風から植草甚一、さらには川本三郎、泉麻人、坪内祐三まで、わたし達のジャーナリズムは、ある「町っ子」の記録文の伝統ともいうべきものをもっているが、大岡の『成城だより』は、永井の『断腸亭日乗』から坪内の『古くさいぞ私は』にいたる、この系譜の上にある。これらの記録文の本質は、実は〝筆を舞わせない〟「堅実な文体」にあるというのがわたしの見立てだが、そこでは、その時点でもっとも新しいことが、またもっとも新しいことへの好奇心が、その時点ですでに「つかない」、「醒めた」視点から相対化され、防腐処理をほどこされ、記されているのである。

2

しかし、こうした文章は、なぜ読むと、こうも心を騒がすのか。

ある年のある日、町に風が吹いていたということ、またある年の別の日、散歩をして並木の下までいったら桜の花が七分咲きだったこと、あるいはある年のある午後、書き手が寒気を感じ、御茶ノ水駅前の橋を駅まで歩いたこと、そんな日常茶飯の、細部に粒立つ記述にふれると、わたしの身体は冬近くの雑木林のようになる。そしてそこを、寒く、なつかしくもある秋の風が、か細い音をたてて吹き過ぎる――感じがする。

『成城だより』がこのようにわたし達の感情を喚起するということについては、後知恵的に思いあたることが、一つある。大岡は、これまで「疎開日記」（一九四六年から四八年にかけてのものを一九五三年発表）、「作家の日記」（一九五八年）と二つ、「日記」を発表しているが、『成城だより』は、これらとあきらかに違う書き方で記されている。

それぞれから、任意の一節を引いてみよう。

ショパンがバッハを研究したように、ポーを研究すること。文体――模範とすべき文体がないので、翻訳体をとるのは、辛いことである。（「疎開日記」）

新年号から『文学界』に『小説作法』というものを連載することになっている。『小説作法』なんて柄じゃないが、僕も小説家と人にいわれるようになってから、そろそろ十年だ。（「作家の日記」）

終日、ベッドで本を読んでいると、すぐ眠ってしまう。すぐ夜になる。糖尿病ノルマ的夕食は、ビール小瓶一本に、魚類と野菜なり。七時前に茶の間に入り、NHKニュースのあとの天気予報と温度予想が、明日のことにて、知りたきことのすべてなり。七時半よりのクイズ番組を頭の体操に見て、八時からは「西遊記」がひいき番組なり。夏目雅子の三蔵法師が可愛いが、好評を意識してか、女の表情を出しかけているのはいかがなものなりや。美人が坊主に扮しているから魅力あるなり。

（『成城だより』）

率直な物言いを好んだ大岡に倣って、遠慮なく言わせてもらえば、最初の三十代中葉に書かれた「疎開日記」は、フランスの文学者の創作ノートのテイストをもっている。しかし読むと、書き手の文学的な気負いが感じられ、二〇〇一年の読書からは、ふうん、という感想がもれる。また作者四十八、四十九歳のおりの「作家の日記」は、そこだけは終生変わらなかった著者の読書癖の記録のほかに出版社主催の文壇ゴルフ、中村光夫、福田恆存、三島由紀夫、吉田健一らとともに集った「鉢の木会」の交友などの記録からなっていて、面白くなくもないのだが、そこからやってくるのはやはり一九五〇年代のよき時代の文壇の、悪い意味での「古い」、文学臭である。そこでは「交友」すらが、「書かれるべきこと」と自任され、またそのようなものとして実行されている。

『成城だより』が実現しているのは、そうした「文学臭」と「エリート臭」からの切断である。それを可能にしているのが、いまや時代からずり落ちそうな戦後派老人の「ぼやき」という大岡自身によるこの日録の位置取りであり、また、先に述べた変則文語体による「堅実な文体」である。一言で言えば、この老人風の変則的「堅実な文体」が、『成城だより』をいま読んでも古びないものにしている。その「堅実な文体」が、八〇年代になり、大岡にどこからやってきたのかは、よくわからない。わたしの頭に浮かぶのは、武田百合子による『富士日記』の存在である。『成城だより』

の「Ⅰ」にあたる部分は、一九八一年三月、文藝春秋から刊行されている。「四、五年前、物忘れがひどくなったのを自覚してから、出版社のくれる当用日記に、簡単に日録をつける習慣ができた。スペース節約のため、「……するのなり」というような文語的な変則文体を採用するようになったが、その新しい日録作成の習慣をもとに、つい気楽に引き受けた。そう、『成城だより』のあとがきには記されている。しかし、この日録を、このような形式で書いてみようという気になった大岡の頭のどこかに、ちょうどその頃、つまり一九七六年に発表され、七七年に刊行された、この武田百合子の日記の残響は、なかっただろうか。武田泰淳と夫人百合子とはかつて著者の富士山麓の別荘地の隣人だった。その『富士日記』ならびに日記文学一般に言及のなされているところが、この日録風記録の中に一個所、出てくる。『富士日記』は戦後書かれた日記の中でももっとも面白いものの一つであり、戦後の日記文学というカテゴリーを立てれば、間違いなくその第一にあげられる著作だが、その理由の一つは、発表を意識しないで書かれた家庭人武田百合子の、あの自在このうえない「堅実な文体」にある。なるほど、こういう書き方もあったか。いわば『富士日記』の驚きからもたらされた、そうした堅実体の文体の力への覚醒が、日記の書法として、大岡にこれまでと違う文体を獲得させせている。『富士日記』は、一九六四年から一九七六年までの武田泰淳一家の生活の記録を綴りつつ、同時に戦後を生きた希有な女性の生き生きとした高度成長期の生活感を伝えてよこすが、『成城だより』もその延長で、文学的な日録でありつつなお、一九八〇年代前半を生きる、年老いた戦後文学者の日々の生活感を伝える。気がついてみればこれは、またとない日記文学の傑作ではないか。そういうことにわたしは今回、これが書かれて二〇年もして、はじめて気づいたところなのである。

3

総じて、この日録が書かれた足かけ六年の間、世界では、ゴルバチョフとレーガンが登場し、ポーランドに労働者自主管理組織「連帯」が生まれ、ヨーロッパを中心に反核運動の嵐が巻き起こり、一九八〇年代末の冷戦終結への歩みがはじまっている。また、アメリカは史上最大の経常赤字を記録し、エイズが世界的な脅威として浮上している。国内では、政治の領域で、「戦後の総決算」を標榜して中曽根首相が登場し、それまでの戦後的な制約を次々に反故にしていった。その一方、経済の領域では、国際的に一人勝ち的な、例外的な繁栄が続いた。文学と思想の分野では、八〇年前後を境に、ポストモダニズムが登場し、それまでの知の布置を大きく変えた。大岡は、この間、戦後派の文学者として、署名こそしなかったものの反核運動に理解を示し、右傾化の色合いを強める社会に苦言を呈する一方、これらの新しい文化、文学、思想の動向に鋭敏に反応した。幼い孫たちなどから刺激されて新しいマンガ『じゃりン子チエ』を読み、レイプ糾弾の映画を見に都心の大学まで赴くなど、大岡のとどまるところを知らない探求心、好奇心のさまは、この日録に見られる通りである。

この日録の面白さは、どのようなものだろう。

ここには、何より記録された一人物の日常を読むことの快楽がある。考えてみると、たぶんそれは、ここで大岡が何度かのめりこんでいる探偵小説を読むことの快楽に通じるものである。つまり、すべての活動の内容物が、いわばある無関心の分厚い砂の層からできた濾過の「樽」を通過し、生な「ついた」関心から遮断され、語られている。彼は、毎月送られてくる文芸誌の小説や評論に感想をもらし、自分の関心にふれ、取り寄せた文献について述べ、目下執筆中の仕事の進捗状況を語り、以前からの一貫しての関心事である富永太郎、中原中也についての調査の一端を記し、また、自分の体調について、病院通いについて、書く。そこには、一貫した距離の感覚、また野蛮なまでの戦闘心がある。

彼はけっして深追いしない。庭の落ち葉を掃いているが、けっしてちり取りには掃き寄せない。語りっぱなしの呼吸が、少なくともこれまでの二度の発表された「日記」と違い、これをノンシャランな「日常生活」の文、よい眺望をもつ地形、いわば〝眺めのよい部屋〟にしている。なぜ、語りっぱなしが、快いのか。

わたし達はこの文章の記述から、ある書斎の情景を垣間見る思いがする。語ろうとして語られるのでない、いわばそのむこうに置かれている語りの背景。そういう生活の質感、余白の存在感が、これを読むわたし達に、さまざまな音色を聞かせる。それはたとえば、

午後二時、大江健三郎君来り、武満徹氏寄贈の新作レコード持って来てくれる。「イデーンⅡ」、裏は「ウォータ、ウェイ」「ウェイヴズ」など、水についての音楽。五十四年度芸術祭参加作品。一九七五年に武満氏と「水」について対談した。それが最近の対談集に入ったので、思い出して贈ってくれたらしい。

とある記述の、「午後二時」という暗示語がわたしに喚起する何かである。
それはまた、てやんでえ、というような勢いある批評性でもある。

やや冷、二一・五度。各文芸誌届きあり。「海燕」の匿名対談書評「新刊繙読」止む。各誌、匿名減るは悲しきことなり。われかねて中間小説の純文学侵入説盛んなりし一九六〇年頃より、常に編集者に言明せり。匿名にて自由に悪口いい合うこと、文学純度の基準の一つとす。

無記名投票によってこそ民主主義は生きる、というのと同じ意味で言われる、匿名での悪口こそ、気持ちよいという、この批評性。

これらからわたしは、雑駁さ、通俗さをたたえて揺るぎないこの作家の硬質な感度、いわば戦後的なテイストを、受けとる。

これら大岡という人のある特質を、あの「堅実な文体」が、うまく浮き立たせているのだ。

4

わたしの勝手な印象を言えば、日本の戦後文学は一九六〇年代の一時期に、光で言うと午前十一時の陽光ともいうべき、アジアの清新な西欧風感覚を獲得している。それは、作品でいうなら、安部公房の『砂の女』、三島由紀夫の『午後の曳航』、大江健三郎の『個人的な体験』、また倉橋由美子の『暗い旅』などに現われている西欧的でかつアジア的な硬質な近代の感触である。これを別に言えば、そこで日本の文学は西欧的な近代性と戦後的な社会性をほどよくあわせもった。戦前の共産主義、社会主義思想とはまったく無縁な場所から、むしろそれに敵対する近代性に裏打ちされつつ出発し、戦後の兵隊経験をへて小説家となり、その後、戦後派的な社会性と合流することになる大岡昇平は、そのことにより、小林秀雄の「勘気」にふれ、ひそかな孤立を味わうが、一方、その孤立により、その時日本文学が一時的に実現した、いわば非西欧的な近代ともいうべきものの、希少な体現者となっているのである。

一九五八年の「作家の日記」は、小林的な気圏で書かれている。しかし一九八〇年代の『成城だより』は、もはや誰とも交わらない、この、戦前派でも戦後派でもない境地の延長上で、語られている。

この連載の後、わたしは一度だけ大岡さんのお宅にお邪魔したことがある。また数度、手紙のやりとりをさせていただいたことがある。そのうち、二度、冷や汗をかいた。一度目は、お宅にお邪魔した時、たぶん書斎でだったと思うが、数時間お話しした。何かの話のおり、調べ物をしていてベルクソンを読んでいたら、小林秀雄が語学上かなり基本的な勘違いでベルクソンを誤訳している個所にぶつかったと述べたところ、大岡さんが、それはどこだい、何という本だい、何というフランス語だね、と身を乗りだし、すぐさま書斎からプレイアッド叢書だったかのベルクソンを探しだしてきて、本を手渡された。わたしはすっかり気が転倒して、該当する論文を五分から十分ほども調べたが、違う本で読んでいたこともあり、その個所をうまく見つけることができなかった。そのことで、だいぶ語学上の信用を落としたと思うが、その時の身ぶりには何か意表をつく腰の軽さ、都会的な、軽快さがあった。

また、本文にも出てくるが、ある時、当時勤めていた国会図書館の海外事情調査室でフランスの新聞を読んでいて、大岡さんの関心をもっていた外国の女優ルイズ・ブルックスの死亡記事が出ているのを見つけ、コピーをお送りした。わたしも一応、文献調査の専門家のはしくれなので、むろん死亡記事の拡大コピーに新聞名と日付を記し、それの出ている新聞の第一面のコピーを合わせ、郵送したわけだが、折り返し電話が来て、これではダメである、記事の本文と日付が一枚になっているコピーを所望したい、と言われた。記事本文に鉛筆で日付は記してある。でもそれは注記者の誤りでありうる。それがたぶん大岡さんの考えだったろう。中原中也全集、富永太郎全集、『レイテ戦記』、さまざまな調査のその精度という考えが浮かび、この時もわたしは、冷や汗をかいた。

大岡さんを小林秀雄から切断しているのは、いわば屈辱の深さ、というようなものだったとわたしは思っている。この日常記録には、そういう屈辱をへた人間の丈の高さも、重厚さと対峙するほどよい軽薄さの相貌を浮かべ、現われている。

葬儀の日は何月何日だったか、寒かった。佐々木幹郎、樋口覚と一緒に大岡さんの家から帰る途中、埴谷雄高さん、佐々木基一さん、秋山駿さん、大久保房男さんと合流する形になり、成城のあるレストランで少しだけ飲んだ。帰りは途中まで、大久保房男さんと御一緒した。その時お会いしたうち、お二人までが、もういない。最終的に、この日録がわたしに送り届けてくるのは、そういういまはない人々の、声であり、風貌であり、気配である。

傘とワイン――埴谷雄高

1

一時期、埴谷さんの吉祥寺のお宅にうかがっていた時期がある。それからお会いする機会がなくなった。最後にお会いしたのは、だいたいわかるが、一九八六年の五月頃、いまから十三年前のことである。

どのような事情でそういうことになったのか、もう忘れている。とにかく、遊びにくるようにとお誘いを受けたのだろう、一人で伺った。最後にお会いした夜は、トカイ・ワインをいただきつつ、さまざまなことをお聞きし、気がついたら午前四時だった。奥さんが亡くなられ、埴谷さんが一人、『死霊』第八章の完成をめざしていた頃のことである。

わたしはちょっとあせって挨拶もそこそこに埴谷さんのもとを辞去した。その時来る時にさしてきた傘を忘れた。そしてそれが埴谷さんとお会いした最後になった。

それからほどなく（数カ月後だったろう）、『死霊』の第八章「月光のなかで」が雑誌に掲載され、その書評文を書くように依頼を受けた。第一章から読んで、第八章論を書いた。

第八章はわたしには、よく読めなかった。これをどんな身を削る思いで埴谷さんが書いてきたかということをわたしはたまたま、よく知っていた。でも、小説を読むというのは、ただ一回の真剣勝負ということころがある。次に、別のところで読んだら、違うふうに読めるということは、むろんあるだろうが、そこに読み間違いということはない。その戦いの結果、どちらかが死ぬ、後のない真剣勝負に間違いというものがありえないのと、それは同じである。

これはよくない、と書く言葉に、もしほんの少しの手控えでもあったら、オレは文芸評論家としては死ぬな、とその時思った。

これを書いた後、わたしは車で家族と旅行に出た。旅先の新潟の東急インでファクスでゲラを見、『群像』編集長の天野敬子さんとやりとりをした。天野さんは、電話のむこうで、やや固い声で、わたしはこの意見には賛成できませんが、といった。

編集者は、こうでなくてはいけない。編集者は本人にはどこまでも自分の意見をぶつけなくてはいけないが、他人を前にしてはどこまでも書き手を守らなければならないというのが、わたしのよい編集者の定義である。

わたしはなんだか埴谷さんに会うわけにもいかないという心境になった。

二年か、三年した頃、埴谷さんに新著の恵贈を受けたが、その扉に、署名があり、一言「傘はまだおいてあります」と書かれていた。もう一度、数年して、御本をいただいた時には、本の入った包みの裏に、いつもの埴谷さんの字でお名前があり、横にまた、傘はまだ預かっています、と書いてあった。

2

一九九六年四月にわたしは、一年間の在外研究という形でヨーロッパにいった。家族と猫三匹をつれて、パリに居を定める、大学を出てからはじめての、長い気ままな滞在だった。

夏に友人の瀬尾育生夫妻と妻と娘とで東欧を訪れた。ウィーンまで飛行機で行き、そこからカフカの生まれ育ったプラハにいった。ウィーンの美術史美術館でブリューゲルを見て、すっかり心を奪われたせいで、その後、十一月に今度は一人でウィーンを再訪した。ドナウ川でハンガリーのブダペストに入る予定だったが、ほんの数日前に船の運航が終わったというので、ブダペストには列車を使った。誰も知人のいない、言葉もまったく通じないブダペストの街を、一人で歩き回るのは、不安でもあれば、ほっとしもする、奇妙に解放感にみちた経験だった。

昼は、百五十年間のトルコ支配がおいていった地下の大浴場で温泉につかり、夜は飛び込みで入ったオペラ座の桟敷席で「ジゼル」を見た。午前は、スラムめいたユダヤ人街をうろつき、また夕方になるとブダの瀟洒なカフェで紅茶を飲んだ。東欧の都市はだいたいそのようだが、電力供給の関係なのだろう、午後四時くらいに夕闇がおりてくると、もう、うっすらと闇の世界になる。街灯の数がめっぽう少ない上に、光力も低いので、全体が夜の国に変わる。夜八時、静かなリスト・フェレンツ広場の傍らの通りを歩いていると、明るいところがあり、近づいてみると劇場で、やっているのはチェーホフ。わたしはふいに埴谷さんを思い出し、とてつもなく懐かしくなり、次の日、市で一番大きなマーケットで、観光用ではない地元向けのワイン・コーナーを見つけ、そこで最上等のトカイ・ワインを数本もとめた。

その後、ある伝手でそのうちの一本を入院中と聞いた埴谷さんに届けてもらった。パリに埴谷さんの手と酷似した筆跡で届いた旨のハガキをいただいたが、いま考えればそれは当時つきそわれていた白川正芳氏の筆跡だったろう。

ワインは埴谷さんのお通夜の席で、役に立ったと聞いている。

自分の疑いをさらに疑うこと——鶴見俊輔

1

本書『戦時期日本の精神史』のもとになったのは、著者あとがきにあるように一九七九年から八〇年にかけてのカナダ・マッギル大学での授業の講義ノートである。わたしはその授業の贋《ニセ》学生の、聴講生だった。同じような聴講生が、鶴見をカナダに呼んだ同大学准教授太田雄三氏（現同大教授）をはじめ、わたしの勤務していたモントリオール大学で非常勤講師をしていた二人のアメリカ人の日本研究者、ロバート・リケット（現和光大学教授）、アラン・ウルフ（元オレゴン大学教授）など、数名いた。また六名くらいいた正規の学生の中に、その後コーネル大学に進んだ辻信一（現明治学院大学教授）がいた。講義は、秋と冬開かれた。教室は二十五人ほどが座れば一杯になる、小教室だった。

わたしはその前年以来、当時勤務していた国立国会図書館から派遣され、同じモントリオールにあるフランス語圏の大学、モントリオール大学の東アジア研究所で図書施設の拡充の仕事にあたっていた。フランス語での仕事をこなすのに精一杯で、不慣れな英語の授業には半分ついていくのがやっとだった。

鶴見さんは、毎回、綿密な講義ノートを用意し、それを読んだ。時々、顔をあげ、「どう思いますか?」と自分から学生に問いかけたり、話の切れ目になされる学生からの質問に、「ああ、それはね」と答えたりした。

学期の後半にさしかかるあたりから、授業が終わると、大学からまっすぐセントローレンス川に向かう通りを繁華街に向け、降りていったところにあるカフェ、「パンパン」に行き、そこで五、六人、コーヒー、ティーでケーキをぱくつき、歓談するのが恒例となった。

もう十一月のカナダでは、五時ともなれば、空は暗い。街路には雪が凍りついている。そこをわたし達は、終わったばかりの授業で取りあげられた問題などを話しながら、そろそろと歩いていった。

この時、わたしが最初、どんなに鶴見さんにいやがらせめいた質問をしてうるさがらせたか、しかし最後には、世間は広いことを思い知らされて大人しい贋学生になったかということについては、別のところで書いたので繰り返さない(「鶴見俊輔——誤解される権利」)。一つだけ言っておくなら、この授業に出て、わたしは大学の授業というものが人を覚醒しうるものであることをはじめて知った。二年後、カナダから帰国してから、物書きの真似事をはじめたが、現在までにいたるほとんどすべての仕事が、この授業をいまなお、水源にしている。

2

この講義が類例のないほど、わかりやすく、しかも広い日本近代の精神史の記述となっているのは、一つに、日本のことをまったく知らない、外国の若い学生を相手にしているからである。日本の近代の経験のうちのどういうところが、そういう若いカナダの人間にも関心を抱くに値するものとしてあるのか。鶴見はまずそういうことを、学生に向かい、語ろうとしている。いきおい、話は大きな輪郭で、「一筆書き」の要領で、取りだされた。

ここには十三の話題が取りあげられているが、著者は、その一つの話題を自分がこれまで書いた数冊の著作をもとに語っている。そういうことが可能なのは、むろん彼が脅威的な博学多読の人であるうえ、希有な大知識人だからでもあるが、ほんとう言えば、それ以上に、彼の中で、幼少時からその大知識人まで、内的な時間がとぎれていないからである。この人物の中では、たとえば四歳の時に道端でしゃがんでタンポポの花に見入った時の感情が、そのまま切れずにいまにつながり、現在の老年の感情となっている。そういうことを、この人物を観察していてわたしはひしひしと感じた（著者は、少年の頃、しゃがんで本屋の下のほうにある本を手に取ったという。面白くて、読み続け、気がついたら夕暮れになっていたそうだ）。

日本の近代の歴史を大きく見ると、最初の区切り目は一八六七年の明治維新である。そこにはじまる近代は、一九〇五年の日露戦争の勝利までの時期と、それ以後に分かれる。さらにそれ以後は、一九三一年の満州事変を境に分かれ、さらにそれ以後は、一九四五年の敗戦を境に分かれる。それ以後は、さらに、一九六〇年の安保闘争で前後に分かれるだろう。それから以後の日本の社会は、精神史ではなく、大衆文化史として、これを追わなくてはもう見えない。これが、この「一筆書き」の筆法に立つ筆者の見立てで、そのため、この時の授業は、秋学期、冬学期を通じ、一九三一年から四五年までを語る「戦時期日本の精神史」と、一九四五年以降現在までを語る「戦後日本の大衆文化史」という構えをとった。それを支えているのは、メインカルチャーからサブカルチャーへとシフトをずらしてきた日本社会の動きをどう見るかという、著者の問題関心である。「精神史」と呼ばれているのは“intellectual history”、「大衆文化史」と呼ばれているのは“cultural history”であり、これは、思想の歴史と文化の歴史ということであると同時に、知識人の歴史と大衆の歴史ということでもある。わたしは、最初魚で、次に陸に上がり逃がれていくものを、自分も魚から両生類に変異しつつ、陸に上がって追跡していく狩猟者を思い浮かべる。筆者が言うには、この二つを複眼的に見る一つの身体がなければ、近現代の日本の歴史はたどれない。しかしその複眼があれば、逆に一八六七年以降の近代の歴史は、単に近代史にとどまらず、この列島の古代からの「一筆に」描かれた歴史のつながりのうちに、見えてくるはずである。

そこから、たとえば、日本が満州国建国で採用した傀儡《かいらい》政権というあり方は、古代以来、執権政治的な実権者統治の歴史をもつ近代日本の創案にかかり、その後イタリア、ドイツ、さらに戦後はソ連、アメリカに踏襲される、日本発の世界史的創作物ではないだろうか、一九二三年の関東大震災における朝鮮人虐殺は、日韓併合という慣れない異民族支配の事態に一九一〇年来日本の大衆が漠然と感じていた「うしろめたさ」があっての暴発ではなかっただろうか、また転向という近代日本が生んだ精神史的概念は、二〇世紀の世界史的動向を見る上でかなり有効な作業上の概念ではないだろうか、――そういう著者ならではの創見が、生まれてくる。しごく控えめに、誰もがそれまで言っていないことが、本書には、ぽつり、ぽつりと語られている。

3

この本がものを考える手本として教えるのは、生きること、書くこと、考えることの、呼吸の間合いである。

著者の呼吸とはどういうものか。

どんなこともある個人が語るというのである限り、中心をもつ円の弧の形をしている。つまり、書く人はあることを語ろうとするのだが、自分の言いたいことを言おうとする余り、しばしば何が本来語られなければならないかという限定をはみ出て、〃小回り〃してしまう。あることを語るには、腹八分ではないが、語り残しがあることが大切だ。それは、次に書くもので語ればよい。それが著作のリズムを作ることになる。指離れのよいキーボード、子離れのよい母親のように、自分の考えに余りにとらわれずにあるところで、自分の考えと別れること。そういうことを、わたしは著者の口から聞いたことはないが、その呼吸を、著者の身ぶりを見ていて、教わった。

自分自身が大学で教えるようになってから、一度、この本を教材にして授業をしたことがある。その時はうまく使いきれなかったが、わたしはこの本を、何も知らない、「異星人のような」、いまの若い読者に、読んでもらいたい。この本は、わたしにとってそうだったように、若い読者にとって、ものを考える上で、「とても遠いところまで連れていく入り口」になりうる。それと同時に、わたしは、わたし自身、それほど英語が得意ではないのだが、この本を、最初に準備された英語の版のまま、日本の若い読者に読んでもらうのがよいと思う（英語の版はイギリスの書店から出ている）。たとえばここに出てくる「鎖国性」の原語は"self-containment"で、個人に根をもつ問題であることがその言葉に含意されている。また最後に出てくるリリアン・ヘルマンの言葉「まともさ」の原語は、"decency"で、この言葉の指す人間の要素が、英語の世界ではより堅固な形で把握されていることがわかる。

久しぶりに本書を読んで、わたしは、以前はそれほど注意しなかったところが、面白かった。五島列島のキリシタンの言い伝えでは、聖書のイエスの話が変形され、父なる神がイエスに、ヘロデ王による幼児虐殺がお前のせいで起こったのだから、そのために死んだ四万四四四四人の死者のことを考え、身を捨てよ、と教え諭す。また、文明のハシゴを上る形で外国につながるという仕方そのものの中に、実は古代から変わらない日本の鎖国性が生きている。そのため、最新思想の移入より小さな住民運動の芽生えの方に、これを壊す力がある。また、鎖国的な体制の中での抵抗は、鎖国の中の鎖国として現われることが多く、しばしばそれ自体が中途半端な形に終わっている。したがって、それを冷笑することはたやすいが、それを面白がること、それにほほう、と目を向けることが大事だ。そんな言葉が、目に沁みた。

鶴見さんは、この授業を行なう間、質素なアパルトマンに一家で住んでおられた。冬学期の授業の最後の機会に、お宅で小さなパーティを行ない、学生みんなで寄せ書きをしたのだが、その時、その真ん中にまず、「信信信也／疑疑亦信也」と書いた。信じることを信じること、それが信ということだが、自分の疑いをさらに疑うことによっても、人は信にいたる。荀子の言葉だという。はじめて講義ノートをお借りし、それを読むことで授業の全容にふれてから、二十年以上がたつ。でも、いまなおこの本はわたしに教えることをやめない。

無人国探訪記――吉本隆明

1

この度刊行された『吉本隆明全詩集』を通読して、わたしは自分が吉本隆明の詩集にほとんど通じていないことを、痛感せずにはいられなかった。それだけでなく、世の人々がまた、自分と同じ状況にあることも、自明なことのように思われた。詩をいまどき、繙く人はいない。わたし達は詩のない世界に慣れている。しかし、詩の世界もまた、わたし達のいないことに慣れている。詩の世界は、誰も訪れないため、ひっそりとしている。しんとしている。言葉のない風が、文字の林の間を、分母式を少女から建築へ、建築から血族へ、たえまなく変移させながら吹きすぎてゆく。そこでは訪問者であるわたし達もたちまち、一本足の活字の案山子、人体標本みたいになる。そこに足を踏み入れ、わたしはちょっと、心ふるえたのである。

総頁で一八一一頁を数え、定価二五〇〇〇円もするこの分厚い詩集を披いてみる人が、これからもさして多いとは思われない。ふつうの読者の一人として、今回の詩業の通観からどういうことを感じたかを、簡単に報告のつもりで、記してみたい。

この度の全詩集には、吉本隆明の書いた詩として、一九四一年の初期詩から八九年の散文詩篇まで、およそ半世紀に及ぼうという詩業の成果と痕跡がすべて網羅されている。吉本の詩の世界がそっくりそのまま一個所に移築されている。このことが、何より、今回の全詩集のもつ、大きな意味だろうと思う。

それは、こういうことである。

ここには、六〇年代後半によく読まれたいわゆる普及版の『吉本隆明詩集』の内容に加え、①それ以後に書かれた「新詩集以後」の詩篇五六篇、②これまで未収録だった作品を加え戦前に書かれた詩と「日時計篇」と呼ばれる五〇年から五一年にかけて毎日書かれた四八〇篇もの詩を合わせた初期詩篇七百数十篇、③八〇年代に刊行された『記号の森の伝説歌』（一九八六年、五六パートからなる七長篇詩）と『言葉からの触手』（一九八九年、散文一六篇）のほか、『記号の森の伝説歌』の元となった七五年から八四年まで雑誌『野性時代』に掲載された連作詩篇六六篇が、収録されている。このうち、最後の『野性時代』連作詩篇と未収録の初期詩篇を除けば、その大部分にあたる詩篇は、これまでも読もうと思えば読めないわけではなかった、すべて既発表の詩である。しかし、これがすべて一冊の中に入ることで、何かが起こっている。わたしについて言うなら、これが余りに重いため持ち歩きできず、毎日こちらが仏壇を前に座るようにこの本の前に身を置かなければならなかった。本が壁になり、ダムを作り、水がせき止められる。詩を読む時間がそこに、生まれでもしていたのだろうか。

これは、自分のこととして言うのだが、詩を読むことができなくなって久しい。これまで吉本さんの初期詩篇を前にしても、わたしには、これを読もうという動機が、どうも見つからなかった。わたしにしてもこれまで氏の初期詩篇を「調べて」みよう、「眺めて」みようと、したことはある。しかしそれは、「詩を読む」ことではない。たとえば、一九四四年の時期の吉本隆明の皇国意識がどのようなものだったかを探る目的で詩を読んで、それが詩を読むことと違うことくらいは、わたしにもわかる。作品を読んでいるのでない以上、そこから受け取られるものが、吉本の当時の意識だなどとは考えられないことも、何とかわかる。そういう目的で読まれたものが、資料でこそあれ、一篇の詩でないことは、誰が見ても明らかである。そういう詩への接近が、「うしろめたい」。しかし、だからと言って、これを資料として読まないわけではないし、ではそれを詩としていつか読むかと言うと、なかなかそんなことは起こらない。そんな時間がいったいどうすれば自分に生まれるのか。わたしにはてんで見当がつかない。

わたしはかつて中原中也の詩と散文と日記を、毎日毎日読んでいたことがある。それ以前には、——学生の頃だが——現代詩を好きで、高校時代に手に入れた角川文庫版でよく読んでいた。でもそれ以来、もう数十年、何の理由もなく、無目的に詩を開くという経験をしたことがない。いったいどのように人は、いま、詩と関係をもつのか。わたしにはほとんど詩というものがわからなくなっているのである。

それが今回の『吉本隆明全詩集』では、違う結果になった。読み進めるうちに、書き手が自分の知っている存在から知らない存在に変わった。わたしはこれを、未知の誰かのかつて書いたただの詩として読んだ。ただの詩は実に多くのことを新鮮に教えてくれる。吉本隆明という思想家、詩人を自分が知らないことがわかった。それの書かれた時代が、まったく自分の想像外の時代のように感じられた。そうしたら、そこに読まれる詩が、意外にも、心に沁みた。

なぜそのようなことになったのか、よくわからない。詩集が重すぎたからか。時間が経ったからか。わたしが年を取ったからか。人はこんな大きな、厚い詩集を目の前にすると、「何だろう」と思う。五〇年という時の隔たりは人を「他人同士」にする。しかし本当は、わかっている。変わったのは、わたしのほうである。

先を続けよう。

その結果、何が見えてきたか。

第一に、初期詩篇のいくつかに、敗戦前後当時の吉本さんの精神の位置し具合いというものをはっきりと知らされる気がした。それは、四四年の詩集『草莽』その他戦前の詩からも、四六年から五二年にいたる詩篇「異神」「エリアンの手記と詩」「固有時との対話」からも、それぞれに感じる。

第二に、『記号の森の伝説歌』という形で形象化されている八〇年代の詩業の意味に、はじめて目を開かれた。吉本さんは、五〇年八月から一二月までの五カ月間、毎日のように一四九篇の詩を書き継ぎ、それをもとに「固有時との対話」を構成している。この『記号の森の伝説歌』は、七五年からの一〇年間に六六篇の連作詩を書き継ぎ、それを再構成することで制作されているが、およそ「固有時との対話」の時に匹敵する苛酷な詩的営為が、書き手の必要に迫られ、ほぼ三〇年をはさみ、ここに反復されている。

第三に、吉本氏の詩業の全貌とその本質といったものが、日本の戦後の現代詩との関わりのうち

に、合点されるようでもあった。これについては、『全詩集』のパンフレットに大岡信氏が、

吉本隆明さんの（略）初期作品を貫いていた意欲の根本には、自分を社会のあらゆる流通価値の外側に置こうとする、断固とした「断絶への意志」があつた。

と書いているのが、手がかりになる。そこに「社会のあらゆる流通価値」とあるそれには、当然、「当時、現代詩と呼ばれつつあったものの言語水準という流通価値」も、含まれる。吉本隆明の詩は、結局のところ現代詩からはみ出た、奇妙な代物ではないか。わたしが現代詩の言葉の魅力にめざめたのは一九六〇年代の半ば、高校二年くらいの時だが、その頃、むさぼるように読んだ鮎川信夫、田村隆一、あるいは谷川雁、吉岡実といった戦後詩・現代詩の詩の言葉に較べると、吉本の詩は、けっこう無骨で、不器用で、スマートさに欠けた、異質なものと見えた。明らかに、いわゆる現代詩と吉本の詩の間には一線が引かれていた。それが一九六五年、高校生のわたしに、古臭い、と感じられた。しかし、いま彼の詩行を読むと、その現代詩との間に引かれたはっきりとした一線が、現代詩のいまとなってわかる古さに対し、吉本の詩の古びなさと、感じられる。

詩は音楽に似て反復して読み聴きしないとその姿が見えてこない。総頁数が二〇〇〇頁に迫る詩集を、一カ月ほどで「読む」のはとても出来る芸当ではない。以下わたしが書くのは、簡単な、訪問記とも言えない、広大な無人国の一日の探訪の記録である。

2

　まず、第一。吉本さんの戦前に書いた初期詩篇を虚心に読んで、わたしに感じられるのは、吉本さんの詩がどう、という以前に、詩というもののガラの大きさ、である。抒情というものの深さ、と言ってもよい。それは、海面は大荒れに荒れても海底はほとんど動かない、そういう深海の不動さを思わせる。抒情というものを、論理に較べ、わたしはかなりあやふやなものと見てきた気味がなくもない。でも、いま思うのは、論理に較べ、抒情というものがいかに遥かに時代の動向などに左右されない、不動の堅固さをもつか、ということである。

　吉本さんの詩を読むと、彼が、戦前から戦後へ、何によって、何において、変わらなかったか、よくわかる。彼にあって、戦前と戦後の詩がまったく変わらないのは、その抒情が通底器の回路となっている水域においてである。そこで抒情は、かすかな苦さと批評性をもって、意外な柔軟さを、氏の詩行に与えている。また、時季はずれのお茶目さなどの浮かび出るちぐはぐさも、与えている。たとえば、吉本さんに『草莽』という皇国青年ぶりを知らせるとされる詩集のあることは、よく知られているが、今回、詩として、そこに収められている作品に接して、戦前に二〇歳前後の青年として、氏が皇国青年だったことの意味は、ゼロからもう一度、考え直されなくてはならないと感じた。

　この詩集は、四四年、学校の仲間が「ひとりひとり動員先へ散り、そのまま兵営へゆくものと、学校へ行くものとにわかれ」幾日おきかに「今生の訣れ」の宴が張られるようになった頃、氏が

「教官室の隣でガリ版を切り」綴じて作り、「二十部たらずの詩集」を「少数の知人」に配ったとされるものである。資料として発掘されたこと自体が「奇蹟のよう」なものと氏は後に述懐している。「序詞」にはじまり「帰命」に終わる、十九篇からなる詩集の、その「序詞」には、

いまにしておもひきはまりぬ
　友どちよ
われのいのちに涙おちたり

とあり、「帰命」には、

祖国の土や吹きすさぶ風や
人の心に修羅のかげあるも

　いまは
おほきみのみ光の下に
　いのちかへれ

とあるから、これを書いた青年が、この後友人に「神ながらの道をほんとうに信じてゐます」と

書く信念の持ち主だったことは、これをそう見ようという読者には、わかりやすくわかる。しかし、この詩集を充たしているものは、けっして思われるような、天皇帰一の精神を謳ったり、祖国の存亡の危機を憂えたりする感情、詩行ではない。中の詩に「原子番号」の〇番から三番までを題名としてもつものがあることからわかるように、まず顕著なのは、宮沢賢治の詩風の影響であり、また、何より歴然と、そこに収録されたすべての詩篇が、沈痛な抒情と奇妙な軽味と、そこはかとない明るさを、持ち合わせている。たとえば、

スランプと言ふ状態には
或は私の負け惜みかも知れませんが
一つのそれでも境地があるのです

全て於てあるものを否定して
(あ、それが直ちに肯定の一種であると言ふ
せつかちな結論は私は嫌ひです)
せつかちな結論をも否定してゐる
それがスランプと言ふのでせう

(「原子番号〇番」)

ここには明るい、中原中也なら緩徐調とでも言ったはずの、おだやかな速度に沈んだ批評性がある。また、

ア、ソレ愚禿親ランノ
　教ヘヲツラツラ慮ヘルニ
絶対自己ヲ否定セル
　オロオロ道ヲユクナラン
（略）
ア、ソレ愚禿親ランハ
　スコシオロカナ子ナリケリ　（「親鸞和讃」）

などには、光束が水に進入して屈折する自分を振り返ってみるような、自分へと内向する、おかしみの味わいがある。あるいは、

今日　犬を蹴り
　この道とほり
明日　自虐して
　合掌のかげまもる

灯ともれ　この道
青ぐらき道　（「明暗」）

なども、意味こそわたしには皆目わからないが、いい詩句だな、と思う。何より、これらの詩行が、右に述べられた事情のもとに書かれた『草莽』の名をもつ詩集の中にあることが、詩というものの大きさを考えさせ、また、わたしを個人的に、愉快がらせる。
敗戦の後、まず彼が書いたものも、詩だった。
こんな詩句をもつ詩。

（風はさびしく笛を吹きます）
するすると空までのぼる笛の音です
あしたには真赤な紅ほほづきの実のしたで
ゆふべにはちぢに散らばふ空の雲のなかで　（「習作五（風笛）」）

あるいは、

幻影の雪ふる夜に

火を焚きてきみとあたりぬ
語りしことはみな忘れ
　心はろばろはかなくなりぬ
なれど
　いまもなほ
雪ひそひそと散る夜の
　美しき悔恨の生きてあり
きみに享けたる
　不安と愁ひ生きてあり
　　　　　　　　（「哀辞」）

　話は忘れた。きみもいない。しかしその時の悔恨と不安は感じとしておぼえている。これらの詩は、わたしに、たとえば一九四五年に九州の基地で爆弾に直下されて死んだ宮野尾文平という学生詩人の残した小さな詩集『星一つ』を思い出させる。

死ぬつてことが重荷になるなんて
今夜に限つて
こりや一体どうしたことだ
　重荷と云ふんぢやなくつて

何と云ふか
とつても嫌らしいんだ　（『星一つ』）

宮野尾は、戦時下にあって中原中也に打ち込み、出征の際には「軍服を着た中原中也」のつもりで行くと友人に言った。わたし達はいま、この宮野尾の詩を、どちらかと言えば反戦の流れの中で受け取り、吉本のこの『草莽』を、皇国青年の詩として受け取るという流儀のうちにあるが、これらの詩は、二つながら、実は、このような詩の受け取り方、このような詩への視線にこそ、抵抗して書かれ、いまも抵抗することをやめないのではないだろうか。二つの詩は、その抵抗を通じ、同じ詩の陣営にむしろ属しているのではないだろうか。そこでは、詩の芸術的抵抗という見方への抵抗こそが、詩を生かしている。それはまた、こうした見方を排除しないまま戦後に新しく日の目を見た、現代詩の基底をも揺るがす力であるはずである。

戦後、学徒出陣した後、戦死した学徒兵の手記のうち、一部を編纂したものが『きけわだつみのこえ』となり、別の一部を編纂したものが他と一緒になって靖国神社の英霊遺文集『英霊の言葉』となっている。そのことを知ったとき、一瞬、虚をつかれた感じがしたが、言うまでもなく戦前と戦後の違いは、生き残った者にだけある。死んだ者は差異を拒まれるという差異のうちにある。名のある職業詩人が戦争詩を書く、書いた、というのとは、まったく別種のできごとが、たぶんこれら無名の青年が戦争の下にあって、詩を書くという行為のうちに、生起しているのである。

カフカの短篇小説に「断食芸人」という作品があって、そこで主人公の断食芸人は、何日も何日も断食を続け、観客がかえって飽きてしまい、そのことを忘れてしまう。そして彼は、誰にも気づかれない時、ぼろ切れのように死ぬ。死の間際、檻から片づけられる際、彼は言う。自分が断食を続けてきたのは、ただ自分の口に合う食べ物が、なかったからだと。

詩も、断食芸に似ている。断食芸は、何も食べないことではなく、何も食べないことをすること、それを表現することだが、詩もまた、何も言わないことではなく、何も言わないことをすること、それを表現することである。何も言わない、ということは、何も言わないことでは表現されない。何も言わない、と言うだけでも、その表現には不十分だ。何も言わないということの表現が、詩を書くことであり、その何も言わないことを詩にすると、詩は、苦い、薄い色をした抒情になった。そういう地点で、吉本さんの戦前は、そのまま戦後へと切れることなく続いたのである。

つひに何の主題もない生存へわたしを追ひこんだもののすべてをわたしは　わたしの精神のなかにある建築に負はせた　ひとびとはいつか巨大な建築のふとした窓と窓の間に赤錆びた風抜きを見つけ出すだらう

わたしはわたしの沈黙が通ふみちを長い長い間　索してゐた
わたしは荒涼とした共通を探してゐた
（「固有時との対話」）

戦後初期における吉本さんの詩の達成は、わたしの見るところ、「固有時との対話」に指を屈する。それまで孤独とか少女とか花と書かれた形象が、ここで雲、建築、重量、方位という硬質な言葉に変わる。この後、吉本さんの詩は「転位のための十篇」をへて、現代詩のシーンの中に入っていく。そして「革命」などを背景にした詩行も書かれ、多く学生の読者をもつようになるのだが、しかし、わたしは今回も、余りこの時期の詩には惹かれなかった。わたしにとって吉本さんの詩の面白さは、この戦前から戦後へと続く、現代詩になりきらない、いびつで硬質な抒情の姿勢にある。

『定本詩集』の冒頭、

（序曲）

ひたすらに異神をおいてゆくときにあとふりかえれわがおもう人

また、「エリアンの手記と詩」の題辞、

もし誇るべくんば我が弱き所につきて誇らん　　（コリント後書十一の三〇）

その名高い詩行、「〈エリアンおまえは此の世に生きられない　おまえはあんまり暗い〉」。

わたしは、かつては吉本さんを無謬の論の構築をめざす論理家だと感じ、「還相と自同律の不快」（『群像』一九八六年九月号）を書いて批判を試みたが、長くその論に接しているうち、この人がむしろもっとも自分の誤りを大事にしてその上に戦後の論理を組み上げた例外的な思想家であると思うようになり、『戦後的思考』（一九九九年）の吉本論では、そのような思想家像を提示した。いまもその考えは変わらない。しかし、もし、最初から、その思想の言葉を下部で支えるのが詩の抒情性の堅固さとも言うべきだということに気づいていたら、もっとたやすくこの人の可誤的な可能性に眼が行ったのではないかと思う。こういう、抒情的でもあれば、簡明にその屈折の原理を記す、硬質で変に明るくもある言葉が、一方で「左翼的」な組合活動や、「マチウ書試論」へと凝縮していく生硬な論理の言葉の下部構造をなしている。そういうところに、吉本隆明という詩人、文学者、思想家の秘密は、あっただろうからである。

3

『全詩集』が示唆する第二のことがらは、氏の八〇年代の詩業の意味である。吉本さんは、いまになるとわかるが、七五年から八四年まで一〇年間に六十六回、雑誌『野性時代』に連作詩を掲載し続けた。なぜこのようなことをしているのか。その理由は、彼の批評における仕事を一瞥すればわかる。

わたしの考えでは、大きく言って、吉本さんには三度、詩が苛烈に必要にされた時期がある。一つが四〇年代前半の戦時下の死を受け入れるため悪戦苦闘しなければならなかった時期、また一つが四〇年代後半から五〇年代初頭にかけて敗戦による思想的危機を克服しなければならなかった時期、そして最後の一つが、この七〇年代末から八〇年代前半にかけての、もう一つの思想的危機の時期である。

この時期、日本社会は高度成長期を通過して、新しい高度資本主義、消費化社会、情報化社会に向けての離陸期にさしかかっていた。また、そのような社会変化の意味をいち早く捉えた新しい思想の潮流が、ポストモダン思想として、日本の思想界を席巻しようとしていた。七八年に吉本さんは「世界認識の方法」と題し、ミシェル・フーコーと対談を行なっている。翌七九年には批評的な転換を予示する『悲劇の解読』を刊行し、八二年には世のインテリこぞっての反核運動に反対して『「反核」異論』を出版している。同年、彼は、新しい文学の流れに言及した『空虚としての主題』を出し、その延長で、八四年には決定的な世界認識の転換を示す『マス・イメージ論』を発表する。

この間、氏の思想のキー・ワードは「情況」から「現在」に変わる。「情況」が自分の生きている世界をその内側からとらえて像化した時に得られる世界社会概念であるとしたら、「現在」とは、自分の生きている世界社会がもはや内側からだけでは捉えきれなくなったと認定された時に現われる、全体の輪郭の後半部分を未知の側に途絶えさせた、世界像化の概念である。これは、戦前の吉本さんが、敗戦によってぶつかった思想的危機と、いわば同型の危機だった。この時吉本さんは、戦後最大の思想的な危機に際会していたのだが、その危機が、彼に、再び、言葉上の断食の表現としての詩作を、欲させているのである。

氏は、八六年、先立つ十年間に書き継がれた六十六篇の連作詩を再構成し、七つの長詩からなる連作詩集『記号の森の伝説歌』を発表する。これを受け取った当時、わたしはこの詩集をどのように読めばよいのか、わからなかった。言葉は生硬な気がしたし、いやに強面しているとも感じた。しかし『全詩集』で読んで、これがいわば「固有時との対話」の逆過程にあたる詩的営為になっていると感じる。やってくるのは、それとは異質でありながら、それに匹敵する、深い、詩的な感動である。

「固有時との対話」で建築、影、雲、方位、形態という無機的形象にいったん転換された詩的世界が、ここで再び、というよりさらに、伝説、木、風、文字、血族、鳥といった、有機的というか対幻想的な形象に変移され、一つの深々とした反世界を作っている。無機的なものの有機的なものへの変容、接合、個的幻想と共同幻想の水準にあったものの、対幻想的なものへの溶融、それが文字、活字、言葉のいわば擬人化を通じ、歌われている。抒情というものが、この社会的変容を経てなお、どのように可能かが、賭け金としてコンクリートのテーブル上に置かれている、と言ってもよい。

何が歌われているのか。時折り、地名、人名が浮かび出ては水の向こうに沈む。そこから読者たるわたしは勝手に自分の解釈する物語の端切れをしごきとって結わえる。言葉は手の中で、口の中で崩れる。こういう詩行から、何を受け取るかが、詩人からではなく、「現在」と呼ばれる時間外存在から、問われている。わたしは、うーん、わからない、詩行を前に、身体をくねらせ、いやいやする。

土民兵たちはえらんだ
日没《にちぼつ》のまえ　小高い丘《おか》のうえ
苔《こけ》をささえる墓石《はかいし》よりも
ふかい視野《しや》に　投身する水の津《つ》

〈じぶんたちの国籍《こくせき》は天に在《あ》る〉
こうした考えが列をつくって
ローカル線のちいさな宿駅から
どんよりした靄にのって
天まで昇《のぼ》っていった
事実という羽根をつけて
翔《と》べば翔べないことはない
これしきの空
これしきの希望

（「IV　俚歌」）

あるいは、

木のあいだに木としてたたずむ　みなは
ただ木だとおもっている　透明《とうめい》な
一枚の葉になって　はじめて
移動ができる　よく考えて
生《せい》を決めてください

とうに飾《かざ》るものがなくなった
枝のはずれやさきを　音響《おんきよう》をつづりあわせて
意味のようにとおりすぎる　風
（「V　叙景歌」）

あるいは、

「雨という帽子」にうつ伏《ぶ》せた
記憶《きおく》の穂《ほ》なみが
髪《かみ》のように流れ出る
市街図《しがいず》のうえを
ずっと翔《と》んでいるのに　いつまでも
空をぬけられない

（略）

じぶんが鳥だと知ったら
ひとであるじぶんの死が　じつは
鳥の死なのを知ったら

哀《あわ》れむ世界の眼《まな》ざしを
けげんそうに視《み》つめるだろう
じぶんにはひとの死にみえるのに
空は鳥の死を運んでいる

（「Ⅵ　比喩歌」）

もうだいぶ前、稲川方人の『２０００光年のコノテーション』という詩集を読んだ時も、こういうサスペンスと「言葉の風の遠さ」を感じたが、この詩集からも同じ爽快さを感じる。なぜ、発表時にこう読めなかったのかがわからない。しかし、本当にわからないのか。そうではなく、たぶんはわたしのほうが変わったのである。

わたしが高校生の頃、惹かれた現代詩の言葉の多くが、いまでは言葉としての心地よさと思想としての浅さに分離を起こしてしまい、もう昔のように読めない。わたしが読者だとすれば、現代詩の書き手は完全にいったんもう読者に手の内を読まれてしまった。謎はない。謎のないところに詩は生きない。詩が変わったのではない。いつの間にか、読者のほうが、変わった。それで、逆に、かつてよく読めなかった吉本の詩が、違ったふうに見えはじめているのだ。

ついでに言うと、この詩集の血族的形象の後には、生命がくる。『全詩集』の最後には、散文の断片集である『言葉からの触手』が収録されているが、その編集方針に、わたしは賛成である。その『言葉からの触手』のあとがきに著者が「この断片集は、言ってみれば生命が現在と出あう境界の周辺をめぐって分析をすすめている」と書いている。ここに言う生命への関心が、たぶん彼がこの後、解剖学者故三木成夫に触発されることになる部分にあたっている。九〇年以後、吉本さんの中で批評がいわば無機的なものから有機的なものへと変わる。そして詩と散文と論考の間の関係が大きく変移する。そのことを捉え、吉本はおかしくなったと言おうとするなら言えなくもない。たとえば、性感帯とは何か。わたしは、こういう問題を、哲学思想の領域で取りあげている例を、ジャック・ラカンの著作以外には、『母型論』の吉本をおいて知らないのである。

この『母型論』をへて『アフリカ的段階について――史観の拡張』にいたる動きがこの吉本さんの以後の変移の方向を証し立てている。ひそかな確信を述べると、この『アフリカ的段階について』は、『言葉からの触手』に続く、現在のところの吉本さんの最後の詩篇、詩的作品と言いうる。むろんポーの『ユリイカ』を念頭に、あれが詩なら、これも詩だ、と言うのだが。

4

第三に、吉本さんの詩を戦前からその最近の営為まで読んできて、わたしに浮かんでくるのは、詩の運命という言葉である。日本語で書かれた詩は、不思議な運命をもっている。いま風に言うなら、俳句、これも詩だし、短歌、これも詩だ。漢詩、定型詩、藤村以来の口語自由詩、すべて詩である上に、戦後になって生まれた現代詩、これも詩なのである。日本の詩は、誰かが、一人でこれらすべてを網羅し、それよりも広い詩的な世界を一人でもってみないとわからない、そういう秘密を、もってしまっているのではないのだろうか。

日本の現代詩は、四五年前後にはっきりと、鮎川信夫や田村隆一といったきわめてすぐれた詩人達の輩出によって新しく生まれた。しかし、その時、日本の詩に関して、何か、何度目かの骨折、あるいは自殺未遂ということが、起こった。

まったく新しい詩の世界が生まれ、一日にして、それまでの詩が、古びる。そんなことが世界でも何度も起こっているとは、わたしには考えにくい。

わたしは、四五年以後数年間の間に、たとえば三好達治といった戦前型の近代詩の詩人が、どのようにこの現代詩の世界を生きたのか、その時、どう考えたのか、知りたい。誰か現代詩人が、その時、もし三好達治をひそかに嘲笑したとしたら、いま、その現代詩が、誰かに、同じ嘲笑を返されているのである。

吉本さんの詩が、先に見たように、その戦前と戦後を不器用な抒情の回路で不動のまま通過していることの意味は、大きい。もし、いまや死に瀕した観のある戦後の詩（現代詩）が再生するとしたら、それが戦前の詩とつながり、明治の詩とつながり、それ以前の詩歌とつながることによってだというのは、まず間違いのないところだろうからだ。吉本の詩は、先行し、遡行することによって、それへの一つのヒントとして、無骨に、現代詩の大道を、崖上から落下してきた障害物のように、ふさいでいる。

V

日々の愉しみ

詩の言葉が露頭してきた

僕は詩とは無縁な人間だが、それでも詩に捕まったことがある。最初は十五の頃、相手は現代詩で、長田弘とか渡辺武信の詩を読み、いいな……と思ったのである。一九六〇年代の半ば、街の空気はいまより薄青かったような気がする。世界はたしかにいまより広かった。

その後、僕は古い詩に捕まる。年齢は二十歳前後。中原中也の、こんな詩。

ゴムマリといふものが、
幼稚園であるとはいへ、
幼稚園の中にも亦
色んな童児があらう

金色の、虹の話や
蒼穹を歌ふ童児、

金色の虹の話や、
蒼穹を、語る童児、

亦、鼻ただれ、眼はトラホーム、
涙する、童児もあらう

（「修羅街挽歌其の二」部分）


でもここまでくると、ね、いい詩でしょう、とはもう言えない。なぜ惹かれたのかということの説明も難しい。僕は黙る。

三十歳くらいまで、詩は僕の中で後を引いた。それから、余り詩を読まなくなった。読んでも、仕事で読むことが多くなった。

仕事以外で読みたいと思ったのは、ポルトガルのフェルナンド・ペソアの断片くらいか。詩と言えるのか、わからないが。

そんな僕が最近、読んだ詩が、何だか時代の変わり目を教えるようだった。

一つは、吉本隆明さんの『全詩集』。今年刊行されたとても大きな重い本で一八一一頁もある。もう一つは、鶴見俊輔さんの『もうろくの春』。こちらは初版手製三〇〇部、七九頁で、手のひらに乗る第一詩集である。

このお二人に僕はだいぶ書くものでお世話になっている。お二人の書くものは重なったり重ならなかったり。時に深い亀裂も入る。しかし、お二人の書くものが二つ、僕の中で喧嘩し、僕を分裂させるということはない。そういうお二人が、揃って今年（二〇〇二年）、生涯をかけて書いた詩の本を、出版したのだ。

吉本さんの思想の底には詩がある。吉本さんは十七歳の頃から詩作をはじめ、戦争の時代、それを続け、その詩作がそのまま戦後へとつながっていく。その詩は、現代詩を通過した二十歳前の僕に古くさく見えた。二十歳以降の僕にも、政治っぽく思えた。しかし、五十五歳になり、読むと、自分の身体が欲している言葉が、ここにある。たとえば、

次に私は斯う言った。「頭髪を無雑作に刈った壮年の男が、背広を着て、両手をポケットに突っ込んだまま、都会の街路樹の下をうつむいて歩んでいく。俺は若しなれるのならそんな者になりたい」

（「哀しき人々」部分）

二十一歳の吉本さんが一九四五年、まだ戦争が続いている頃、こんな詩を書いている。そういうことのもつ広がりに、詩のめぐみ、詩の力を感じるのである。

なぜ詩の言葉がいま、新鮮に映るのか。詩は、携帯電話のメールの言葉の対極に位置する。それは時代遅れというよりもっと古い。古代、大昔、原始の言葉である。言葉の不況が底を打つ。その底に、いま詩の言葉が露頭してきている。

鶴見さんの詩。

深くねむるために　世界はあり
ねむりの深さが　世界の意味だ
（「かたつむり」全行）

役に立たない、どこにもない言葉。いま自分が、自分だけのため、必要とする言葉。そんな言葉を見つけたい。自分の好きな言葉を見つけることも、自分で詩を書くことの一つである。鶴見さんの詩集は、一部で、そんな他の人の詩の鶴見さんによる発見と収集となっている。たとえば、

子供は成人した大人の父親だ
（ワーズワース）

ねこの話

この文章を書こうとして、「吾輩も猫である」というタイトルが浮かんだ。なぜだろうか、最近、猫の話を書いている人がやたらめったら多い。そう思いませんか。近ごろ芥川賞を受賞したネコ好きで名高い作家のさる新聞での受賞エッセイも、猫。もううんざりだ、という声が聞こえそうで、わたしも大いに同感なのだが、あらかじめお断りしなくてはいけない。じつは、これも猫の話である。

数カ月前、新しく出した本のあとがきの謝辞に飼い猫への謝辞を入れた。その本を書くのに貸別荘を借りてしばらく一人で山ごもりをしたが、それに同行願い、つきあってもらったからである。しかしそれから数カ月後、癌が悪化し、急激に弱り、死んでしまった。

そのねこが舞い込んだのは一九九三年の十一月で、最初にきたのはそのねこの子ども、ついで親、という順序だった。子どもは妻が北海道にもらい先を見つけ、千歳空港で受けとってもらう手はずにして羽田まで連れていった。わが家のねこ好きはわたしがもとだが、あっという間に妻と娘に追い抜かれ、いまでは妻がわが家の大のねこおばさんである。何匹、死にかかった猫を連れてきて娘の部屋で世話したことか。いまも近くのねこ仲間たちと、ねこおばさんは新顔野良猫を近くの犬猫医院に運び込み、不妊手術を受けさせている。

わたしはねこが死んで以来、不眠症である。いまも眠れないままこれを書いている。死んだねこのことでは二つ、書いてみたいことがある。

一つはなれそめ。一九九六年に一年家族でパリに滞在したとき、野良猫出身のわが家のねこ三匹が同行したが、そこで仕事その他の心労からわたしは神経をやられ、一カ月味覚を失った。ある日のこと、そのねことずうっと寝台に横たわっていたら、わたしはそのねこが自分の親のようだと感じた。ふつうはねこをかわいい、と思うものだが、そうではなく、自分が豆粒くらいに小さな存在になって、かたわらのねこが自分を気遣い、親としてみまもっていることがわかったのである。余りにふしぎな感覚で、それを日本に電話で言ってやって気持ち悪がられたが、それ以来そのねことわたしは心が通った。それまでそのねこは顔を近づけさせても遠ざけるときさっと引っ掻き家族はいつも緊張したが、その時以来、ねこはわたしにそういうことをしなくなった。いつもねこはわたしの近くにいた。

さて、先に述べた事情からわたしは妻のねこ仕事の運転手として妻が野良猫を病院に連れていくときにはしばしばつきあってきたが、子どもの頃からねこに親しんできた者として、自分が一番のねこ好きだという鼻持ちならない自信が崩れずに残り、それがかえって野良猫くんへのコミットはすべてカミさんまかせで自分は冷淡を装い、補佐に徹するという屈折したスタンスとなっていた。嫌なやつで、ハードボイルドをきめこんだのである。ところでそのねこが病気になり、カミさんのねこ仲間の人と一緒に病院に行くと、うー、〇〇ちゃん、大丈夫なのー、などと聞かれる。そのたびわたしは顔をしかめ、心の底で、しっしっ、と言った。一緒にしないでほしい。このねこは「そういう猫」ではないのだ。わたしは心の中で言うのだが同時に、いま、自分は、復讐を受けているのだとも思った。これまで運転手として連れてきたその他大勢の何匹もの野良猫に、できるだけ見て見ぬふりをしてきた、その見返りとして自分にとってかけがえのないねこがいま「そういう猫」の一人として扱われている。それは、わたしにとって、意味ある、正当なお仕置きというべきではないだろうか。

今日は新盆。帰ってくるだろうかとわたしはベランダに蠟燭をともし、一緒に山小屋で仕事したときに聴いたCDを流す。名はキヨ。『坊っちゃん』に出てくる、わたしの知る、一番美しい日本の女性名である。墓はまだない（その代わり隣りの部屋に骨壺があり中に小さな骨が入っている）。

友人と、会う

昨年末は、悪性のインフルエンザに苦しめられ、一週間ほども寝込んで、大変だった。ようやく平癒した頃、長年の友人が、家の近くまで会いに来てくれたので、はじめて一緒に会食し、コーヒーを飲み、いろんな話ができ、楽しかった。

友人ということが、ふつう、「一緒に会食し、コーヒーを飲み、いろんな話をする」仲間のことをさす以上、これは奇妙な言い方かもしれない。でも、人生って、そういうこともある。そのへんが、まあ少しは長く生きてきた人生の、中程度の妙味である。

友人というのは、かつて一九七〇年代の後半に、神社本庁や東大の法文一号館、三井アルミ社長宅、大阪の東急観光事務所などを爆破、平安神宮に放火し、数年間逃走した後、一九八三年に逮捕され、懲役十八年の刑に服した加藤三郎さん。熊本刑務所に入った後も、塀の中でいろんな受刑者の権利の侵害があると行政訴訟めいたことを行ない、十八年の刑期を一日の短縮もなく勤め上げ、昨年十二月、出所してきた。

わたしと三郎さんとは、一九四八年の子年生まれで、同年。しかし、知り合ったのは八三年、新聞紙上で面白い記事を見かけたのがきっかけである。当時、勤務していた国会図書館から派遣され、三年とちょっとをカナダ、モントリオールに過ごして帰国してきて間もなく、まだ十分に日本社会に再順応できずにいたわたしの前に、面白く思える新聞の記事が現われた。見出しは「爆弾男の加藤三郎、九件の犯行を自供」。リードに、

「一連の爆弾闘争で被害に遭われた方々に心からおわびをしたい。過去、私に接触したことで迷惑をかけた人々にもおわびしたい」。東京・渋谷の神社本庁事件など、五十二年前後に相次いだ爆弾事件の容疑者、加藤三郎(三四)=写真=が逮捕されてから一カ月。十六日午後、東京地裁で開かれた拘置理由開示の裁判で、加藤はかつての爆弾闘争を全面的に反省する心境を語った。闘争の行き詰まりと絶望。信仰との出会いと救い。これからの自分……。淡々とした口調で、十数分間にわたった加藤の陳述を要約すると――。

(朝日新聞、一九八三年六月一七日)

とあり、以下、こう続いている。

曰く、逃走生活の最後、初詣の明治神宮に仕掛けようと準備した糞尿爆弾を誤爆させた時は、まったく絶望的な気持ちだった。自分も、西欧文明と闘って滅びたオーストラリアのタスマニア原住民のように、死んでいくだけだと思っていた。「しかし、誤爆で糞尿を浴びたことは、結果的に私にとっては文字通り『ウン』を運んでくれた」。数カ月逃げているうちに、自分の革命闘争に疑問を感じ、爆弾闘争から離れた。

曰く、自分を決定的に変えたのは、一九八〇年六月、ラジニーシという瞑想宗教の教祖の教説と出会ったことだ。「真っ暗闇の部屋に入って、闇を追い出そうとすれば、闇はますます強大になる。ほんの小さな光をともしさえすればいいのだ」という言葉が自分をいやしてくれた。

この記事中の「ウン」と「小さな光」という引用の彼自身の言葉、語り口に、わたしの心の検電器の針が、動いたのである。

加藤三郎さんの爆弾闘争には、この人らしいところがある。一つに彼は、ほぼ、これらの「爆弾男」の活動を、一人で行なった。二つに彼は、この間、人を傷つけないように細心の注意を払い、むろん大阪で一人の被害者が爆風で難聴となり、東京で一人の被害者が精神的に打撃を受けることとなるなど、被害なしではすませなかったとはいえ、重篤の死傷者は一人も出さずにすんだ。時限の爆弾が破裂する直前までそれにつきそい、瞑想していた彼を、東本願寺だったかの住職という人が、目撃している。天理教牧師の家に育ったこの人には、爆弾を抱え、かつ殺生は避けたいという矛盾した感情が宿っていたようである。彼は、先行する爆弾闘争に批判を感じ、違ったふうに、こういうことがやれることを示したくて、一人でこういうことをはじめたとも、どこかに書いている。

しかしわたしに面白いのは、何と言っても第三の、彼の闘争のスタイル、語り口である。彼は、先行する爆弾闘争の運動体であった東アジア武装戦線の中のグループ名「大地の牙」をもじって、「大地の豚」を名乗る。有機農業的、自然派的風合いを、そういう形で自分のメッセージとした。三井アルミ社長宅に爆弾を仕掛けたのは、同社が行なっていたアマゾン密林伐採への抗議、東急観光は、フィリピンへの買春ツアー企画への抗議、東大爆破は、北海道の広大な演習林がアイヌ民族からの搾取であるとの批判に答えようとしない姿勢への抗議。彼はヒッピーのコンミューン運動の中から爆弾闘争に入り、ラジニーシズムの瞑想宗教へと進む。やがて、教祖の教説を批判し、獄中で、爆弾闘争の支援者からも、瞑想宗教の仲間からも、孤立してしまう。連合赤軍事件とオウム・サリン事件をつなぐ位置に、かなり早い時期に立った人なのだが、スタイルは、そのいずれとも違っている。

わたしは、数年後、ある機会に、自分から頼んで、『思想の科学』といういまはない雑誌の「『戦後世代』一〇七人」という特集に、注目すべき戦後世代の一人として、この人を取りあげた。そのことがきっかけで、手紙のやりとりがはじまった。数年後、自己批評の苦しみの中から書かれたこの人の文章は、思想の科学賞というものを受賞して、これに他の文章を加え、『意見書――「大地の豚」からあなたへ』という題名で公刊されている（思想の科学社刊、一九九二年）。

そこに収録された文章で当時死刑を宣告されていた東アジア武装戦線の人々に疑問を呈したため、多くの「心ある」人々に見離され、最後支援者に残ったのは、強烈な個性をもつ弁護士のN氏、身柄引受人となった六十代のUさん、九十歳を越えて現在もお元気なもう一人のUさんという女性二人、そしてわたしの、四人だった。しばらくの間、ニュースも出していたが、五年ほど前からは、活動もとだえ、それから後は、身柄引受人のUさんが獄内からの書簡を逐一、他のメンバーにコピー配布し、この支援活動をささえた。

わたし達は一年に一度ほど集まり、食事をした。戦前からのアナーキストであるもう一人のUさんが、三郎さんが出てくるまで何とか元気でいたいんですがねえ、と言った。未来は茫洋としたものに思え、そのときわたしは曖昧に笑ったが、事実、うかうかと生きているうち、時間はたって、Uさんの言葉は実現したのである。

年が明けて、数日前、この人の帰還を祝う会が、国立市の近くで開かれた。服役中にご両親はすでに他界され、もと天理教の教会だった田舎の家は空き家も同然で荒れ放題だったそうである。その家を何週間も掃除し続けている間に、村の人が、ご飯とかおかずとかを差し入れてくれるようになった。その家は何代も続いた教会。昔のことを、覚えてくれてるんだねえ。そう言うと、そうかもしれない、と三郎さんは笑った。

最初の事件から二十六年。逮捕されてから二十年。最初につきあいはじめてから、十七年。刑務所の中で刑務所の問題に拘泥するのは、ダメだよ、もう出てからのことを考えなきゃ、などと塀の外で、わたしは、最後の数年の三郎さんに苦言を呈したものである。しかし、いま世の中では、その刑務所問題をメディアがさかんに取りあげている。また忘れるだろうが。十八年という長さが、どれほどのものか、わたしにはよくわからない。しかし、この人の横顔を見ていると、大したものだ、という感慨が浮かぶ。大したものだ。何が？　その何かが、うまく言えない。

ハイ・アンド・ロウ

いま大学で、柳宗悦以後の民芸問題をテーマに鳥取県の民芸運動について調べる学生の卒業論文につきあっているが、彼女の見つけてきた文献に、鳥取民芸協団の吉田璋也の伝える、柳宗悦の説いた「民芸品の要素」というものが載っている。全部で八項目、次のようなものである。

一、材料は用途によって適切なものを吟味してこの地方のものから選ぶこと。
二、出来るだけ装飾を少なくすること。
三、用途に忠実に、使いよいものをと心掛けること。
四、仕事は誠実で丈夫であること。
五、無理な技法はさけ、安全な技法を選ぶこと、それには伝来の熟練した技術を護ること。
六、雅味を狙ったり、特殊のもの、奇異なる形を好まないこと。
七、粗悪にならぬ限り、安価に造ること。
八、繰り返し造って熟練すること。

柳以後の民芸問題とは、市場原理と産業化、機械化という新しい条件の中で、民芸はどう生き延びられるか、というものである。このうち、わたしとして、唸った観点は、五、六、七。特に七の「粗悪にならぬ限り、安価に造ること」、である。

ハイリスク・ハイリターン。いまや、手をかければ必ず、これを購入する人がいる。高度な作品を高価に売るのがいまのあり方である。でも、そういうやり方ではけっして鍛えられない筋肉のあることを、この七の観点は、教えている。

曰くロウ（low）、ということ。

やきものというのは道具《ロウ》のよさである。鑑賞品《ハイ》になったら、実はゴミ（知らずに得意なのは作り手と賞翫者だけ）。その道具《ロウ》性を根拠に、陶磁器の無名性があり、その無名性の底に、この七の教えの、「必要」と「体得」がある。

こういう柳の教えに、なあるほど、と反応する専門家《ハイ》がいるかどうか。素人《ロウ》にはわからない。

建築を歩く

人生の下り坂の建築

建築を専門としない雑誌が、最近よく住宅を特集している。わたしもよく買う。見ていると楽しい。『芸術新潮』が昨年（二〇〇〇年）九月、「住宅ってなんだろう」と題して特集した住宅建築家中村好文の仕事。『BRUTUS』が昨年十一月、「安藤忠雄があなたの家を建ててくれます。」と題して行なった第一線の十人の建築家による設計住宅の特集。『季刊 チルチンびと』からやはり昨年末出た「やっぱり、木の家。」の特集での建築家小井田康和の自宅の佇まい、など。何枚かの写真、言葉が、心に残っている。

やってくるのはこんな感想である。建築について、わたし達はこれまでだいぶ「しゃらくさい」言葉で語ってきた。しかしもう、「言葉を変える」時期ではないだろうか。

わたしがこれまで見たうちでもっとも心動かされた住宅は、台湾からプロペラのヒコーキで一時間くらい南下したフィリピンとの中間地点近くに浮かぶ島、蘭嶼《ランユイ》島にある。この島は、台湾の少数民族であるアミ族の住む島として、また最近は、台湾の核燃料貯蔵基地の所在地として、知られる。わたしはどちらかと言えば偶然、人に連れられてその島を訪れた。行くと、アミ族の人々の昔ながらの住居は、高麗芝らしい芝生の植わった海に面したなだらかな斜面に並んでいる。芝生の上を人や鶏や犬や猫が歩いている。住いは、三つの部分からなる。一つは居住部分で、これは圧倒的に強力な台風がくると地上のものは皆なぎ倒されてしまうので、石の階段を下り、地面と同じ高さに屋根をしつらえた家。窓はない。中は真っ暗。一種の穴居。人はそこで寝る。二つ目は、その隣に建つ物置小屋的な住居で、そこには日々の農作業の道具などが置いてある。仕事部屋である。そして三つ目が、涼み台と呼ばれる部分で、それは、住居部分、仕事部屋から少し離れたところ、高台に建つ。ごく簡単に柱を組み、高床式に板を並べ、簡単に屋根をつけただけの大きめの縁台である。人は、ふだんは夜など、そこで近所の男同士、酒を飲んだり、だべったりして、過ごす。そのまま寝ても、夏なら、風邪をひくことはない。台風がくるとすべて吹き飛ばされてしまうが、また簡単に作り直す。

この住まいを見て、穴居の中まで案内してもらい、真っ暗な中、通じない言葉で話しているうち、とてつもない「なつかしさ」の感情に襲われた。日本の民家の三要素の原型がここにあると思った。その時の直観を言葉にすれば、日本の家の三要素は、出屋《でや》というのか、仕事場部分と、寝室部分と、縁側。この三要素が、南の島では、それぞれ浮遊して、はなればなれに一体をなしている。何よりも羨ましい理想は、涼み台。わたしは酒のびんを抱え、風に吹かれ、海を見ながら、自分が南方からきた人間に違いないと、確信したものである。

建築の世界を見て思うのは、あの『アンナ・カレーニナ』冒頭の言葉だ。幸福な家庭はみんな似ている。しかし不幸な家はみんなその不幸のおもむきが違う。変な連想で申し訳ないが、幸福な建築家はみんな境遇が似ている。簡単に言えば優等生。しかしもう一方の建築家は、みんなその出自が変わっている。

はっと気がついてみると、もう、一昔前の黒川紀章とか磯崎新といったオピニオン・リーダー的な人々の言葉をうさんくさいものとしてしか聞けない自分がいる。なぜこうした指導的な建築家の建築をめぐる新しい「コンセプト」の提唱の言葉が、吹けば飛ぶような軽さでしか聞けないのか。そこで語られる中身がもう古いからではない。そこで語られる言葉が古い（マッチョなのだ）。その言葉は、人を組織し、企業を動かし、資金を流通させる。それは電通・博報堂的な「企画の言葉」である。

いま、わたし達が建築家として、まったく別種の顔を思い浮かべるとすれば、それはよいことである。そこには違う種類の建築家の言葉がある。安藤忠雄は、自分の建てる住宅を「作品」とは呼ばない。それはほかの人達と一緒にやる「仕事」だ。中村好文は、自分の建築の原点は鴨長明の「方丈」だと言う。建築は小さくなればなるほど、自分で建てることと近くなり、自分が住むことと近くなると言う。戦後植林された日本の杉林から取れる「四寸角」の柱と一寸厚の板とで家を作る独自の板倉構法を創案し、提唱する安藤邦廣は、家の材料である木は山にある。山からの発想が必要だと言う。また建築探偵からはじめて近年建築設計に手を染めた藤森照信は、自分の建築の性格は、人生の下り坂に入ってから建築をはじめたことに一番影響を受けているんじゃないかな、とある時わたしにポロリと言った。
メガロポリス構想、廃墟としての建築、という建築言語と、山からの発想、人生の下り坂の建築、という建築言語と。どちらが素敵か。

土間の凹みでの焚き火

前回、台湾の離島蘭嶼《ランユイ》島のアミ族の人々の住まいにふれて、日本の民家の原型がそこにあると感じたと述べたが、それが機縁になってか、人に教えられ、昨年十一月に行なわれた日本民家再生リサイクル協会主催「民家フォーラム二〇〇〇」での安藤邦廣の基調講演「民家再生――その意義と今後の課題」を読んだ（『民家』第十六号／二〇〇一年）。そうしたら、実際に民家というものが見たくなり、日本各地に残る民家を移築した代表的な民家園の一つであるという〈川崎市立日本民家園〉というところに行き、昔からの民家を見た。民家は、なかなかによかった。

安藤邦廣は、いま日本に民家学ともいうべきものを興そうとしている。それは、興されてしかるべき学だろう。安藤のブリリアントな民家学原論ともいうべき講演記録を読みながら、わたしはそもそも自分がなぜ十年も前、台湾に行ったのかを、思い出した。

一九八〇年代の後半、台湾映画のニューウェイブの旗手として日本に紹介され、大きな反響を呼んだものの一つに映画監督侯孝賢《ホウシャオシエン》の作品がある。侯は一九四七年生まれでわたしとほぼ同年だが、やはり同年代で脚本を担当した呉念眞《ウーニンチヨン》、朱天文《チユーテイエンウエン》、また彼自身の自伝的要素を含む『恋恋風塵《れんれんふうじん》』

『冬冬《トントン》の夏休み』『風櫃《フンクイ》の少年』など「回想の四部作」で、自分達の幼年時代、少年時代を描いている。ところで、これを見ると、彼らの回想の時間が断絶していないことがわかる。彼らの回想は、二十歳前後、十代後半、そして六歳とか八歳といった幼少年期まで及ぶが、そこに断層はない。わたしは、侯の映画を見て、はじめて、このような回想が、日本に育った自分達にもはや可能でなくなっていることに気づかされ、愕然としたのである。

　ちなみに侯と同年代の日本の小説家の回想的な作品をあげてみる。三田誠広なら『僕って何』、中上健次なら『一九歳の地図』、村上春樹なら『風の歌を聴け』、村上龍なら『69』。すべてその回想はほぼ中学生、十代半ばでとぎれている。その先、小学校の低学年まで行くということはない。日本では、回想の井戸は、ちょうど一九六〇年代前半というところで堅い粘土の層にぶつかる。そこで断絶している。

　高度成長という時代が日本の社会にどういう意味をもっているか。わたしはその頃そういうテーマで共同研究を行なっていた。それは、実は、その時期に育った人間にその時期を貫く回想をできにくくさせるまでに大きく深く、影響している。わたしは侯の映画からそんな探究の切り口を示唆された。一九六〇年代初頭の断層のない社会・世界との比較を手がかりにこのことを考えてみたいと、一九九〇年頃、台湾に行ってみたのである。

　ところで、安藤によると、日本の民家は一五〇〇年前後に出現し、ついこの間まで、存在していた。しかし、最近、大きな地殻変動が起こり、ほとんど壊滅してしまった。その地殻変動が、高度成長と呼ばれる、一九六〇年代初頭にはじまる社会変動である。高度成長は、数百年続いてきた列島の暮しのあり方を「へし折り」また、わたし達の内なる回想の時間をも「へし折って」いるのである。

安藤からの受売りを続けると、日本の民家というのは、礎石の上に柱を立てて貫《ぬ》きを通し、壁をつくり、梁《はり》と桁《けた》を小屋組みとして上に屋根を乗せたものを言う。現在の民家は、掘っ立て柱に屋根と土間というそれ以前の列島の庶民の住居に、平安時代の支配階級の寝殿造り（板間）、室町時代のそれにあたる書院造り（座敷）の様式を取り入れたものである。第一の土間の部分は、縄文時代の住まいの空間性をとどめ、そのためそこには必ず火の神様、水の神様がいる。第二の広間部分の磨かれた板の間は、平安時代に生まれた高床式の寝殿造りの空間性に由来し、ひんやりとわたし達の足裏にその記憶をとどめている。庶民は、室町期に入ると、礎石の上に柱を立て、囲炉裏《いろり》を土間から上にあげた。板の間に必ず置かれる神棚は、伊勢神宮という貴族社会の象徴に由来し、縄文期のアミニズムを統合した神道の宗教性を体現している。第三の座敷部分は武家の簡素な住居部分としての書院造りに由来している。それをはじめて作った銀閣寺《ぎんかくじ》の足利義政《あしかがよしまさ》（一四三六〜九〇年）の書院は仏をまつるが、民家でも座敷は仏具を飾る場所である。そこは必ず土の壁とふすまに取り囲まれる。土間が縄文時代の火と水、広間（板間）が平安期の高床的な暮らしの記憶をとどめているとすると、座敷は、土と紙を取り入れ、もう森林がなくなった列島南西部の室町期以降の暮らしの記憶を、とどめている。

〈川崎市立日本民家園〉は、多摩丘陵の一角、広大な生田緑地《いくたりよくち》に抱かれ、三万平方メートルの敷地に本館のほかに列島各地から築数百年の民家など二五軒を移築している。訪れたのは八月十五日で、暑かった。その日、その場所で、何よりわたしをひきつけてやまなかったのが、土間である。

土間とは何か。

これまでわたしは素人のあさはかさで、それをただの土が踏み固められた空間だくらいに思っていた。しかしこれは「粘土に石灰、にがりを入れて叩きしめて仕上げ」た、「床仕上げの一種」である。民家は入るとまず土間がある。暑い日差しのなかから一歩を踏み入れると、そこは暗く、ひんやりしている。地面は堅く、すこしなだらかに凹凸をしている。それは、いま風に言うなら、きわめて洗練された、キメの細かな、伝承型コンクリートだろうが、ちょっと違う。イタリアとかスペインの家の壁が凹凸する白だとすると、ここにあるのは凹凸する黒。まぎれもなく外の大地に地続きの、「土の空間」なのである。

〈川崎市立日本民家園〉に点在する民家にはさまざまなタイプの土間がある。わたしを喜ばせた土間では、竈《かまど》のほかに、いくぶん凹んだ個所があって、そこが原初的な囲炉裏、つまりそこで鍋を煮炊きする「焚き火の場所」になっている。入口を入ると、いくつかの木の株のようなものがあり、中央が凹んでいる。突き当たりが水回り、その横はもう一つの入口に抜け、光がさしている。上を見上げると、丸太が太く、黒々と組み合わされている。二つの棟を合わせた分棟型《ぶんとうがた》の民家などだとそこに丸太の中を刳り貫いた大きな雨樋が繊細に竹でわたしてあり、そこから外の光がもれている。実際に身を置くと、毛穴が開く。完全にわたし達の四〇年間の生活から消えた、空間の記憶。それは安藤によれば、列島の人間の身体が記憶する土間の空間性、縄文以来、一万数千年の、住居感覚である。

家の中に庭がある。そこは暗い。外から光がさしこんでいる。木の株でできた椅子が置いてあり、そこで焚き火ができる。友だちがくる。そこに腰掛けさせ、火を見ながら話す。それは、いまわたし達がたとえば別荘の生活として思い描く、暖炉のある生活というのと、どんなに違うイメージだろう。友人が来たら、土間に鍋をかけ、傍らにビール、ワインの瓶を立て、つまみを並べ、酒に酔いつつ、話を交わす。それが昼なら、傍らの板の間の竹簀《たけす》の子《こ》の上に寝そべる。外はむし暑いモンスーン。しかし竹簀の子の板の間に腰をおろせば、床の下を風が吹きすぎていく。

この民家園の白眉は、一六八七年に神奈川県秦野《はだの》に建てられ、一九六〇年代後半、ここに移築されてきた「北村家住宅」である。それは明るい民家を代表している。その茅葺きの屋根の勾配の美しさも息をのむが、一歩中に入った時の解放感がえも言われない。明るさの中の暗さがいい。土間と、竹を渡して簀の子状の床とした板の間と、座敷からなるこの家は、外への大きな開口部をもち、縁側をめぐらし、ほとんど印象として、光と風の中に浮かんでいる。もう数十年も前、はじめてパリに行き、そこからジュネーヴまで列車に乗り、そこで車を借り、モンブラン・トンネルを通ってアルプスを越え、北イタリアのアオスタに降り立った。夕暮れの中、土と石でできた、なかば崩れかかる凱旋門がぬっと現われるのを見た時、アルプスのむこうとこちらで歴史が千年違うと思った。パリの凱旋門は立派だが、石でできている。これに対し、アオスタのローマ時代の凱旋門は、土砂を固めて造っている。それがちょうど、たとえて言えばこの「北村家住宅」に入った時の印象、土間という空間性から受けるわたしの印象で、わたし達の生活する場所とこの土間は、その居心地、空間性で、ちょうどアルプスのむこうとこちらと同じ、千年の違いを感じさせるのである。

勝手なことを言わせてもらえば、あの安藤忠雄の「住吉の長屋」を可能にしているのは、それこそ土間と板の間と座敷からなる縄文以来の民家の原理ではないか。その空間は長屋の建物の一角を、手袋を裏返すように裏返し、造型している。中のパティオはパティオであると同時に裏返しの土間である。また、安藤邦廣の受売りをもう少し続ければ、茅葺き屋根以前、北方の縄文期の住まいは屋根に土を乗せ、植物を植えていた。藤森照信の「タンポポハウス」に生きているのも、その縄文から続く、土間的な住居感覚である。でも、忘れてはならない。ほんの数十年前まで、列島は縄文時代だった。それを消したのは、ついこの前の高度成長なのである。

世の若い建築家で、まだ行ったことのない人がいたら、ぜひ、「北村家住宅」を訪れ、土間に入るとよい。安藤邦廣は、地域との関係の中で、また歴史の流れの中で、住宅、建築、住むことは、考える必要があると言っている。建築思想もまた、他の思想と同様、それ自体が一個の住宅、閉鎖空間である。その戸外には、多くのヒントが、タンポポの種子のように飛散し、浮遊し、飛び交っている。

古民家再生と「サヴォア邸」

わたしの「住宅」遍歴もこれで三回目を数える。前回、安藤邦廣の民家学原論ともいうべき論に眼を開かれ、〈川崎市立日本民家園〉を訪れたが、今回はさらにそれが機縁となり、つくば市と土浦市を訪れ、安藤邦廣の手がける古民家再生の現場とその建築思想の実現例に触れることができた。実際に見てみて、わたしが思ったのは、古民家というもののガラの大きさと、しかし本来、それが人間の住む標準規格だったのではないか、とでもいった、不思議な感慨である。

安藤がこの五月、再生工事を竣工させ、施主の了解のもとに見学の機会を設けたのは、つくば市泉にある「稲葉邸」である。「稲葉邸」は、江戸時代に名主を務めた大きな茅葺きの家で、一九九九年に実施されたつくば市の古民家調査の際に一八世紀に遡る貴重な古民家であることが判明していた。それが、老朽化が進み、今回修理工事を行なった際、一七七六年の建築であることが新たに確認され、この事実に心動かされた施主の家族が、当初考えていた主屋の建て替え工事を古民家再生工事に切り替えたのだという。『つくば市古民家調査報告書』を開くと、この「稲葉邸」について行なった調査の詳細が出ている。再生工事以前の「稲葉邸」の室内写真もそこに見える。実際に再生された「稲葉邸」を訪れ、そこを歩き回った眼で見ると、工事以前の「稲葉邸」内部の様子は、かつてはどこにでもあった田舎の民家と同様である。モノに埋まっている。それに対し、見学会の「稲葉邸」には、最小限のものだけがある。その落差にほとんど目眩のようなものを感じるが、何よりもその第一の違いは、物理的な空隙の広さといったもの以前の、空間性の質感の違いである。そこでは、空間が生きている。息を吹き返し、呼吸している。

安藤は、当初からのこの大きな民家の梁組《はりぐみ》を残し、茅葺きをすべて瓦葺きに変えることで、この家における居住性の意味を転換し、屋根部内側の空間を生かす途を取った。長方形のケーキをさらに長細く二つに切り分ける要領で、奥の切り分け部分を板敷き吹き抜けとし、手前の切り分け部分を畳敷き二階構造とし、その二階部分は寝室と子供部屋になっている。一階板敷き部分の台所とリヴィングは、縦に桟を渡しただけの風を通す引き戸で区分けされている。したがって再生された「稲葉邸」では、広い玄関を入ると、板敷きのキッチン部分からリヴィングルーム部分が吹き抜けの形で眼に入ってきて、さらに板敷き領域に足を踏み入れ、リヴィングに進むと、幅広に庭に向かって開口した畳敷きの広い部屋が現われて、客は横から陽光を受ける。そして一挙に縦にも水平にも広大な空間性につつまれる。空間はそこで時間を孕んでいる。

古民家は屋根部分に広大な空間をもつ。庭側の二階部分には、雄渾にくねる梁組が縦横に部屋を貫き、リヴィングを見下ろす回廊は、時にその曲折をまたぐ形で部屋をつなぐ。奥の一部屋などには、窓一つなく、試みに電灯を消すと、まったき暗闇である。

これは、どういうことを意味しているのだろうか。

この再生古民家の見学会には、たぶんわたしの訪れた時点で三、四〇名の人がいただろう。近隣の同じような古民家に住む人々、安藤のもとで学ぶ建築学科の学生たち、また古民家再生に関心をもつ建築関係の専門家たち、「稲葉邸」施主の知人たち、そういうさまざまな人々が、その家を「見学」し、歩き回っていた。しかし、そこからは民家あるいは家庭という「私的」な閉鎖性、狭さの感じがまったくしてこない。いまから一〇〇年以上前、かつて名主をしていたというこの屋敷にこれだけの人、あるいはこれ以上の人々が集まった時があったかもしれない、いや、しばしばそういうことがあったろう。その時も、この母屋は、これだけの人々を収容して、揺るがない空間性を発揮していたはずだ――。そんな民家の記憶のようなものが、この非「私的」な空間性から立ち上ってくる。人々のさまざまな声が室内にあって森の中の鳥の声のように実にさまざまな方角から聞こえる。家の中が、そのまま家の外でもあるような不思議なガラの大きさが、昭和、それも戦後に生まれたわたしのような一般日本人の内と外の感覚を、ものぐるおしいまでに迷わすのである。

再生工事はまた、意外な空間性のコレクションでもあった。二階の一つの部屋では、窓が床部分すれすれに切られているため、寝そべるとちょうど庭の木が見える。自然とわたしには、そこが一番の気に入りの居場所に思え、見学をさぼり、人を避け、しばらくそこで昼寝のマネをしていたが、やがて別の人が人を連れてきて言うには、「ここがこの家のとっておきの場所なんや」。何のことはない、みんな同じ、古民家は人をいったん同じにするのである。

その後、わたし達は、安藤がつくば市のために設計した「筑波梅林展望茶屋」を訪れた。江戸時代、江戸のランドマークは、東北の筑波山と南西の富士山だったというが、これは、その筑波山麓の梅林を見下ろす見晴台に建つ、民家仕立て、茶屋形式の展望の四阿《あずまや》である。東南アジアのリゾートに見られる四阿の空間性と似た空間性をもちつつ、その肌合いはまったく違う。ひんやりしているし、遙かに洗練されていて、なお、ある種の「鈍さ」をしっかり保持している。梅の季節にはつくば市民が大挙して訪れたというが、正面に新宿副都心のビル群が臨まれ、その延長線上に富士山が来る。アキのこない、重厚な江戸と現代をつなぐ方向定位である。

これは、どうしてもビールが欲しいところだ、といった冗談ではない感想を抱きながら、その台座部分にあぐらをかく。目の前に新宿副都心、そしてそのむこうに富士山。ともに見えないが、きっとこの位置にあぐらをかき、遙か絶景の都心方面を眺める人が多いだろう。


次に訪れたのが、土浦市郊外の土地分譲集合住宅のニュータウン地区。施主は三十代の人。いまの若い人は、素晴らしい。そこでわたしはうなってしまった。

田園地帯の先に広がる、いまなら日本のどこでも眼にするほぼ建て売り系の新興住宅地に入っていくと、まったく異色の建物が、土地面積で同じ規格の場所に建つハウスメーカーの住宅にはさまれて建っている。これが、今回のつくば市と土浦市訪問で最後に見た古民家再生リサイクルによる新築住宅の「中野邸」で、安藤の手で、明治時代に建てられた笠間《かさま》の古民家を解体し、脱構築の要領で、新しい住宅に再生されている。施主は、最初、この再生にかなり抵抗感があったという。しかし安藤に連れられて解体の現場に行き、太い大黒柱や梁を見て、それを使ってみたいという気になった。その結果、古民家は核家族用に再設計され、ここに新しく生まれ変わることになった。

何より感嘆するのは、ここでもその空間性の違い、家空間のガラの違いが強烈なことだ。正面から見ると、両脇に同じ規格、ほぼ同じ予算規模の家が並び、三軒並びの区画となっているのに、誰が見ても、これは横綱の土俵入り、真ん中が横綱で、両脇の建て売り住宅がそれぞれ、太刀持ち、露払いになってしまっている。元の古民家そのままではなく、その横幅をほぼ三分の二ほどに縮めているというが、その空間性の違い、ガラの大きさは、外から見ても、中に入ってみても、身に痛いように感じられる。土間の玄関部分は安藤の創意で大谷石を用いている。二階部分は、広く取られ、前面の屋根部分が大きく窓に切り取られている。きっと、この家に子供さんができたら、幼稚園友達は全員ここに遊びにくるね、と期せずしてわたし達見物人は語り合った。自分が子供なら、こんな家に育ちたい、という以上に、まず自分が親なら、子供をこういうところで育てたいと思うはずだ。とにかく空間が外に開かれている。建築的にそうだ。そしてそうであることの意味に、ここでも、「私的」でない、ということが含まれている。

これはどういうことなのだろうか。

安藤の手がけた古民家再生の作品を三つ見てから四カ月ほどして、パリ郊外のロワシーにあるル・コルビュジェ設計になる住宅「サヴォア邸」を訪れた。これは一九三一年にル・コルビュジェが設計、完成させた個人住宅だが、一度廃屋となり、解体工事寸前に時の文化相アンドレ・マルローから待ったの声がかかり、当初の姿に復元再生された、遙か眼下にセーヌを望む高台の上の個人住宅である。むろん安藤の再生させた江戸期の古民家である「稲葉邸」と何から何まで趣きは違う。しかし、そこに住む人間の空間性の感覚ともいうべきものを通じ、わたしは、「サヴォア邸」をへめぐりながら、日本の個人住宅でこれに似た感じをもつものを探すなら、再生された古民家ということになるだろうという感じをもった。建築的に言うなら、「サヴォア邸」も安藤の再生させた

「稲葉邸」も、しっかりした動線をもっている。そのため家の中に広場があり、道路がある。建物、住まいというものが、頭としっぽをもち、両端をもって伸ばすとチューブになる。家というのはとぐろをまいた蛇を原型としている。何よりも、家の中をどんなふうに人が動くか、ということがかなり重要なこととして考えられている。そこから家の人々の関係というものも透けてくる。家の人々と地域の人々の関係も見えてくる。事前に読んだ案内に、「サヴォア邸」の玄関で受付と話をしてから中に入れとあったので、わたしがしきりにインタフォンに話しかけていると、通りかかった土地の若者が、Allez-y, allez-y, 構わず入れ、構うことない、と腕をふる。「サヴォア邸」は、まず道路=回廊があって、そこから構想された個人住宅で、どこにもその道路にはガードレールがない。そのシンプルさが、印象的だった。

日本の自動車は、渋滞を出発点にしているので、動く箱、家なのだという。それに比べ、外国の車は、高速での走行を出発点とするもう一つの街路なのだという。それと同じく、日本の住宅は、まず箱という発想になっている。閉じている。しかし、いまより遙かに人口の少なかった江戸期に建てられた農村の名主の家は、箱というより、広場の趣きをもっている。安藤は、これをいったん解体し、その骨格を取り出し、再構成することで、そういう古民家のガラの大きさ、非「私的」な性格を、発掘している。そこに身を置くと、考えることも違ってくる。そんな住宅が、日本にもある。そんなことの意味まで、考えさせられる。

木のない小屋

小屋が出来るまでのことを思い返すと、いくつかの要素がこの一年余り、ものごとを動かしていたことがわかります。一つは僕自身との関係、つまり僕の思い、次に共同生活者である妻との関係、そして最後が設計者、中村好文さんとの関係です。

最初にお願いした時に何の気なしに口にして、最後まで消えずに残ったコトバは、「みすぼらしい小屋」でした。何か人に忘れられた林の中に朽ち果て加減で残る小さな小屋で、自分に似たうらぶれた男が背をこごめて火を見ている図が脳裏に浮かんだのですが、余り深い意味はなく、単に、テレていたのかもしれません。

しかし、住み場所を作る、仕事小屋を建てるといった場合、大事なことは、その場所のイメージをしっかりもつことだということを、実際に小屋を作ってもらったいま、そしてその小屋でこの文章を書いているいま、痛感します。

実を言うと、ぼくが理想の住み場所のイメージを喚起されたのは、台湾の離島、ランユイ島というところで少数民族のアミ族の人たちの住んでいる集落を訪れた時のことでした。海に向かうなだらかな勾配に一面高麗芝のようなものが敷かれ、そこをまるで一人前のヒトのように野良犬（村の犬）がうろつき、鶏がコココと歩いています。そこにアミ族の人は、芝地から下に石の階段で下りていくトタン屋根の真っ暗な寝場所の家と、屋根に石を載せた地上に建つ小屋風の仕事場と、高台に立つバラック仕立ての涼み台という三つのセットで暮らしていました。年に何度も強い台風が襲来する地方の知恵でしょう。ああ、日本の民家の、穴蔵的な部分と、出屋ふうの仕事場部分と、寝転がって風に吹かれる縁側部分と、三要素の素が、ここにある、そう感じ、これまでにない開放感が身に起こるのをおぼえました。

今回、中村さんにお願いした小屋の基本形は、「土間のある仕事小屋」です。ある雑誌に建築に関するコラムをもっていた頃、川崎市の日本民家園を訪れ、北村家住宅その他を見て、日本の古くからの民家の住み易さ、圧迫感のない風情、姿の美しさに、驚嘆しました。中で一番心に残ったのが、土間から板敷きへとあがる付近の場の風情で、いろりの原型ともいうべき土間の凹みで焚き火をする形式の民家、竹を渡して作った板敷き部分などに、圧倒されました。はじめて中村好文さんの建築事務所レミングハウスを訪れた際に、持参したメモがあって、いまこれを読み返すと、そこには、「開放的と密室的」と希望が記してあります。

「土間と涼み台。穴蔵と風通し。

加藤には分裂した志向があり、とても人好きな面と、人嫌いな面がある、夜は遅くまで友達を呼んでお酒を飲んでダベりたいが、その反面、朝は一人で目覚めたい。その双方が満たされる小さな場所を」

そんな勝手なことが記されています。その底に、この二つの住まいの原イメージがありました。お願いするにあたっては、一冊の本を中村さんに送りつけ、読んでいただきました。それは、高田宏氏の『猪谷六合雄――人間の原型・合理主義自然人』という評伝で、名著です。若年の頃、建坪四分の一坪の移動式の家を作り、やがて白樺派の文人を引き寄せた天城の旅荘、ついでさまざまな自作小屋からスキー場、ジャンプ場まで、自分の周りの世界を自分で作ったこの希有な大人の風貌、住まい観、生活観が、生き生きとした筆致で描かれています。

いま手元にこの本がないので、ウロ覚えですが、この人は、七十歳を過ぎると車の運転をはじめ、ワゴン車の内部を改造してそこで暮らしはじめます。冬、万年筆のインクが凍った、と書かれています。

僕はこういう人とは違う、軟弱な人間なのですが、そもそもが、山や川を走り回っていた田舎のガキの頃の身体にしみついた記憶が、こんな希望の底には沈んでいるのだと思います。

さて、実際に、小屋を建てるということが問題になって、浮上してきたのは、これが僕と妻の二人の住む家だということです。僕は仕事をはじめると散らかし放題、一点に集中して他に目のいかなくなる人間、一方妻はきれい好き。土間は、そのきれい好きな妻の感覚から言って「外」と映るなら、妻の宰領外空間となるでしょう。

「内」にあって「外」、「外」にあって「内」という両義的空間が、僕と妻の妥協点を構成してくれるという予感がありました。妻は当初、だいぶ懐疑的だったようですが、土間つきの小屋ができてみて、大変満足しています。小さな小屋ですが、そこに藁と籾殻を漉き込んだモルタルの擬似土間空間ができて、小屋が表情を持ち、空間性が豊かになりました。

汚れても気にならず、新築時ですでになかなか「みすぼらしい」風情も漂わせています。猪谷の評伝の中で、猪谷が、部屋の掃除は、室内のゴミを外に掃き出せばすむ、と書いています。彼は、自ら日本の各地に作っては移り続けた家を、「巣」と呼んでいました。


小屋を建てる話が現実化したきっかけは、気に入った土地が手に入りそうになったことに加え、ひょんな偶然から意中の建築家に紹介してもらえたことでした。

土地のことから話すと、当初、候補地は、松本の奥の安曇野《あずみの》でした。松本の中町商店街に陶片木という陶器の店がありますが、そこをやっておられる小林仁・玲さん夫妻と親しくなり、非凡なセンスの持ち主であるお二人の安曇野の土地探しに便乗させていただく話になっていたのですが、その後、距離の問題その他、いろいろと難題が出てきて、いま住んでいる埼玉県の家からアクセスがよりたやすい上信越自動車道沿いの御代田《みよた》、小諸付近で土地を探すことに方針を変更しました。

そして、何とか気に入りの土地が見つかりそうな時分に、ひょんなことから中村さんの名前を出したら、紹介しますよ、と言って下さる方が見つかり、話が急に現実味を帯びたのです。

中村好文という建築家は、最初、『芸術新潮』の二〇〇〇年九月号の特集（「建築家・中村好文と考える——住宅ってなんだろう」）で知りました。その後、そこに紹介されていた中村さんの著書『住宅巡礼』を読み、ル・コルビュジェの小屋など彼が小さな建物や、小屋に偏愛をもっているうえ、職人学校にも通った経歴の人であることを知り、親近感を覚えました。

建築家に設計をお願いするに際しては、一つ、考えたことと、一つ、難点とが、ありました。

考えたのは、どうせ建築家にお願いするのなら、こちらの要望、期待を理解していただいた上は、できるだけ、気持ちよく、思いのままに、作品を作るつもりで、事に当たってもらいたい、ということです。こちらは素人、住み具合いなどでいろんな希望が出てきますが、それを汲んでいただいているうちに、双方の角が取れ、建物の主張、存在感が弱くなるのでは、お願いした意味がない、ということと、畑こそ違え、同じく自分の意欲で仕事をする者として、他人にどうこう言われながらやる仕事は苦痛で、いつも思い通りにやりたいと思っていることから、中村さんにもぜひ気分のままに、やってみたい仕事をここでしていただきたい、と思ったのでした。

しかし、こういうのは、ふつうはお金のある人の言うことでしょう。一つ難点というのは、そのことで、問題は、小屋を建てる資金が、余りないことでした。

小さな家を建てるについては、「もっていることが苦にならない家」という妻の意向がありました。妻は、エリック・ロメールの映画に出てくる「二つの家を持つ者は理性を失う」という格言を人から聞いて覚えていて、できるだけ負担にならない、そのために生活を切りつめなければならなくなるようなギリギリの出費で建てるのではない、小さな、軽みのある小屋がよいと言っていました。もともとが、お金がない上でのこの話なので、えーっと驚かれるくらい資金が少なく、中村さんには、「加藤さん、『みすぼらしく』建てるのってお金がかかるんですよ」と言われました。

設計担当は、中村さんと担当スタッフの大橋園子さん、施工は中村さんの良き相棒の丸山技建の丸山陸夫さん。棟梁の石橋正男さんをはじめ、職人さんも腕の立つ面々揃いで、その結果できあがった建物は、新築なのに腰の浮いていない、隅々まで工夫のゆき届いた、ちっぽけな小屋の顔で立っています。

建物と家具とを同じ木材で、全部作ってみようというのが今回の中村さんの構想で、家具は、近くに住む名工の村上富朗さんが担当して下さいました。台所部分、食卓、トイレ、素晴らしい出来です。

今年の信州の冬は例年になく厳しかったそうです。フィレンツェで現在修業中の大橋さんの一時帰国を待って行なった引き渡しの式には、実際にその厳寒の中、小屋を建てて下さった職人さんたちの五分の四くらいの方が来て下さいました。

最後まで、中村さんを苦しめ、加藤を悩ませた土間も、柿渋を塗り、それをアラし、テカリを消して、おお、これはいい、というものになっていますが、藁と籾殻を塗り込んだモルタルの土間続きのヴェランダで、車座になり、職人さん達とお酒を酌み交わし、大いに盛り上がった夜、小屋が手渡されました。村上さんがお祝いにと、スペインの木椅子を持ってきてくださったのもこの時。故あって、吉村順三氏からいただいたという由緒ある、あのゴッホの絵に出てくるのと、同じ木椅子です。

この小屋に泊まるのも、今回がはじめて。昨日、ようやく猫のクロを連れてきました。小屋には、本棚が屋根裏スペースの一方の壁にだけ、申し訳のようについています。仕事小屋ですが、本の置き場は少ないし、机も小さいのです。本棚に最初に入れたのはブリューゲルとバルチュス。壁に飾ろうと準備しているのは、フリーダ・カーロがうっすらひげを生やし、犬、猿らと一緒にこちらを向いている、僕の大好きな自画像。この小屋では、これまでの仕事とは違う、新しい仕事をしたいと思っています。

あとがき

この本は、小さいなりをしているけれども、生まれるまでに時間がかかった。この本が出来ようとしているとき、この本の外側で、いろんなことが起こったためである。出来上がってみると、わたしのとても好きな本になっている。誰か、あるいは何かに、感謝したい気持ちがわたしのうちにはある。

一つだけ、およそ十年前に書かれた文章があるけれども、他はだいたい、前世紀の終わり、一九九九年から今世紀、二〇〇四年まで、この六年ほどの間に書かれた。それほど目立たない場所に発表された、しかしながら私にとっては大切な文、他に、小さな論、全集月報への寄稿、書評、エッセイなどが収められている。この時期の文章一束を晶文社の中川六平さんに「丸投げ」し、取捨選択、編集の一切をお願いしたが、しばらくして送られてきたのが、このような内容の一本だった。

書く文章からだけ推測して、一部の人々にわたしはかなり「強面」の書き手だと思われているらしいのだが、ここに収められた大半の文章は、そういうものでない。一見したところ、尻切れとんぼのような文章が多い。あるいは、はげちょろけた芝生。わたしは「強面」というよりは「尻切れ」である。よって、この本は、わたしの真実（?）をよりよく伝えている。わたしをよく知る中川さんの力で、わたしの中で、自分としては好きな文章が、うまく摘み取られ、集められている。語りの背景、この題名も、中川さんだが、本書の性格を的確に示している。語りは舞台の上で発せられ、それなりにはっきりしているが、背景は暗い。うらぶれ、茫洋としている。そして事実、わたしは、暗く、うらぶれ、茫洋としており、自分の書くものの中では、こういうテイストのものが、好きである。

人は、ものを書いたり読んだりもしているが、実は、基本的には呼吸をして、ものをたべて、生きている。その、生きているという事実だけが、わたし達がアリを見下ろすときに生まれる高みから、アリであるわたし達を見下ろすとき、やってくる知見だろう。ここでわたしは、時々考えたりもしているが、あとの大方の文章では、うつらうつらとして、間抜けた風情をみせている。呼吸をし、ものをたべ、おだやかに生きている。それがわたしの語りの背景だ。アリとしてのわたしの真実である。

二〇〇四年の心象風景――。

そんな言葉が心に浮かんでくる。次に何かが思い出されそうなのだが、言葉にはならない。

この夏、わたしは、英語の勉強にカナダはヴァンクーバーのとある大学に行き、そのキャンパスに居住した。そのキャンパスからトレイルを下りていくとヌーディストの集うことと落陽の美しいことで北米に名高い浜辺に出る。ある日、勉強に疲れたわたしは、急坂をもつその森の中のトレイルを下りていった。浜辺は意外に狭い。しかし、時折り、真裸かの青年が、リュックを背負って海辺を横切り、カヤックが岸辺から五〇メートルくらいを音もなく進んでいく他には、誰も通らない。

夕日が、赤くなり、いよいよ水平線の向こうに落ちかかり、最後、姿を消すまで、一時間ほどもかかっただろうか。夕日が隠れた、そのとき、背後の森からいっせいにおびただしい羽虫の群れが現われ、浮遊しはじめた。羽虫の正体は、うすばかげろう。うすばかげろうに包まれながら、急に不安に駆られ、帰り支度をしたが、あれは、いったい、何だったのだろう。

この本に収録された文章が活字になるまでには、それぞれ編集にあたってくれた方々との忘れられない思い出がある。名前をここにはあげないけれども、この場を借りてこれらの人々、また装丁を引き受けて下さった平野甲賀氏に感謝とお礼を申し上げる。最後に、この本の編集にあたった晶文社編集部の中川六平さん及び倉田晃宏さんに、頭を下げ、深く感謝する。

二〇〇四年晩夏　小諸にて

加藤典洋

●初出誌一覧

［Ｉ］

二つの戦後――ヘミングウェイ『日はまた昇る』再読（『戦争と文学』梅光学院大学公開講座論集第四九集、笠間書院、二〇〇一年十一月）

降りてくる光――大岡昇平の三つの自伝（『大岡昇平全集十一巻・解説』筑摩書房、一九九四年十二月）

近代日本のリベラリズム――夏目漱石の個人主義（『私の個人主義ほか・解説』中央公論新社、二〇〇一年十二月）

［II］

人はなぜ本を読まなくなったのか――読書の力の更新のためのヒント（『本とコンピュータ』二〇〇〇年秋号、トランスアート）

再論・人はなぜ本を読まなくなったのか――読むことの危機にどう向き合えばいいのか？（『本とコンピュータ』二〇〇二年秋号、トランスアート）

予定説と絶対他力――現代の日本人のおかれている状況とは何かと問われて（『アンジャリ』第三号、親鸞仏教センター、二〇〇二年六月）

浪費型「自由」の転換——9・11の一周年に（『朝日新聞』二〇〇二年九月九日）
イラク戦争と「日本の影」（『朝日新聞』二〇〇三年四月四日）
「普通のナショナリズム」とは何か（共同通信配信記事、二〇〇三年八月下旬）
村上春樹の世界（『アエラムック　村上春樹がわかる。』朝日新聞社、二〇〇一年十二月、「村上春樹への誘い」を改題）
天気雨が降る夜——吉本ばななの小説世界（『本日の、吉本ばなな。——banana yoshimoto at work, 2001』新潮社、二〇〇一年七月）
この世界は明るい——阿部和重の読み方（『無情の世界・解説』新潮文庫、二〇〇三年三月）

［III］
『ためらいの倫理学』（内田樹著）（『信濃毎日新聞』二〇〇一年四月一五日）
『熊の敷石』（堀江敏幸著）（同右、二〇〇一年六月一七日）
『悪人正機』（吉本隆明、糸井重里＝聞き手）（同右、二〇〇一年九月九日）
『テロリストの軌跡—モハメド・アタを追う』（朝日新聞アタ取材班著）（同右、二〇〇二年六月一六日）
『英霊—創られた世界大戦の記憶』（ジョージ・L・モッセ著、宮武実知子訳）（同右、二〇〇二年八月一八日）
『リチャード・ブローティガン』（藤本和子著）（同右、二〇〇二年九月一日）
『たましいの場所』（早川義夫著）（同右、二〇〇二年九月一五日）
『隠された地図』（北沢恒彦著）（同右、二〇〇三年三月二日）

『阿修羅ガール』（舞城王太郎著）（同右、二〇〇三年三月一六日）
『雑読系』（坪内祐三著）（同右、二〇〇三年三月三〇日）
『キャッチャー・イン・ザ・ライ』（J・D・サリンジャー著、村上春樹訳）（同右、二〇〇三年五月一八日、共同通信配信記事）
『神経と夢想―私の「罪と罰」』（秋山駿著）（『日本経済新聞』二〇〇三年四月六日）

［Ⅳ］
都市小説の一面――志賀直哉（『志賀直哉全集第十九巻・月報18』岩波書店、二〇〇〇年九月）
ゆるさと甘さ――中島敦（『中島敦全集第三巻・月報3』筑摩書房、二〇〇二年二月）
一本の蠟燭について――中原中也（『新編中原中也全集第五巻・月報4』角川書店、二〇〇三年四月）
その世界普遍性――三島由紀夫（『決定版三島由紀夫全集第二一巻・月報』新潮社、二〇〇二年八月）
補足一つ――橋川文三（『橋川文三著作集第九巻・月報9』筑摩書房、二〇〇一年六月）
その堅実な文体について――大岡昇平（『成城だより（下）・解説』講談社文芸文庫、二〇〇一年四月）
傘とワイン――埴谷雄高（『埴谷雄高全集第八巻・月報8』講談社、一九九九年五月）
自分の疑いをさらに疑うこと――鶴見俊輔（『戦時期日本の精神史・解説』岩波現代文庫、二〇〇一年四月）
無人国探訪記――吉本隆明（『群像』二〇〇三年十一月号、講談社）

［V］

詩の言葉が露頭してきた（『朝日新聞』二〇〇三年十一月二九日）

ねこの話（『月刊現代』二〇〇〇年十月号、講談社）

友人と、会う（『寺門興隆』五三号、興山社、二〇〇三年四月）

ハイ・アンド・ロウ（『陶磁郎』二五号、双葉社、二〇〇一年一月）

人生の下り坂の建築（『季刊DISIGN』一号、筑波出版会、二〇〇一年八月）

土間の凹みでの焚き火（『季刊DISIGN』二号、筑波出版会、二〇〇二年五月）

古民家再生と「サヴォア邸」（『季刊DISIGN』三号、筑波出版会、二〇〇三年一月）

本のない小屋（『考える人』二〇〇三年夏号、新潮社、二〇〇三年八月）

著者について

加藤典洋（かとう・のりひろ）
文芸評論家。一九四八年、山形県に生まれる。東京大学文学部卒。国立国会図書館勤務を経て、現在、明治学院大学国際学部教授。二〇〇四年、『小説の未来』（朝日新聞社）、『テクストから遠く離れて』（講談社）で第七回桑原武夫学芸賞を受賞。

主な作品
『アメリカの影』（講談社学術文庫）
『日本風景論』（講談社文芸文庫）
『敗戦後論』（講談社、第九回伊藤整文学賞受賞）
『戦後的思考』（講談社）
『言語表現法講義』（岩波書店、第十回新潮学芸賞受賞）
『日本人の自画像』（岩波書店）
『ポッカリあいた心の穴を少しずつ埋めてゆくんだ』（クレイン）など。

語《かた》りの背景《はいけい》

二〇〇四年一一月一〇日初版
著者　加藤典洋
発行者　株式会社晶文社
東京都千代田区外神田二-一-一二
電話東京三二五五局四五〇一（代表）・四五〇三（編集）
URL http://www.shobunsha.co.jp
堀内印刷・美行製本